野孤島夫

上

南方家園

代序

島與島的對話

| 楊渡×野夫

楊渡：當年你在德國開筆寫《國鎮》，疫情中在清邁開筆寫《孤島》，最終在臺北完成這一長篇，真是很有意思。我想你會不會是在離開故國家園之後，隔著遙遠時空距離去看它，會有一種更清晰的感覺？

野夫：這就像是宿命一樣，我自己還沒有意識到。《國鎮》我是通過一個小鎮寫中國的文革史。而2019年底新冠病毒開始，我在泰國一個島上，決定要記錄祖國即將發生的這場影響人類的浩劫。

楊渡：你當時就知道這段時間裡面所發生的災難，必將成為未來的歷史？

野夫：當時我就意識到這場疫情，一定不僅影響中國的國運，必將影響人類世界。但沒想到會持續那麼久，死去那麼多的人。我有心想要即時性記錄，所以說這既是小說，同時又包含許多非虛構的現實。我其實只寫了武漢封城前後這七天，但通過人物的回憶，記錄了整個國家半個多世紀的民間反抗。或者說這一場疫情不只是醫學、生物學的事件，而是這個國家一直處於一個病毒時代。

楊渡：在2019年十二月的時候，我們還曾在上海小聚，當時你告訴我可能到清邁去。我後來就在想，你是否有一種本能的直覺，讓你預感到要開始發生什麼事情呢？或者是你有其他的訊息？

野夫：很多朋友能夠證實這一點，更早之時，我就跟很多朋友表達過我的這種憂患，我覺得國家正在走向一個危險的階段。當時我不敢斷言是一個大的病毒，但我就是有種預感，這像是詩人的直覺，不是神祕的玄學。我覺得有一場大難即將開始，我給一些師友提出警告，說接下來的時代可能要面臨深淵。但我沒想到一走就走到了今天。作家有這種直覺，並不是太稀奇的事情，奧威爾（臺譯喬治・歐威爾）寫《一九八四》的時候，來自於直覺。徐志摩對蘇聯的警覺，其實超過了當時很多政客和學者。

楊渡：你此前通過家族史來呈現整個國族的大歷史，你現在的《孤島》，同樣是兩個人彼此打開的回憶，從中見證這半個世紀的中國痛史。你說「一個國家的編年大事紀，竟然充斥著虛構與抹煞。必須借由對過往親友的命運檢索，才可能更多地窺見中國人曾經走過的歲月本相。」我覺得這是《孤島》裡特別動人的地方，用家史去印證國史，彷彿就是你整個寫作的總脈絡。

野夫：我最初的寫作都是非虛構，你要想深知一個真正的 1949 年之後的中國，不能從宏大的政治敘事裡去瞭解。我正好處在這個時代，窺見了 1949 以來的中國實相，我不把它記錄下來，會覺得愧對歷史。《孤島》應該說是《國鎮》的續篇，《國鎮》出走的那兩個人物，在文革倖存下來的他們一家，在未來參與到反抗專政的各種重大事件中。我一直

寫到了2030年，預言到六年後了。看似虛構的故事，實際上真實地記錄了中國從七〇年代開始的那一代思想者，直到我輩以及更年輕一輩的反抗。一代一代的覺醒，它是有一個內在脈絡的，並非突然冒出來的人物。我一直堅信不疑，在中國民間這一脈反抗的骨血一直存在。我通過一個家庭四個人的命運，把半個世紀中國人悲壯的抗爭，濃縮在這樣一個孤島七日裡。

楊渡：比如說當時《青年論壇》對1980年代的啟蒙，你把它放到這個家族的脈絡裡，你試圖去呈現的是一個在中國整個大歷史裡面，一直存在著這樣一個文化思想的民間傳承？

野夫：對，我覺得一個作家的使命，就是來世界見證和記錄這一切的，我通過這個小說把它寫出來，可能會讓更多的人去研究那些被埋葬的歷史。我們沒有能力成立組織去發動革命，但你記錄的使命是天賦的，不能始終回避這些話題。我這書中隨便一段史實拿出來，都可能是一個巨大的題材，我把它掀開之後，無數有興趣的人可以把每一個話題研究得很深很深。

楊渡：我很好奇的是，為什麼在過去研究中國當代歷史的，沒有人去把這樣的一個脈絡連接起來？就像1969年到1989年之間，那個時代裡的思想啟蒙，對整個後來時代心靈

史的影響，其實有一脈相承。即使是在海外的寫作者，好像也沒人像你這樣把整個脈絡整理記錄下來。

野夫：大陸的多數寫作者要依附於體制，而這些都是被稱之為禁區的東西。這些禁區就像臺灣在戒嚴時代，也會有很多禁區是不能去碰的。我們整個黨國一直處在高度戒備之中，但凡還要依附吃飯，還要想安度晚年的寫作者，他會自覺地不去碰觸這些敏感區，會自覺地屏蔽這些歷史。海外流亡的那些同道們，他們是熟知這些歷史的，他們甚至就是這些歷史的一部分。但是很多資料都在國內，當初沒有帶走；而流亡的困窘艱迫，很難有一個舒適的條件來慢慢記錄。可能因為各種各樣的原因，使得人們就放下了它。就像我這裡面談到的黃雀行動，多少人是被這個行動救出去的。按說他們應該詳細地記錄這個過程，個體的回憶有，但是沒有作為一個大歷史畫卷來描述。

楊渡：你在《國鎮》裡面寫到的吳群恩這個人物，在文革中他是起來造反的學生；但在《孤島》中 1989 學生運動起來時，他卻採取了一個更審慎去思考、去行動的方式，然後提出他的對策。可他彷彿對那個時代也毫無辦法。這是不是那個時代，某一類知識分子的共同心靈和憂患？

野夫：這個角色是《國鎮》裡走出來的一個高中生。真實生活中，類似於楊小凱、遇羅克、王康這一輩人物。他們在那個年代的思考已經很深了，在地下設計中國未來的道

路。這些人在文革中多數參加了造反派，被血腥打壓甚至被處死。由於吸取了文革的教訓，當他們走到了八〇年代末期，學生運動又開始爆發的時候，他們真的要比我們冷靜理性。我通過吳群恩刻劃了這樣一個有極深思考的人，而且又是那麼堅定的真正反抗者。但是他認為反抗不能盲目激情，不要輕易去犧牲一代人，做一件幹不成的事情。因此他在這場運動之初，表現出那樣的冷靜理性和反對。他的可貴在於——我雖然反對你們這樣，但是如果你們失敗了，我一定來為你們收屍，哪怕為此坐牢。同樣，水姑娘在《國鎮》裡是一個柔弱的小家碧玉，她這樣一個忍辱負重的女人，最後也成為這個惡世最勇敢的母親。其實在今天的中國，走在最前線的許多都是女性，我要借此向這些偉大女性致敬！

楊渡：那麼，你怎麼看待一個家族歷史中，人的典型性跟這個時代的連接？

野夫：國運即家運，我們每個人活得如此不堪，都與我們這個時代非常相關。個人悲劇是這個時代巨大悲劇的分支，我宿命地投錯了胎，就必須要承受這個時代的一切。唯一我給自己的使命就是我可以承受，但我要把它記錄。我虛構的只是人物，背後的歷史全部是真實的，是完全血腥殘酷的歷史。《孤島》稿本我只給了很少幾個朋友看，幾乎無人不哭。我們在哭這個時代，也在哭我們自己，哭書中人物那麼慘烈的命運。

楊渡：在你的書裡面我還看到一種民間的人情義理。那麼多的運動迫害，很多知識分子都被打服了。可是在文革之後，怎麼從這樣的荊棘裡面，重新凸顯出一批反抗的脊梁？這個反抗的脈絡是怎麼被傳承下來的？

　　野夫：這是一個很奇特的現象。歷朝歷代都有反骨，這種反賊現象是不絕如縷的，這就是所謂的「野火燒不盡，春風吹又生」。譬如我出身於共產黨基層幹部之家，父母並不會給我反叛教育。那我身上的反骨從何而來？其實就來自於我生活的「國鎮」，鎮上那些江湖人士和民間反叛者，給了我最初的薰陶。我少年認識的部分武漢知識青年，對中共新政十七年充滿了仇恨和批判。每一個鄉鎮都有這樣一些人，稟賦和家世很好，卻一直被打壓。這些大哥大姐總會有隻言片語告訴我，這是一個不好的時代。我們土家族是巴人後裔，古稱五溪蠻，在1970年代還有農民暴動。那其實只是一些為了基本生存權利，而真正在拋頭顱搏命的人。

　　楊渡：很好奇中國這些知識分子，即使在那麼艱難的時候，不是在思考個人的出路，而在思考這個國家民族之出路，好像有一個文化內在的基因，是有一個大的使命感？

　　野夫：中國傳統文化裡面，不管儒家、墨家，捨身取義殺身成仁的思想一直存在，這種思想是在人格和理想上的影響和薰陶。我認識的人就有許多追求三不朽──立德立功立

言，也想要為天地存心，為生民立命，這都是知識分子應有的使命感。中國歷代不缺這樣的人，可能他一生自己過得狼狽不堪，但是卻心懷天下，所謂的要為蒼生說話。我認為當年臺灣也一樣不乏這種骨血。

楊渡：你對於政權有一種批判和失望，但是你對於民間社會，好像還存在著一個恆常的信念，彷彿人在最絕望的時候最終承載他的只是在民間。

野夫：對，這也是我一直想要用文字來表彰的。因為任何一個王朝最終都會覆滅，否則我們現在就還是秦朝。即使王權的法統和帝王的血統都變了，但是民間的道統還在。

楊渡：這麼好的《孤島》，你為什麼會猶豫它的出版？

野夫：我算是平生膽大的人，在這個時代都感到有所恐懼，我認為出版之後，有可能給我帶來災難性的打擊。最後為什麼還是決定要出版？是因為我記錄了幾代人的反抗，那麼多偉大的事蹟，背後那麼多真名實姓的人物，既然寫了我就要把它公開，我也應該成為反抗隊伍中的一員。我要自己都不敢加入這樣一個陣容的話，我會在九泉之下愧對我記錄的那些人物。你們無法想像一本書有可能給我們帶來的打壓、管控、限制，甚至更嚴重的事情都有。遇羅克當年寫一篇文章就被槍斃了，我們今天距離遇羅克的時代未必有多大的距離。

楊渡：我在你的書中還是看到了中國的希望。就像白紙運動，它彷彿是一個時代大家共同覺醒之後，用無聲無言代表了反抗。你怎麼看待這樣的一場運動呢？

野夫：這也是一種革命的方式，時代科技在進步，社會革命也在升級。傳統的革命方式不僅沒有可能，坦率的說還不一定值得提倡。白紙運動是一場去中心化的運動，沒有領袖，沒有組織，甚至沒有預謀，這才是一代人的覺醒。現在年輕人的這樣一種方式，在未來有可能給這個民族帶來一個不那麼血腥的改變。華族已經有成功的樣本，就是你們臺灣，幾乎不費一槍一彈，就讓這幾千萬人獲得了憲政法治自由民主，這就是希望所在。

楊渡：你在《孤島》裡面寫到了2030年，男主人公面對著一個廣場，期待愛人的到來。我看到那個場面非常感動，因為那是他面對一個新的時代，他不止是在召喚故人，而且是在召喚一個未來，一個人面對一個空蕩蕩的異鄉，去召喚他的故國的未來。你為什麼會在這個故事裡，想要用那麼美好的愛情故事當一個軸線？靈與肉互相接近的過程，是一個互相發現身體內在許多未曾知道的祕史，互相慢慢揭開國家血史的殘酷過程。你彷彿是故意在做這樣一個很細膩的安排。

野夫：我開始寫的時候就想好了，雖然這個書有史學價

值，但它畢竟不是史學著作。如果未來的史學家們要寫1949年之後的中國反抗史，他們也會寫出我提到的那些內容。但我是借用文學的方式來反映歷史，文學需要有可讀性，有懸念，有情感衝突，我需要把大歷史放進具體的個人命運中去寫。愛情當然是人類永恆的主題，我也希望這個書首先要讓人願意讀下去，於是我表面上在寫一個愛情故事，背後則是驚心動魄的偉大歷史。愛情只是一個殼，我這個可能叫借殼上市。

楊渡：那個殼也蠻好看的，太迷人了。我覺得能夠把愛情與慾望，很細膩地一邊剝開肉體的局限，同時也撥開彼此的心靈，很像剝洋蔥一樣讓人淚流滿面，我覺得那是非常動人的一條線。

野夫：我這個小說與政治密切相關，但如果僅僅變成傳達你的一個政治概念、政治理想、政治鬥爭的東西，那就不是文學，或者說那不是一個成功的文學。我希望人物塑造成功，讓人過目不忘。哪怕如此與政治相關的這個小說，我還是要讓每一天的生活絕不重複，每一個階段的語言都有它的味道。一男一女在一個小島上，一個孤絕的環境裡待七天七夜，這是考手藝的一個寫法。我花了四年半才寫完這十幾萬字，這個敘事方式也是一種有趣的嘗試。

楊渡：這個技術我真的很困難，嘿嘿。我們都知道一個

寫作者離開家園,他寫作起來當然有種歷史距離感,可以有一個更遠的全域性的關照。你在寫這種人物情感的貼切性上面,會覺得有距離感嗎?

野夫:我恰好就是把這個故事放在泰國的,我又生活在那裡,那一切背景都是真實的,民風民俗,甚至他們點的菜單全部都是真實的。至於談到的中國歷史,那就完全是我爛熟於胸的故事,是我記憶的史冊裡面打開就有的東西,剩下的只是我怎麼把它放在泰國的孤島上面,一頁一頁地整理出來。為了讓這個小說不是一個純粹的政治寓言,我不僅把它變成了一個愛情小說,同時我還把它加入了很多其他的討論。他們討論的是愛與情慾,生與死,信仰與救贖,這是人類永恆的困惑與主題。我不僅講歷史,講反抗,也不僅是講情色,還把這些思考全部植入進去,能夠給人更多的啟發和回味,讓它更厚重一點。而我在寫作的過程中,自己甚至也經歷了愛與生死的考驗,經歷了信仰的掙扎,還是很嘔心瀝血,自己寫著寫著哭了好多場。因為它既是我記憶中的東西,也是我生命中的體驗,我也為自己記錄和創造的這些人物而感動。

楊渡:你寫完最後一場的尾聲是在臺灣,自己一個人在淡水的住處大哭一場,之後再出來跟我們聚餐喝酒,朋友之間只能這樣互相安慰慶幸。我作為一個讀者,深深為這個世界能夠產生這樣一部作品而感到幸運,也希望我們的讀者能

夠分享。在這裡坦白說，我個人所看到的不只是反抗史，而是近半世紀以來中國內在的心靈史。

　　野夫：我覺得一切都像是天意，2020 年初疫情正在大爆發的時候，我在泰國的一個小島上開始寫作第一段。然後四年半後，我依舊沒有回去，又來到了臺灣這個大島上，完成了它的尾聲。一切都是在島上，這就像是某種命定。這些島就像一個巨大的隱喻，而我們自己，很多時候也彷彿活成了自己的孤島，在汪洋中砥柱一般繼續存在著。

孤島
The Island

尾聲　末日審判

（二〇三〇年……）

一、

　　佛曆 2573 年的春節前夕，泰緬邊境小鎮滿星疊，平時依然清靜的街面，忽然多了一些陌生的訪客。

　　這已經是新冠病毒全球爆發的第十個年頭，人類似乎已經習慣了與病毒共處。趕街的各地邊民，早就放棄了口罩、疫苗和核酸檢測。他們多數甚至已然遺忘了這一場病毒，即或每年還有人因此而不治，大家將之視為另一種感冒，視為是人生本該遭遇的生老病死；也就漸漸遺忘了它的威脅和煩惱，更是忽略了它的起源和曾經的恐怖流行。

　　滿星疊是根據泰語的發音而音譯的地名，它的本意是「石頭也會開花」的地方。據本地華人學校張校長的說法，這個命名最初來自於上個世紀國際最著名的所謂「毒梟」坤沙先生。那時，他是坤沙先生的傳令兵。

　　他一直稱呼坤沙為先生，言語中始終保持著一生的恭敬。在他的少年時代，這裡只是泰國北部接壤緬甸的一個無人知曉的荒村。那時泰國政府的權力還無法深入這樣的邊陲，這裡是著名的金三角的腹地。坤沙先生帶著他的撣邦革命軍隊伍，經常從緬甸打馬過來，隱蔽地駐紮在這個四面環

山的河谷。

那時的周邊高地，漫山遍野盛開著妖媚的罌粟花。暖洋洋的風從不遠處的湄公河上颳來，望眼皆是滾動的彩龍，空氣中糜爛著奇香。收割的季節，果漿如泛著銀光的奶汁，在叢林中被煉製成人間的迷藥。四面八方的馬幫悄然來去，沿著密徑和河道，將之傾銷到那些嗜毒的遠方。另類的財富很容易把這片僻壤，變成了一個世外的繁華小鎮。

只是這隱祕的繁華，一向不為人知。全世界的人們，道聽塗說著金三角，無不談之色變。至於這個石頭開花的滿星疊，在坤沙投降緬甸政府前，一直都是無人敢於擅自闖入的禁區。只有張校長這一輩人清楚，其實在這裡寄居的各族山胞，反而基本是無人吸毒的——因為坤沙先生嚴令，偷吸者一律活埋。

談雲完全沒有意識到，他竟然在這個隱祕的角落一待就是十年。

山中無歲時，尤其是泰北，更沒有四季的明顯體感。滿山的野花，從無間隙地綻放，叢莽永遠的綠，土壤滲血一般的紅，天空的深藍再飾以流雲的白，望眼之中無處不是油畫似的絢麗。全鎮一千多戶人，老幼婦孺加上過往客丁，足以養活街巷的各種商戶。本地以華裔和擺夷人為主，泰族和傈僳族、阿卡族以及穆斯林等點綴其中，因此屋舍風格也是異彩紛呈。坤沙先生是漢人和擺夷的混血，在兵荒馬亂的時代

異軍突起。雖然販毒起家，平生卻要堅守華夏的文化道統，轄區內的漢家，每戶堂屋中都立著「天地國親師」的神主牌。他們把「君」改為「國」這個字，也是頗有深意的——他一直想要謀劃獨立創建的，喚作「撣邦共和國」。所謂撣邦，正是緬甸的擺夷人世代居住的土地。他要守這樣的初心和野心，所到之處當然就要創辦中文學校。為了傳承祖輩的規矩，也為部屬子弟提升一點文化。

鎮上有小河，無論旱季和雨季，隨時都有水聲。四面環山，山脊都如刀背般陡峭。當年他的哨所，至今還是泰國邊防軍的營卡；只有西邊山巔，依舊是緬甸國南撣地方軍閥的轄地。和平時期，附近的泰緬兩國邊民皆來此趕街。緬甸不時內戰，緬人也隨時可以越境過來避難。隨便站在一個山頭俯瞰，這裡都像是隱伏著兵氣，確實是一個亂世避居的大好所在。

張校長當年延聘談雲在他的華校任教，完全憑藉的是他的江湖眼力和人脈關係。英雄不問來路，更何況那時正是疫情爆發的關頭，他想像得到，需要來他這個碼頭求生的中國人，一定身負某些不便言說的使命緣故。他守著坤沙先生創辦的學校，一直矢志不改地掛著泰國和中華民國的國旗，可想他的內心，有著怎樣的情志。

一晃多年過去，滿街人差不多都熟悉了談雲的面孔；他教過的孩子，不少又已安家立戶。大家都尊稱他「雲先生」，但沒有人知道他的真名實姓，更沒有人瞭解他的出

處。他一個人獨居在校舍裡，每個夜晚去上兩小時的課，其他時間，無人關心他究竟怎樣度過。偶有往來的人，除開張校長，就是校門口那個擺攤賣稀豆粉和茶葉蛋的老者。

二、

稀豆粉是雲南特有的小吃，老者的來歷大致也可猜出幾分。

滿星疊和所有的泰北華族村鎮一樣，都有一個華裔自治會，管理和維繫著本族的禮俗和秩序。泰國的軍警系統，只在村邊設一個派出所；除開刑事犯罪之外，基本從不過問本村的事務。街面上的人戶，因為來源複雜，多數只有山民證，並無泰國的國籍。持有山民證這張白卡的人，要想出山進城，還必須申請報備獲准，才能通過邊境檢查站。

老者是華人自治會的副會長，本地人婚喪嫁娶，都得恭請他坐上席。只有「雲先生」和張校長可以和他平起平坐，雲先生還給他起了一個本地人完全不懂的外號叫「棄子」。

棄子比雲先生年長十幾歲，他倆唯一共同的愛好是下象棋。每次雲先生來吃完簡餐，棄子務必留他下一盤。因為在本鎮，他們都是沒有家人，且都來自中國的老頭。雲先生不

與人群，從不說他的過往。棄子先生卻是話癆，最喜歡無窮無盡地對雲先生投訴他的往事。

棄子的故鄉在雲南版納，1974 年，他是當地的一個民兵連長。那時，軍分區的一個副參謀長，看中他單身還有一點文化，而且熟悉傣語；於是祕密安排他一個任務，就是偷渡進入緬甸，深入金三角地區，去毒梟坤沙的地盤臥底。他經歷了各種冒險和艱苦，跟著坤沙的撣邦革命軍南征北戰多年，終於來到滿星疊紮根，並榮升為坤沙的稅務官。但組織上卻一直沒有派人來與他聯繫，那時的他，也沒有任何可能渠道，能夠向祖國的上級傳遞出情報。

坤沙 1996 年投降繳械之後，他忽然失去了一切使命。他沒有護照，只能偷渡回故鄉，父母早已去世，村中殘存的老人也認為他早已失蹤不在人世。他找到軍分區，卻拿不出任何證據，證明他曾經是外派軍事情報人員。至於他唯一說得出名字的那個副參謀長，檔案中倒是有記載，只是文革後被清算判刑，早就死在了監獄。

他無法取得中國國籍，更不可能重新分配責任田；只好又悄悄地潛回滿星疊，在這裡，他至少作為鄉紳，還能獲得村民們的尊重。隨著年老體衰，他也多次去中國駐清邁領事館上訪，希望獲得中國政府的老幹部補助。領事館每次都勸告他不要再來，他們從不承認中國在泰國還有這樣的情報人員。

雲先生調侃地問他，究竟你提供過什麼情報線索嗎？他

想來想去確實沒有，雲先生從此笑稱他為「棄子」。雖然打心眼裡瞧不起這個棄子，但雲先生還是喜歡這個玩伴。因為至少在這個邊鎮，他是唯一還關心中國政局的人。更何況在這個小鎮棋盤上，他也是他唯一的對手。每次看他下到殘局而丟卒保車的時候，雲先生難得地大笑一次，再飄然回到他的蝸居。

談雲在這個邊鎮，同樣也沒有任何身分文件，甚至連一張山民證的白卡也沒有。在一盤復一盤與棄子的棋局中，他一天天老去，故意留蓄的鬍鬚，早已斑白。只有他的學生喬婭，一年兩度前來探望他時，他似乎才會想起，他原來名叫談雲。在中國的網絡江湖中，他曾經的名號早已被世人淡忘。很多故人傳說，他已經因為病毒而在泰國去世多年。早在2022年，他確實曾經被這個新冠變種擊倒。高燒十日之後，雖然活了下來，但從此失去了一半的聽力，這使得他更加不想和這個世界對話了。

十年前的春天，泰國政府被來自中國的新冠病毒沖潰了防線，緊急宣布封鎖全部邊境和海關，並在全國進行宵禁時，已經為時太晚。這幾乎是全球最先被中國病毒禍害的鄰國，有限的政府財力和偏弱的防疫系統，基本不足以抵抗洪水猛獸般的大規模傳染侵襲。好在國民的佛系慈悲，各自安貧樂道於這一場無妄之災，安靜地禁足於家，才免於大規模的死亡。

那時的他，在達叻機場吻別了岫之後，忽然第一次陷入喪家犬似的棲遑。岫在輾轉抵達長沙機場時，給了他一條微信——安全抵達，放心。此後無論發生什麼，務必守約如命，拜託吾兄了。你一定要相信今生今世，我會親自去接你歸來⋯⋯

　　那之後他再與岫聯繫，她的微信就忽然被銷號了；打她的電話，那還是臨別時他特意記下的號碼，哪知道聽到的語音提示是——你呼叫的號碼並不存在。再寫電郵去，依舊杳無回音。他頓時就傻在了泰國合艾府的民宿裡，原本計劃的南部遊，瞬間就迷失了方向。

　　剛剛過去七天發生的一切，難道不是真實的嗎？他看著行囊中，岫託付給他的U盤，看著肩膀上馬蹄般青紫的齒痕，重溫岫幻影般的來去，竟有某種失魂落魄的驚慌。那種感覺就像他年輕時那一場車禍昏迷之後，初醒時的手足無措和無助。他與她之間，再也沒有任何一個人可以間接聯繫和打聽。她回到被封閉戒嚴的武漢了嗎？見到她相依為命的母親了嗎？她是為了他的安全和密約而故意中斷與他的聯繫，還是已經落入羅網密布的陷阱？那時武漢傳出來大片無名無姓的死亡消息，不少滿門滅絕，他一想到這種恐怖的可能，坐在喬婭的小院中，北望夜空，就禁不住淚流滿面。

　　既然接受了如此莊重的密託，且發誓守約了，那他就必須堅持留下來。他在臨別之際，擔心自己萬一有個什麼閃失，而讓岫找不到自己，他還把唯一可以信託的學生喬婭的

地址和電話，也讓岫做了私密備份。除此之外，他沒有任何辦法了，只能坐等岫的消息。

三、

從泰國南部迅速趕回來的談雲，在喬婭的小院，就像換成了一個替身一樣，除開形貌依舊，整個神魂都丟三落四了。

喬婭觀察著一向健談幽默的老師，整日坐在小葉榕樹的氣根下，儼然融入成其中的根莖。她給他端茶續水時，忍不住打趣道：您這出去一趟，像是老房子要著火了。這是哪位仙人下凡，準備轉世當我們的師母了嗎？要不要說來聽聽，我也好幫您拿個主意。

他有點傻不楞登地看著這位曾經的學生，想起十多年前她每次聽課搶座第一排時，那種清純著迷的樣子，現在只是多了一些少婦的風韻。他隱約是知道她對他曾經的暗戀，經常會大大方方地給他帶一些好吃的甜點，不管不顧地當眾放上他的講臺。他雖然那時也是單身了，但依舊有著師德的顧慮，從不敢和女生有更進一步的交往。但他深知，這是很少的一個確實深受他的思想影響的孩子——她在2014年的校園

私下紀念「六四」25周年的行為，差點招來開除學籍的處分。畢業未久，是他力勸她早早地離開了故國，來到泰國謀生。

這是此刻此地，他唯一可以信任的人。猶豫良久，他還是把關於岫的故事和委託，儘量簡單明晰地告訴了她，包含他的深愛以及眼前銷魂蝕骨的隱憂。岫的突然無蹤無影，讓他頓時面臨崩潰，整個身體心智都像是絕壁傾倒，轟然就要塌陷為萬丈粉塵一樣。他三餐未減卻彷彿滴水未進，手足無力變成虛脫漂浮在密林間的落葉。喬婭的客房足夠溫馨，他卻在每一個長夜深度失眠，偶爾入夢，夢中總是看見漫天鬼魂與追兵向他撲來。他不時被自己的驚叫嚇醒，渾身冷汗如再次陷入當年的囚牢。

喬婭算是非常瞭解這位老師為人處世風格的女人，雖然覺得這場愛情來得太過魔幻，她也並不詳知岫所托的具體使命，卻能從談雲少有的緊張和焦慮中，看出此事非同小可。她來清邁快六年，一直感恩談雲當年的指引，對這塊土地已經有種落地生根的親密。她是那種凡事都能當機立斷的果決之人，立即收繳了談雲身邊所有的物品，連護照、身分證和銀行卡都由她祕密保存。手機、電腦和電話卡都全部新換，甚至連他的服裝都重新置辦為泰籍華裔風格的簡單衣飾。她說服他從此隱名埋姓銷聲匿跡，跟她駕車前往滿星疊的華人學校教書維生；那裡的張校長，是她丈夫的表弟。

那個從前反骨錚錚的談雲，似乎從此走失在清邁的巷

陌中。泰北深山密林的邊陲村舍，掩蓋了他在世間的一切行蹤。只有喬婭每週和他的泰國電話聯繫一下，每個學期去看望他一次，並為他採買一些必要的用品。岫一去無跡，喬婭從未帶來過她的消息，日子久了，他再也不敢觸碰這個話題。彷彿岫只是一個傳說，她從未來過，他們抵死纏綿的七天，是他染上病毒之後的幻念和虛構。唯一證明那一切的只有岫留給他的U盤，那是一個心形紐扣狀的愛物；看上去就像是少年情人之間互送的生日禮品。只有他知道怎樣展開，他還複製了幾份分別秘藏，其中一份，他精心澆鑄進一個手工香皂之中，委託給喬婭保存。他叮囑喬婭——只有當我萬一突然消失或死亡之後，妳才可以打開查看，並在未來的某天公布於天下。

他不得不這樣準備，因為這樣的險惡人間，確實充滿著各種萬一……

滿星疊同樣只有旱季和雨季，他一直不太瞭解，從十一月準時收斂雨水的天空，一直要到次年五月才開始重新呼風喚雨。在那漫長的七個月，就像他哭乾了的眼睛，大地一片枯澀。但是無論怎樣的乾旱，綠植依舊滿眼，四時不同的花果，始終按部就班地輪替。就像是土地本身儲藏著取之不竭的雨水，一如他早已深藏不露的傷悲，等待著某個重逢之日的喧嘩。

本地人擅於將各種水果做成餐飲，芒果飯，菠蘿飯，椰

漿雞，木瓜沙拉，涼拌柚子，松子牛油果，香蕉煎餅，榴蓮蛋糕，油炸菠蘿蜜，洋蔥草莓，龍眼排骨，檸檬蒸魚⋯⋯這些熱帶特有的天地貢品，滋養了一方流民，也足以灌溉他的腸胃。但是，骨子裡的鄉愁，異國的美食也無法排遣。

他似乎是一直在企盼雨季的再來，最初顯得比山地皴裂的紅土還要焦渴。從四月的潑水節之後，他就像巫師一般默默祈禱著雷聲，每天徒步去山梁上，遙看那些霾霧怎樣從北方滾滾而來，怎樣在山谷堆積出暗黑的層雲。後來他才明白，這些乾燥的煙嵐是鄰國燒山的火雲，遠比他還要枯乾，根本不會擠出雨水。必須到五月，必須有風馳電掣從故國席捲而來的濃雲在低空下摩擦，發出群毆般的巨吼，他才會等到那春殘的第一潑暴雨如注。

習慣在雨中獨步緩行的雲先生，成了這個邊鎮的風景。村民們在屋簷下樂觀其暴雨浴身的酣暢，瓢潑似的水柱穿越他日漸灰白的鬚髮，盥洗著他早已昏花的老眼，再順著皺紋和鼻翼滴答淌下時，完全無法分辨是否浸染了淚的鹹熱。最初他試圖通過雨季來紀年，以期大約估算自己在山中的日子。但東南亞的雨季並非中國江南的陰鬱梅雨，沒有那種漫長潮濕的氤氳。這裡只是隔三差五地突襲一場，轟隆雷聲挾帶耀眼閃電，恍如從天而降的大國空襲，兩三個時辰之後又轉眼言和，洗淨的天空馬上和顏悅色露出滿目藍白來。這樣的雨季舒爽怡人，卻並不便用以刻劃時光的節奏。慢慢地，雲先生開始遺忘了入山的時間，他逐漸失聰的耳朵，也開始

忽略周邊的市聲；每晚下課之後，自閉成一個遁世的啞巴。

村民們開始閒言碎語議論——雲先生傻了，這個不知來歷的人，在這裡等待石頭開花。這些閒話傳到棄子那裡時，棄子會撇嘴很不屑地嘀咕說：你們才傻了，雲先生內心明白得很。

四、

棄子一直在這條街擺他的象棋殘局，他的殘局一直斜對著雲先生的門。在很多時候看來，他的小吃攤反而更像是他的副業。他的棋藝原本在鎮上堪稱一流，由於他那一輩人逐漸凋謝，新生代以及其他民族的人，對這個玩意又毫無興趣，他似乎就被時光熬成了絕頂高手。一直到雲先生出現之前，他都有著顧盼自雄的無聊孤獨。

擺殘局是古代棋士高人，發明的一種對弈模式，任由對手選擇紅黑一方，直接從中盤或尾盤開始搏殺。這是一種賭博的方式，熟讀古代江湖棋譜的人，才會在看似絕對失敗的局面中實現反殺。棄子老謀深算地和整個這條街一直對峙著，其雙眼眯縫不動而精光暗蓄，如殘局中他所最後憑恃的那兩名過河之卒。幾乎無人敢試一局，他明確地告訴人

們——毫無贏的可能，但賭注很大——三碗稀豆粉。你們可以任執一方，他都穩操勝算。這種預告勝負的玩法，世人都毫無興趣。雙方兵力看似對等，但殘局可以演變出幾十種方式，他就不可能唯一地掌握那把鑰匙。

雲先生最初在那用罷膳食，瞅一眼殘局含笑不語，揚長而去。他儘量不出門，每天又必須面對棄子的潛在挑戰，顯得有些無計可施。一副殘局的存在，好像一直威脅著他的生活，他成了殘局中的那匹被別住腳而無法馳騁的黑馬。他自幼就深諳棋理，他只是不屑於在這個深山，與這樣一個時代棄兒般的老頭一決勝負而已。

記不清第幾個雨季自簷下滴答流來，他如同剛剛輸液的生命，精氣恢復決定出門看天；而棄子的殘局仍然布置在季節的邊緣上，不曾改變一個棋子的位置。也許那一天他得知各國都在經歷病毒的掃蕩之後，決定重新開放國門，他隱約預感到疫情的尾聲。面對這一副貌似智慧的挑戰，他終於萌生忍無可忍的意氣，決定面對棄子蓄謀已久的陷阱。他提議把他們自己作為籌碼押進去——他逼視老頭凝固的眼，低語道——誰輸了，誰就為對方養老送終。

棄子看著年輕一大截的雲先生，笑道我倒是想，只怕你等不到那一天。雲先生被觸動到另外的心事，頓時萌動無盡的傷感。那一天？重逢岫的那一天，攜手歸國的那一天，開庭審判的那一天，重建文明的那一天……難道他真的等不到了嗎？

然後他執黑，棄子守紅，他進入老頭嫻熟的布局中，棋枰的羅網開始籠罩，幾番拚車兌馬下來，他們都所剩無幾，而且都像是早已輸不起了。很顯然這場遭遇準備已久，終將勢不可擋地展開。他們都認真地注意著局勢的變化，又小心翼翼地迴避著敗局的發生。一時間雲白風清，落葉繽紛地在街沿呈現另一種殘局。一粒松子吹到雲先生的面前，他的手指作玉雕狀，瀟灑地拈走瀰漫在棋面上的秋意。棄子頷首一笑，看得出來，他認為雲先生沒走出古老的棋譜，他提示道──你不能僅僅依照一種譜書來運棋。

　　當廝殺暫停時，他們喝茶，點菸，順便還討論一些時事。棄子不無得意地說：你看，還是我們中國的防疫手段屬害，每個人說禁足就禁足，哪個國家也比不了我們的令行禁止。那些歐美人，自由散漫慣了，該死還得死。

　　雲先生聽得不太清楚，讓他高聲再說一遍之後，冷笑一下，不屑於與他討論這種傻逼問題，只是低聲說：你還不認為你是泰國人嗎？我們中國，我們中國，呵呵，除開這副破棋，中國與你還有個雞毛關係啊？

　　棄子被他搶白一道，細想自己身世，只好略顯尷尬地擺弄閑棋。兩雙顫抖的手懸在空中，始終不敢正面衝突。整個下午的時光消耗了最後幾個子，全鎮僅存的一些來自雲南的老者，都來圍觀這一局世紀輸贏般的殘局。他們最後都只剩一枚孤將，隔著整整一條界河遙遙相望，但不能碰頭，這是象棋的準則，誰走到對方的視線中誰就是悲劇。

　尾聲　末日審判（二〇三〇年……）

雲先生起身說「和了」，棄子眼看原本贏定的殘局，卻被下成和局，他忽有一種死無葬身之地的悲涼。他身後的門被風哐當一聲閉緊，他像沒有了退路一樣怵然長歎。這條街立刻充滿了和平的氣氛，他們兩雙眼睛在夜裡彼此黑白分明，饒有深意地對視了一眼，彷彿依舊繼續著這盤殘局……

在那一戰之後，雲先生竟然愛上了這一遊戲，每次用餐之後，總要被棄子扯住廝殺一盤。這是他在山中混時間的殺伐，他從這個棄子的言談中，才能聽到一點中國中央電視臺新聞聯播的混帳說法，並從中反向窺見一些世界的變局。

武漢解封許久了，清明節在各個殯儀館領取骨灰的長隊，看似長江的防洪堤一樣漫長。死亡在這個國家，永遠是無名無姓的消失，雲先生完全沒法獲知岫的生死消息。某一天他沿著過去的走私販毒密徑，獨自走到了湄公河邊。他看見這些來自北方中國的波浪，沉默如層雲席捲南下，他坐在河邊忽然傾淚如雨。河面上漂浮而來的各種枯木斷枝，一如每一個失散的生命，不捨晝夜地被時間的永流帶走。他多麼渴望抱住其中的某一根木頭，逆流而上就能返回雲南，然後穿越四川便可以抵達他的家鄉。

可是回去又能如何呢？那些想要在武漢獨立調查病毒來源和疫情死亡狀況的公民，都被逮捕並祕密審判。他回去也無從打探，更有一種再也不能出境的風險。他想起岫臨別前的囑託和警告，如果他貿然回去，並從此失去自由出境的機

會，他如何面對她所賦予的使命？岫曾經預言的那些可能，事實上他已經逐次看見一切都在印證。瘟疫，饑餓，死亡和戰爭，惡魔的封印真的將一一打開嗎？

　　某天他百無聊賴地和棄子新開一局時，茫然失措地走出了幾步錯棋。棄子有些興高采烈地說：俄羅斯打進烏克蘭了，看來我們也快要統一臺灣了。雲先生抬眼盯著棄子那渾濁愚蠢的老眼，忽然失態地把棋盤一掀，滿街散落紅黑的棋子。棄子完全不解地看著他質問──你自己走了幾步臭棋，認輸就好了，為啥要掀我的桌子？

　　他也覺得自己有點情緒化，一邊在地上撿起棋子，一邊冷笑道：你會看到真正的敗局的，這只是開始……

　　確實一切都像是開始，無數的災難像野蜂狂舞，遮天蔽日地次第登場。病毒的各色變種又海潮倒灌般反復碾壓這個世界，中國的各大城市開始更加慘無人道的封控。新疆的大火，上海的死城，各地的方艙醫院監獄般的管制，最後終於引起年輕人的怒火綿延，「白紙抗議運動」無聲地前呼後擁……最高當局一夜之間突然放棄早已徒勞的舉國隔離，於是，一周之內，病毒無孔不入地抵達幾乎所有人的胸肺。死亡，死亡，層層疊疊的死亡，焚屍爐的戰火狼煙，日以繼夜地鋪排在每個城鎮的角落，空氣中瀰漫著人肉的焦糊氣味。

　　泰國已經完全放開對中國人的免簽旅遊，中國的經濟卻開始各種爆雷，地方銀行紛紛倒閉，各種失業的男女漫無目的地晃蕩在每個城市的街角。有錢人開始往歐美日本逃亡，

無數的民營企業關門。官員前仆後繼被清洗，民間異議者遭遇網格化監控和關押，走投無路的底層男女紛紛跳橋自殺。而另外一些暴民則選擇駕車衝向無辜的人群，以期報復社會引起轟動；整個國家只剩下一片荒誕的頌聖之聲。

岫去了哪裡？岫還在人間嗎？這個國家還是正常的人間嗎？

喬婭都來看望過他幾次了？雲先生掰著指頭也想不清楚。每次她來，幫他澈底清掃一下狹窄的陋室，換洗一番臥具衣服，再增添一點日常生活用品。他都只是在邊上默默地看著，想要等待從她口中突然傳來岫的消息，他實在沒有勇氣再問。如果喬婭沒說，那就一定是沒有，他如果問，只能讓他自己陷入更深的恐慌。

年復一年，山中的白雲依舊，學校邊他來時手植的那一蓬黃金竹，已然長成了一片叢林。他在最初一棵竹筍上刻劃的「白雲出岫，倦鳥知還」八個字，轉眼就長到一丈高的位置。他沒想到整個世界局勢和中國時事，卻日漸滑向危險的深淵，都到了難以收拾的邊沿。岫還能穿越濃雲出來嗎？他這隻倦鳥或將就這樣老死在這個無人知曉的邊村。

喬婭看著這個曾經風流倜儻才華橫溢的老師，鬚髮雜霜在風中飄瀟如一團煙霧，她忍不住很憐惜地拿手拍拍他的老臉，心疼地說：我想托張校長幫你在本地找一個老伴，只是陪你照顧你那種。緬甸內戰不已，很多女人都逃難過來，兵荒馬亂的，反正你暫時也回不去……

他不敢正視喬婭的眼睛，埋首搖頭低語：不說這個，不說這個。三戰就在眼前了，妳會看見的，緬甸戰事只是惡鄰作亂，俄烏戰爭還沒有窮期，哈以之戰將要引起世界爭議，以色列和伊朗必將決鬥。接下來，東北角，南海，臺海，中東甚至整個西邊，都會陷入兵火。這個世界承平太久，正邪決戰必將接踵而至。也許是到了上帝重新洗牌的時間，我們每個人是否還能活過這樣一段社會冰河期，都還是兩說。我該託付給妳的已經託付好了，剩下的時間，只是做完我的研究。但願這一成果，還能聊供後世參考。

喬婭雙手托腮，盯著這位年輕時讓她心馳神往的男人，眼窩裡忽然充滿酸澀。她心中略有一絲羨慕地想，也許岫這個傳說中的女人，是真值得他等到地老天荒的。如果他們真能等到白髮攜手的那一天，那必定是神在成全這個民族了。

五、

病毒封山幾年後，滿星疊又開始恢復了潑水節。

雲先生看見鄰近各村自發上街的花車遊行，佛陀菩薩各種造型端坐在車頂，幾乎赤身裸體的好看男女陪護在車上。沿途的村民將香花泡製的湯水，澆灌在他們全身，他們也向

所有的圍觀者潑出甘霖。鼓樂鏗鏘，真正的歌舞昇平，每一張臉上都洋溢著善意祝福的光芒。他同樣被潑得渾身是水，只有他自己知道，那其中有他止不住的淚——異國的狂歡弄疼了他對故國的感傷，這是吾土吾民原也該有的模樣啊！他卻在這荒遠山村，才體會到不被當政者約束的自由歡快及民俗風光。

他和棄子的殘局依舊偶爾持續，這一段時間，棄子衰殘的臉上，忽然又多了一點希望的欣喜——他忍不住要跟雲先生念叨：今年不一樣了，中國在泰國的僑聯辦事處，終於派人來參加我們的潑水節。來者甚至還去華人學校參觀，據說要給張校長和學校很大一筆資助。

雲先生白他一眼，儘量忍住內心的厭惡，微諷他一句：他們沒有召見你嗎？

這個嘛，還是有的嘎；當然也不算單獨召見嘛。他們當眾委託我，勸告勸告張校長，最好趁早，趁現在，把那個青天白日旗換下來，換成我們的五星紅旗。現在換，還可以資助學校五百萬，五百萬啊！還是人民幣，不得了啊！

雲先生有點好奇了，繼續問他為什麼現在要換，還要給錢，張校長同意嗎？

棄子不無得意地說：肯定是馬上要武力統一了嘛，等真正統一之後，這個旗幟都不存在了，你再換，誰還給你錢？張校長也是死腦筋，硬是不答應。有這個錢可以辦多少事啊……

要是你辦成了，他們會給你獎勵嗎？他們現在承認你是老幹部了吧？沒給你派一點活兒嗎？雲先生對棄子這一類的所謂海外僑胞，確實充滿了無限好奇。他實在不理解，那個他回不去的祖國，即便回去他也只會更加生活不好的祖國，對他們來說還有什麼意義。

嘿嘿，我嘛，只是為國效力而已。祖國強大了，我們在外也不受氣嘎。再說，我是本地華人的副會長，我也想對本地老鄉們更好一些，我們學校還是窮嘎，還得靠你們這些志願者來幫教。僑聯的領導，也很關心你們這些來支教的中國人，我都說你們是好人啊！

棄子若有深意地看了雲先生一眼，露出一點討好的笑容。

雲先生當然從來不需要對這個棄子設防，他的傻逼程度，即便是中共的情報系統，大約也不會正眼看他。更何況雲先生來此多年，幾乎完全本地化，沒有任何人知道他的立場和態度。連張校長幾乎都要相信喬婭的說法——這是一個中年喪偶、精神就要崩潰而出來自我療癒的人。

他下棋都要儘量預看五步之外，對中國未來的預判，即便身處深山，他也看得遠比其他人深遠。他對他們何時崩盤，以什麼方式崩盤，已經不感興趣——因為極權主義基因中的惡，註定必將反噬殺死自己；而這個終點，從病毒元年開始就已呈現。他這些年來，一直在默默研究的，竟然是這個國家轉型之後，如何真正實現正義；以及在主張了正義的

前提下，還能最終達成社會和解的問題。

他對自己所屬的這個廣義的華族——炎黃子孫，尤其是其中所謂「中國人」那一部分大陸生育成長的族群，有著較為清醒的認識和深刻的警惕。在他所廣泛瞭解的中國社會裡，像岫這個家族這樣悲憫而勇敢、堅定又仁厚的，完全是一個異數。或者說是此族遠古曾有的游俠基因，在千年之後的隔代遺傳。多數的國人，習慣性為奴已經三輩人以上；他們的基因裡，既有賤奴的卑怯，還埋藏著刁奴的兇殘——也就是說一旦他們獲得報復的機會，同樣也會嗜血濫殺，民間社會則將一直撕裂下去。

但是，無論哪種方式帶來的轉型，這個黨國執政的無數罪業，必須進行一次理性地追訴和公布，否則，人類真正的正義何以實現？

在壯心幾乎就要褪盡的中年，在撤出那個紅色帝國之後，他沒想到會因為一點美麗遐想，而奔赴到那個島上。更沒有想到在那裡見到的那個女人，竟然就這樣不可逆轉地改變了他的餘生。他其實原本也厭倦了都市風塵，但真正撤到這個異國山野村居之後，才開始仔細檢點國際共運史和極權主義的貽害，在其中搜尋出人類若干年來的隱痛之源。他忽然驚覺，那些在他命途中經過的親長朋輩，那些尊貴善良而無辜的人們，他們許多人來去無跡，就這樣像岫的全家一般，走失在自己的祖國。如果沒有他去尋覓紀錄和起訴，那

這個世界對他們也實在太過殘酷。於是，他試著重新拾起刀筆，開始去理清末日審判的思路。

轉眼就要分別十年，他才發現他已準備得稍晚，時刻擔心自己完不成這一自賦的使命。在撲面而過的時間之流裡，個人的記憶和情感都在次第風化。昆德拉說——只一次發生的事，即可被疑為從不存在。如果他刻骨銘心的愛與恨，竟然也可能被時間勾銷和覆蓋，那吾族在這個世界的經過，豈不確如夢影星塵般虛無。

他們已經建政八十年了，各種運動的鎮壓殺戮，戾氣和血腥一直在大地迴盪。一代代被洗腦的愚氓子弟，不知民族之內傷。官修正史從不記載這些無辜的亡魂，國家檔案或將在巨變之際被他們付諸一炬。過去他們抹掉了無數惡行，如今繼續要抹去病毒以來的殘骸並非難事。如果沒有許多個岫的家庭曾經的準備，這個國家和民族的疼痛，即便在轉型成功之後，可曾有人真正能分擔半分？

忽焉又將是新歲，牆上的時鐘總會在這樣的寒夜開始讀秒，那滴答的聲音一如歲月的簷溜；於此荒遠的異國邊陲獨聽，則更恍若骨節的寸斷。他每每想像岫的下落，在心底裡就將隱忍那椎心的車裂凌遲。他不免還幻想，在他和岫所生活過的那座城市，此刻雪花的飄飛好似某種默契——他覺得他還在和岫一起分擔那種歲暮的寒冷。

他無法接受，如果沒有他來擔當岫委託的使命，那這個世界的冷就會迎面吹進岫的骨髓，那她一定會提前被漫無邊

際的嚴冬所雪藏。此際的他,如果沒有對岫還活著的堅定想像,沒有對自賦使命的刻骨研磨,他也必如被世界遺忘的古代戍卒,只能在自敲自聽的寂寞更鼓中坐老天荒。

六、

　　他從來不是一個淡忘恩仇的主張者。他以前的創作和授課,都是為了完成對自己的救贖;但同時也是想要在自己的歷史敘事中,追訴那些肆無忌憚的惡行——雖然暫時無法從法律角度追懲,但如再沒有文字和語言的追訴,社會公義不僅無從實現,還將給一代代的貪腐虐殺者繼續施與僥倖。如果善良不被表彰,作惡無需畏懼被公布的羞恥,那罪惡就會千秋萬代地重複,永遠沒有人感到後怕。如果所有的罪惡都理所當然地被時間寬恕的話,那這個民族將永遠沒有敬畏和禁忌。

　　他想起他在歐洲,從德國到捷克,到很多曾經被納粹占領過的城市。經常都能在一些古老建築的門口街面上,發現一些刻有猶太人名字和生卒日期的方正銅牌。這些隨處可見的銅牌,是戰後的德國人重新擦亮的良知在暗夜閃光,在每天警示著曾經的惡行,和紮刺肉中的懺悔。他對這個曾經深

惡痛絕的國家的尊重，正從這些無聲的金屬開始──一個知道深刻反省和懺悔的民族，才真正可能從罪孽中重新站立起來，贏得文明人類的刮目相看。

他還記得他曾經研究過的鄰國柬埔寨，在中共的支持下，紅色高棉竊取國家權力僅僅四年多，就造成接近四分之一的國民被虐殺。即便他們1979年被趕出金邊之後，依舊禍亂這個國家許多年。聯合國唯一一次調動多國力量接管這個國家，監督協調他們的選舉和重建，才終於讓他們的人民走出共產主義狂飆的血腥。為了實現轉型正義，聯合國專門成立特別法庭，在柬共垮臺二十幾年後，終於實現了對他們的追訴和審判。哪怕最終受審的只有柬共頂層的六個罪犯，但這就是正義絕不永遠缺席的偉大象徵。

但雲先生在自己的祖國，看見的卻是共產執政以來，無數莫名其妙的迫害和冤獄……從來沒有真相，沒有反思，更沒有懺悔。即便連執政黨自己都部分否定了的文革，依舊不許民間公布記憶和揭露暗傷，官方更不願在意識形態系統，澈底挖掘那個毒根。也因此，今天還有那麼多的極權信徒，在那裡嗜血地渴望暴力，並在無數的恐怖言論和集群行動中，發動對無辜同胞的再次侵害。

他在滿星疊這個泰語的本意中，忽然想起猶太詩人保羅‧策蘭，這個從納粹集中營倖存下來的男人，他曾在他偉大的詩篇中預言──是該讓他們知道的時候了，是石頭要開花的時候了……

冬日的滿星疊，外出打工的年輕男女正在陸續歸來，市井中忽然多了一些色彩和生意。棄子在中風一次之後，也呈現出老態了，右邊的身體抖抖索索，變得不受擺布。但他的左手依舊不妨拉住雲先生，依舊可以用兩根手指抓子落子。

棄子在下出他那匹看似絕殺的臥槽馬之後，看著有點手足無措的雲先生，長舒一口氣，得意洋洋地用戲腔結結巴巴自言自語——水軍都督施琅可在？臣在。朕命你即日領兵攻打臺灣。臣領旨。嘿嘿，他們終於就要打起來了……

雲先生沒有戴助聽器，完全沒有領會到棄子的興高采烈。冬日的泰北有著最宜人的天氣，涼爽而乾燥，天空的深藍若深淵，讓宇宙顯現出原本具有的無邊無際之神祕高遠。他差不多已經寫完了他的《轉型正義建言草案》，出門午餐，還想去買一點衛生紙，被棄子拉住非要玩一局。他的心思根本就不在這現世的對弈中，他一直在跟他生命中那個大敵作戰。王陽明當年說：「破山中賊易，破心中賊難」。他要打敗眼前這個棄子，簡直不費吹灰之力；如果天天打敗他，這個遊戲就失去了最後一點趣味。至於那個心中賊，他實在不可能放下。

他雖然幽居深山，但對整個世界的大勢基本一目了然。他隱隱覺得，無論從哪個角度看，最後的決戰必將開始。只是他越來越感覺到了自己的老去，視力模糊，每天自己敲打出來的一行行文字，就像是在鍵盤上捕捉那些逃學的孩子。

耳朵也基本失聰，而且開始出現幻聽；每個夜晚他獨自憑欄北望的時候，都隱約聽見了北方故國傳來密集的槍炮聲。

他不僅依舊沒有等來岫的消息，卻有更多的同道中人在黎明前失蹤。彷彿末日前的瘋狂一樣，他們對民間的反骨加劇了嚴酷地血洗。他時不時懷疑自己的來日無多了，總想回去尋找岫的下落，但每一次都被喬婭堅決地否定了。喬婭指責他回去不僅是自己送死，而且還將澈底辜負岫對他的愛，以及那真正有價值有意義的委託。

喬婭不還給他護照，他的護照也應該已經過期了，他即便想偷渡回去，要穿越戰亂中的緬甸或者共產黨執政的寮國，並非一件簡單的事情。他那一代苦行志士，這些年來，猶存慷慨悲歌相繼獲刑的勇者。但是，他也深知在無法無天的末世，以身殉道的不易。每一個被抓捕被重判的兄弟姊妹，就像是投入到某個隱祕的核廢井，傳不出來任何死活的消息。

他的絕望感日漸加深。為了不負岫的委託和使命，只能在這個異國邊陲，用他的文字堅持著他的反抗。他像古代那些孤臣孽子，文字是他的散兵游勇，他帶著這些忠心相隨矢志不改的孤軍，繼續在山中高張義幟，絕不投降於新朝暴君。在普遍沉陷的漢語世界裡，他就是殘存的亡命之徒，一直在發起對極權主義的突圍和反叛。昨夜酒後，他在日記中忽然詩興大發，冥冥中他隱約聽到了來自遙遠天庭的神啟。他寫到──

那麼　就讓我們牽手
跨過死亡密布的門坎
把名字輕鬆地刻滿四壁
高傲一如從前
讓我贈你一句話──一切都是尾聲了。
作為對整個時代的預言……

七、

　　雲先生所住的蝸居，在華校靠近河邊的那個角落，這還是當年坤沙先生捐建的一棟教工住宅樓。他的寫作每天都要到半夜，然後站在陽臺上抽完最後一支菸，才進屋洗漱休息。洗漱之前必須拔掉助聽器，拔掉之後，外面的世界頓時就先於他死寂了。

　　如果不是因為等待岫，以及等待那一場必須有的末日審判的信念，他也許早就想死了。他的身體日漸衰弱，各種機能都在一點點悄悄告別他，他也無心挽留任何一件器官。他對生命看得很透，人生之短相對歷史之長，無法不令人時常頓生虛無。在漫長的史前和史後，個體的生死際遇，實在顯

得微不足道。這個世界任何人的來去，都像是一場可有可無的偶發事件，人類何以要如此在意生死呢？

他出身於右派知識分子家庭，童年飽經苦難和歧視。青年時代發憤求知，在別人的城市體會饑寒和炎涼，同時，也被生活深刻地播下善與愛的良種。他一直懷揣著改變國家現狀的夢，於是大半生都在尋找遠方和同道。他看上去並不像一個嚴肅正經的革命者——儘管他參與過不少悲壯的行動，多數年輕人聞所未聞。他更像是古代民間反賊的收屍人，從塵埃中升起的白矮星，是一種高密度、高溫度的恆星。多數人並不熟知他的優缺點，但也能看見那些最人間的美好——幽默，仗義，能喝酒，也能打架；偶爾酒酣耳熱興趣好時，還是一個不錯的民謠歌手。岫對他的召喚，正是基於這樣一些先期的瞭解和信任。

許多年之後，他還清晰地記得，當年父親去世時，獄警帶著他千里奔喪；囚首蓬面的他，卻要面對黨旗覆蓋下的父親，向忽然冒出來的大片家族遺孤致謝。面對眾多官民弔客，他哽咽致祭道——這裡躺著我的父親，多年前，他懷抱幼稚理想投身左翼革命，至死保持著他那一代黨人的樸素本色。他曾經以為他為之獻身的新中國，可以兌現那些領袖們當年的承諾，給人民以幸福和自由。他悲劇的一生最終見證的適得其反，他只能獨善其身儘量不去為惡。這樣一點凡人的基本正直，在越來越成為稀有品質的今天，我相信父親可以俯仰無愧地坦然辭別這個世界了。他留給我們子女最珍貴

的遺產是——努力去做一個有尊嚴的人，讓我知道良知的榮譽，高於一切黨國的功名利祿……

在那一刻，他已經意識到生命是如此短暫，而死神又是這樣權威，一個好人並不能因為他的好而得以長壽。大地掩埋了所有的善惡是非，父親平靜地走到了道路的盡頭。父親留給他的遺囑中說，希望將骨灰灑向面前這朝夕與共的清江，希望流水能送他歸去。他知道這條江將遠遠地經過父親故居的門前青山，然後流向長江大海。父親的遊魂將消散於這波濤不息的水面上，如他不做調查的話，父親曾經的毀家滅門之痛，將從此澈底遁入時代的黑洞——在那個忘川裡，一切都被漂淡了。

在時間之流的裹挾中，自己忽然也老去的雲先生，夢幻般出現在泰緬邊境滿星疊這樣一個古村石樓的陽臺上。在抽完當夜最後一支菸之後，他驀然看見漫天星斗，匯聚成梵高式的渦旋，一顆黑暗的巨大隕石帶著凶光砸向地面，這彷彿在為他提示一個新歲的祝福——敵人的末日就要來臨，我們的祖國將要獲得自由解放。

這是歷史不斷重複的宿願，自然也是他心底始終埋存的信念。只因還信正義必將漸次戰勝邪惡愚昧，所以他還會饒有興致地活在餘年。在深山叢林的星光裡，他摘下了助聽器的耳朵，竟然隱約聽見遙遠的海，濤聲如故發出十年前的喧響，他和岫曾經遇見的每一個生命都還在竭力歌唱。而在泰北山地的村居裡，他親手熬製的陳年普洱，還足夠餵養他的

老懷。他忽然有種安慰，咧嘴一笑，露出開始缺損的牙齒。他充滿自信地頷首歎息——人類只是憑藉一些簡單純淨的願力，就一定能抵達想要的世界。

他已經準備好一切了，末日審判一定會先於死亡，來到他的案前。

八、

一連串臨空的爆炸聲，在他失聰的耳朵裡發出空洞的迴響，恍若遙遠大山滾石的轟隆，似乎大地都在一起震動。他懶得睜眼看這個世界，感覺是三公里外的鄰國又在開戰了——這些年以來，那邊的民族地方武裝，在北方大國的唆使利誘下，一直在和他們的中央政府作對。稍微清醒一點後，他意識到不是槍炮聲，而是煙花騰空的呼嘯。一般來說在夜裡，誰家忽然發射這樣的煙火，便是在向鄉鄰報告，他家老人咽氣了。他摸索著戴上助聽器，分辨出爆破聲來自於稀豆粉的方向——難道棄子突然亡故了？他忽然生出一些兔死狐悲的哀傷。

這些稀疏的煙花爆竹，從群山外點燃出曙光，使這個早晨顯得有些唐突和怪異。他隱約聽見捶門聲和喬婭的呼叫，

移步過去拉開門，果然是喬婭，一臉欣喜地看著他，低聲說：老師，你看誰來了？

喬婭說完閃身到一邊，只見樓梯口一個女人，像竹影一般向他飄來。他揉眼看清似乎是岫，十年生死兩茫茫，每一天的焦渴等待，哪知真的到來時，又有些不敢確認了。他迎上去傻傻地看著一臉又哭又笑的岫，喃喃自語地低聲問道：他們終於垮了？

岫點頭說嗯，我們終於等到了。我來接你回去的。

他不可思議地盯著岫依舊清純嫵媚的眼睛，瞬間完全無力站立，斜倚在門框上，口鼻歪斜地抽泣起來。大顆大顆的老淚，像豐收的荔枝一般剝落；嗚嗚的哭聲在這個清寒的早晨，在走廊上發出狼嚎般的迴響。他幾乎是憤怒地喊道──這十年，妳都是怎麼活過來的啊？

喬婭已經不知去向，岫上前抱住渾身顫抖的談雲，像哄一個委屈的孩子，扶他進入那四壁蕭然的蝸居。他們差點被凳子絆倒，相擁著滾翻在他那還有餘溫的床上……

他隱約知道會看見這個結局，這真像是神賜給他的一個驚喜。但他沒有想到如此突然，他竟然還能重逢餘生的愛人，還能黃昏作伴回到他的故國。他被岫那溫潤的手牽著，傳遞在一個個倖存老友的懷抱裡。越過一望無涯的人群，他顫顫巍巍地跨上了一個講臺。萬籟俱寂，他恍惚重新回到了他青春的課堂，清一下嗓子，立刻抑揚頓挫地開始了他的即

興演講──

　　同胞們，九九八十一年，九九八十一難，我們終於可以在此宣告和慶祝──那個奴畜人民的時代現在結束了。如果沒有神的助力，沒有幾代仁人志士的搏命抗爭，沒有那些勇者的犧牲和義民的覺醒，我很難相信，吾族會在此刻獲救。歷史真正的紀念碑，不依賴石頭與鐵器鐫刻。每個良善的心靈和唇齒，都在見證和紀念一個世紀以來，為了真正的憲政與共和，為了人的尊嚴和自由權利而獻身的那些英雄。這將是一個比長城還要長的名錄，由這些人傑所構成的豐碑，才是我們這個民族的脊樑。

　　我們要用先賢祠祭享的民間致敬方式，來表彰他們的事蹟。要用不朽史書般的唱頌，以鑄造千秋萬代的碑銘。這樣才能讓好人知道他們的好，並未踏雪無痕，他們已經在塵世烙下愛的腳印。這樣也讓那些為惡者警醒，每個人都將面對歷史和民心的審判。

　　也許，我微不足道的言說，不足以將每一個真正的平民英雄，塑繪到凌煙閣的高度。但是，我們就是歷史，人心就是史冊。只要越來越多的人，參與到對義士勇者的追隨之列來，我們就會聽見，回歸文明世界的潮音，必將從此刻開始轟鳴。正是我們這樣一些平凡人的努力，才能真正修復一個民族心靈的瞽盲。

　　我在這裡將給你們講──一個偉大的男人，和他家人的血淚傳奇和悲劇。他們是吾族的泰山北斗，是在漫長的黑暗

年代，一直以身為柴，始終燭照我們的燈塔。他們的高，在於獻身公義的勇氣，和捍衛公道的不屈不撓。沒有這樣一些人的存在，我們會自卑於這個文明世界。對他們德行壯舉的認定，正是對我們自己靈魂的淬煉與提升。

我們來到今生，是為了與人比高而不是比矮的。人類的始祖也許正是為了高於畜類，才學會了站立與挺拔。在剛剛結束的暗夜，當那麼多的人卑身猥屈地蠅營狗苟之時，是他們以及其他志士，在張揚人類應有的高度。

人類的文明是需要儀式來使之莊嚴的。即便是今天這樣的微薄祭典，我深信其偉大氣概和恢弘涵義，在歲月淘洗之後，都足以讓後世肅然起敬。我們奉上的草草桂冠，也許遠遠不足以昭彰他們在人間的苦難。但這是來自於同輩同道的掌聲，一定遠比廟堂的加冕更為珍貴，更為代表民間的禮敬。與他們一起，分享他們的榮耀，是我在今生唯一值得驕傲的事情。

然而，在接下來的時代，我們將如何與過去的為惡者同生共處？

沒有大片的血腥和死亡，實現政體轉型固然是一族之萬幸，但也是手握刀柄者，機關算盡無計可施之後的理性妥協和退讓。一個正常的現代國家，絕不能再因為一個霸主的生死來決定其民族的命運。如果每一次向文明社會的轉進，都要依賴類似的僥倖，甚至還需要付出部分英雄兒女的生命，那就是我們還沒有走出吾族的共業。

任何一個共和國都應該有這樣的信條——人民有免於匱乏和恐懼的自由。八十一年來，我們何曾得到過這樣的權利。一代又一代的相互臥底，相互檢舉，相互迫害；絕大多數人既是受害者，又默許甚至參與著極權陰謀，淪為專制時代的幫兇和幫閒。當國家機器僅僅為了鞏固黨權，而要不擇手段地鼓勵獎賞小人惡人之時，我絕望地看見——僭主的法統竟然能延續多年，而民族的道統卻喪失殆盡。

　　我們每一個人都有親友，個人的捨生取義，很多時候帶來的卻是親友的無辜蒙難——這一個倫理困境，常常使得我們只能忍氣吞聲，放棄正義和真理。於是，為惡者肆無忌憚，而善良人卻要充滿隱憂地隱忍著一切不義。朋輩們幾十年來遭遇的迫害，我所見證的噩運，我悲哀地發現，如果不實現轉型正義，作惡的屠伯還會有繼承，專制的斧鉞還可能捲土重來。愚昧的庸眾奴才，他們習慣了舔舐著極權盛宴的殘羹，對任何霸主都歡歌擁戴。而無數為了良知和理想而輕身躁進的生命，卻可能在不遠的未來，還要前仆後繼地被碾壓為塵。

　　我們曾經是亞洲第一個共和國，我們共和的歷史屢屢被野心家和權術小人破壞和打斷。無量頭顱無量血，可憐購得假共和。每一次革命都是一代理想主義者以生命換取勝利，但每一次勝利，都被那些最卑鄙自私的權利迷戀集團所盜取。他們是專制得以運行的具體執行者，這些有名有姓的存在，左右逢源見風使舵於任何時代；至今還像功臣一樣毫無

悔罪，還沉默掩飾如每一個榮休的老叟。他們悄無聲息地穿行在菜市酒巷，與不知真相的庸眾握手言歡，他們有誰曾經向捨生取義的犧牲者致歉？

我還要冒天下之大不韙地警告——千萬不要迷信所謂民主的神話。我們這個被毒害將近一個世紀的民族，首先要完成的是一場祛毒化的自我革命。這將是一個漫長的過程，是重修個人品質，重塑民族素質，重設國家信仰，重建政治制度的一場艱難征程。讓我們從層級遞選的代議制開始，建設一個真正憲政、法治、自由的聯邦。務必警惕泛民主的道路，要永遠規避希特勒和普金這樣的獨裁者，再次被票選上位的悲劇。

最後，請允許我邀請我的愛人上來，和我一起感謝大家——為她父母兄長，以及為所有的蒙難者致祭。沒有她的委託、信任和愛，就沒有我的受命苟全。沒有她全部親人的犧牲，以及她個人的履險受罪，搜集保全住專制的罪證，未來的正義審判就將缺乏應有的力量。岫，親愛的，妳在哪裡？請上來吧……

他聽見了掌聲潮湧，一波一波如海嘯突發。但是卻沒有看見岫的影子，他緊張地環顧，視線所及之處，白茫茫一片大地，人群忽然魔術般消失不見。他聲嘶力竭地對著雲天高喊：親愛的岫，妳在哪裡？快上來啊！臺下只傳來張校長和喬婭的鼓掌，他看見他倆臉上掛滿淚水，卻是微笑著向他

走來。他仔細地打量周邊，這不還是滿星疊華校的操場嗎？他不知道自己怎麼突然在這黎明時刻，獨自站到了這個舞臺上。

舞臺正中間的高處，依舊懸掛著「禮義廉恥」四個大字。舞臺的兩邊，插著兩排泰國國旗和中華民國國旗。一切都沒改變，學校如故，這些流落異域的華人還在堅持。岫依舊沒有出現，他也根本沒有回去，他只是從一個深深的夢境中游出來，孤獨地登上了這個舞臺。他對著冬日泰北的群山，對著朝霞氾濫的高天，對著空無一人的操場，對著那些破舊低矮的教室，開始了他的長篇演講……

馬上就要新年了，喬婭是來接他回清邁過節的。她和張校長聆聽了談雲的即興演講，她彷彿又看見了老師當年的風采和鋒芒。當她看見他四處高喊岫的時候，她知道她唯一真正崇敬和暗戀過的這位人生導師，可能再也走不出這片山谷了。她淚如雨下，她從演講中已經聽出了老師的幻覺，她絕不忍心打破他的這種執念和幻境。

她只能帶著張校長向他走去，她要沿著雲先生的思念和思想，虛構那個革命勝利的結局。這是唯一還能讓他繼續活下去的信念——岫必須存在，必須正在國家轉型的道路上奔波，必須還在正義審判的法庭上作證。必須還在等著喬婭將已經衰朽殘年的至愛談雲，慢慢地亦步亦趨地送回故國，送還他們共同的故鄉。

他們害怕突然驚醒了雲先生，只能緩慢地靠近，緊緊地

擁抱在一起，像群山之海中因海底火山爆發，而剛剛疊起的一座卑微孤島。雲先生半夢半醒，若有所悟地盯著喬婭低聲問道——他們垮了嗎？岫有消息嗎？

喬婭咬著嘴唇，點頭說嗯，我來接您回家了。

他看著張校長和喬婭哭紅的眼睛，若有所悟。他低聲問喬婭，你還記得當年我在課堂上教給你們的歌嗎？就是我難友老威寫的那首。喬婭點頭說嗯。他突然肉聲高唱起來——

月夜穿過叢林，想起我的愛人，
長眠在寂靜的黃土，天邊傳來了槍聲。
當年熱血沸騰，肩挑祖國命運；
如今空空的雙拳，歲月折斷了刀刃。
月夜穿過回憶，想起我的愛人，
生者我流浪中老去，死者你永遠年輕……

那熟悉的旋律再一次在喬婭的耳邊響起，她清亮的和聲輕輕地跟上去，像一個尾隨蒼老父親的孩子，遠遠地躡手躡腳跟著他嘶啞的調門，生怕他失憶了，丟失在陌生的人間。

談雲在歌聲的巷道中，慢慢穿越到十年前。他開始一點點想起，他是怎樣去到那個孤島，並最終留守在泰北深山，成為了自己的一座孤島的……

第一天 如約而往

（二〇二〇年一月二十日）

一、

　　從曼谷的素萬那普機場，登上飛往桐艾府達叻機場的早班機時，談雲依舊沒有發現岫的身影。當然，他從來沒有見過她，甚至幾乎可以說，他對她一無所知。唯一可以判定的，她是個女人。他們在微信上不多的幾次語音聊天，讓他單方面預感，她是一個可能年輕，還有點羞澀的少婦。在泰國，他也許真的是百無聊賴，五十多歲還願意赴一個陌生女人的約會，這多少有些荒唐和冒險。

　　也許因為武漢爆發傳染性肺炎病毒的原因，春節前的這一趟班機，竟然還有許多空位。他故意訂座最後一排，且排在登機的最後一位，然後從第一排緩緩巡視往後。他想憑直覺發現她，他看到了幾個疑似他想像的女人。直到他坐到最後一排時，還是無法斷定那個網名為「岫」的女人，是否真的隱身於那些口罩後面。

　　但他是知道她的存在的，她預告過她的航班，他才特意預訂的這一班。原本不用這麼起早，下午還有一班，同樣可以保證他趕上那一趟末班船——他們約定的目的地，是一個完全不著名的小島。用中文發音很容易記住，就叫狗孤島

（Koh Kood）。一個連狗都會感到孤獨的島，他自己都不清楚，為什麼要去那裡約會。

七十四座的螺旋槳小飛機，在雲層中載沉載浮。一個小時之後，降落在一片叢林之中的跑道上。他從艙窗往外觀察，奇怪地發現機場竟然沒有什麼候機樓之類建築。走下低矮的艙梯，面對的是幾棟茅草頂的泰式簡易平房。他站在空蕩蕩的顯眼之處，等候她的出現。哪知道人群被各種車輛接走，最後只剩下了他一個人，在那裡略顯荒誕地發傻。

難道是一個騙局嗎？他這時有點心慌起來。可是他一個落魄的寫作者，剛被大學辭退的聘任老師，有什麼值得欺騙的；更何況，這是在泰國，如此安全祥和的一個國家。他打開手機，還好，岫的微信還在，對話窗彈出一句留言──抱歉，武漢飛曼谷的航班晚點，未能趕上你的飛機。你先去那個島上的澳普勞海灘度假村等我，島上會有人舉牌接你。

從達叻機場轉車一小時，來到一處破爛的鐵皮棚，這就是傳說中的碼頭，至此他都始終還沒看見海。那些泰國人的英語，比他還要難以溝通，但又無比謙和地比劃著，將他帶上了一輛嘎吱作響的擺渡車。再經過叢林和幾戶農家，大海才突然像摺扇一樣打開在他面前。

他隨著人流登上那看似隨時可能沉沒的輪渡，據說還需要在海上起伏顛簸一個多小時，才能抵達那網絡評選的──世界十大浪漫度假區之一的孤島。他酷愛海，卻又特別畏懼海船。他調去南方那一年，第一次乘坐海船去報到的嘔吐旅

程，讓他至今心有餘悸。他在巨大的暈眩中，幻覺踏上的是一條有去無回的旅程。就像那些選擇去往火星的人，也許絕無歸期。即便有最極端的發現和豔遇，也無法傳回人間了。

　　船上的乘客和飛機上的人，似乎又換了一撥。在這些白人和泰國當地人中間，他幾乎沒有發現一個類似中國人的人。這真是一場海陸空的全套行程，他實在沒有氣力再去甲板逡巡。即便她也許隱身於某個一花一葉之間，在那裡觀察他的倦容，他也懶得去追索了。

　　就算這一場約會，最後發現完全是一個促狹的玩笑，那他也不會認為她有太多的惡意。因為，畢竟島還在那裡，谷歌地圖已經告訴他，那確實是一個美麗安靜的世外仙境。而他，似乎走到 2019 年的歲暮，確實才真正地感到，一生似乎都在疲於奔命。他覺得自己確實需要一次休假，一次近乎閉關的修心，才可能重新出發走向餘生。

　　輪機老朽的轟鳴，被海浪欺負的拍打聲所壓制。甲板和船舷在風浪中吱呀嗚咽，隨時都有被擰斷的危險。生命與船的航行，都像是一場不斷重複的受刑。他克制著腸胃的痙攣，苦笑了一下。忽然沒來由地想到，假設此刻海底地震，海嘯重現，這個世界幾乎沒有人知道，他為什麼會出現在這一條船上，並陳屍於這一片海灘。

二、

　　寒假開始前，因為學生線民的舉報，而突然被辭退的談雲，最初似乎有些措手不及。這意味著五十出頭的他，斷崖式的失去了收入；而還得自費每月交社保金，直到六十歲之後，才可能拿到那可憐的社保工資。他當然有些懊惱，但來自於全國各地朋友的關切問訊，又讓他略感心安。尤其絕大多數學生對他的真誠泣別，令他有些感動。他知道自己不曾愧對這些孩子，故而也無從檢討於內心。剩下的日子，其實靠寫作，並兼賣一點自己愛喝的村釀，他足以度過殘生。

　　經過了一次離異和兩次同居失敗的他，要不是因為這份工作，其實早就想要離開這個城市。這是一個看似從來都在動亂的江城，從王侯到庶民，隨時似乎都處於危局之中。他的兒子已經在英國定居，父母早已離世，這個曾經給過他愛與傷痛的城市，幾乎於他再也無甚牽掛。他決定出去看看，他的外語能力足夠他在東南亞遊蕩。泰國是落地簽，他於是直飛了清邁。這個泰北的古城，讓他在這個寒冷徹骨的冬天，驟然遭遇了暖意。

　　有個曾經暗戀他的學生喬婭，嫁了一個清邁大學的老師，一直在這邊開民宿。他的如約而來，人家小倆口都是幸有嘉賓的熱情。帶他去藍廟、白廟，去素貼山，去享受森林

餐廳和稻田酒店的美食。木雕村和陶器村的民間工藝，都讓他大開眼界。喬婭甚至問要不要陪他去看人妖表演，雖然她先生聽不懂漢語，他還是略感羞慚。喬婭動員他，辦一個十年的養老簽，就在清邁留下。這裡低廉的消費，而且順便可以幫他們打理民宿的酒吧，完全可以支撐他的自由寫作。成熟了的喬婭，真誠地盯著他說：老師要是能寫出你當年的故事，才能不負今生啊！您就留下吧，我這也算你半個家。

歲暮的清邁，夜晚還是要披一件襯衣。他獨酌於喬婭的小院，看藍汪汪的夜空中，疏星點點如竊竊私語。他想起很久沒看微信了，打開手機，湧進眼睛的是朋友圈一大堆類似的消息——新型冠狀病毒在他剛離開的城市武漢爆發，並已經在多地擴散。群消息之外，只有一條好友私信，來自於一個名叫「岫」的姑娘。他隱約記得這個名字，點開看見她的留言——你在泰國過年嗎？

她怎麼知道的？他的出行沒有告訴任何人。他翻看了一下自己的朋友圈微信，還是到達的那一天，發了一張照片，只是一大碗麵，上面橫著一根大棒骨，自己配的文字是「面面相覷」（編按：麵的簡體字）。他不太想暴露自己的行蹤，很多人在跟帖中點讚和追問，這是哪裡的麵啊？看著很好吃。他也懶得回答。這個岫，她究竟何人，何以知道他就在泰國？

因為酒後，有些好奇，他這時才回了一句：妳怎麼知道的？

已經深夜了，泰國又比中國晚一個小時，沒想到她很快回覆：我吃過那碗麵，只有一個地方有。

　　網絡的厲害早已讓他領略，只要透露一點信息，就能讓人分析出行蹤。他只好回答說：大陸又病毒了，也許就在這邊晃蕩吧！

　　那邊馬上彈出回覆：我也去那邊過年，在狗孤島，已經訂好房了。我自己。

　　那是什麼地方？我從未聽說過，在泰國哪個方向？談雲已經讀懂了她「一個人」的暗示，但是他們之間，記憶中只有過不多幾次對話，她這是什麼意思呢？

　　這時她開始直接語音說：你谷歌一下就知道那是怎樣一個動人的地方，如果你也是一個人過年，那何不來我們一起？我知道你會騎摩托，那個島上，我需要這樣一個朋友。

　　這是怎樣一個女人，會如此直白地發起邀約。先搜索一下這個地方，再來探索這個近乎陌生的網友吧！他立即開始谷歌，很快弄清了那個世人罕知的所在，只有兩千多原住民的孤島。並且明白了這一趟奇幻旅程，必不可少的海陸空三棲線路。他有些怦然心動，無論是這個女人，還是這個去處，都讓他在這個創傷的冬天，忽然有了一些激動和嚮往。

　　於是他問清了她的行程，在網上訂好了七天往返的機票、車票和船票。唯一沒有預訂的是酒店——她說她訂好了一個標間——言下之意，似乎是他可以跟她「混帳」了。他也知道，在單身背包客的圈裡，「混帳」就是男女搭夥一起

混住一個帳篷的意思。當然，萬一他誤會了她的意思，臨時再去設法找一個民宿或增加一個房間，應該不會太困難。

抱著這樣的僥倖，他決定奔赴這個孤島。

三、

島上的碼頭同樣簡陋，叢林之中矗立著一尊鎏金大佛。兩個水手像騰挪飛躍的猴子，很快將渡船綁上了插在海底的椰子樹木柱上。他隨著人流上岸，找到了那個舉著「澳普勞海灘酒店」牌子的男丁。再等來兩個白人和他們的泰國妻子，那輛小貨車改裝的八人巴士，便開始飛奔於密林中的山路上了。

他不想與陌生人說話，他只能猜度，這就是傳說中泰國特有的國際組和家庭。妻子是通過中介介紹來的，可短期亦可長期，兼做保姆導遊各種家務，當然也可以聊盡夫妻實務。這樣臨時組建的家，各取所需的物質與精神；彼此相敬如賓，反而有種真正契約意義上的誠信俱足，不啻於是人間男女相處的另一種美事。

島上硬化的山路，如坐過山車一般陡降陡升，一閃而過的湛藍大海，忽隱忽現於熱帶叢林之間。差不多又將一小

時之後，才停在了一片海灘上。各種似曾相識的花草樹木之間，擺放著幾十棟五顏六色的小木屋，彷彿一個兒童遊樂園。談雲在這十二個小時的折騰之後，還是被那銀色沙灘和清澈透底的海水給鎮住了。

他直接去了海灘的躺椅上，放下雙肩包，去邊上的淋浴棚換上游泳褲，獨自撲向面前的泰國海灣。海水溫潤，夕陽氾濫於波濤之間，游魚環繞著他懶散的蛙泳。上岸小憩，去吧臺買了一瓶象牌啤酒，一邊澆灌著自己，一邊打開手機。岫的微信告訴他，還要等三個小時，要他去吧臺直接拿鑰匙，她已經聯繫好了。

這真是一個神通廣大的女人，簡直像傳說中007的女助手。他進入房間沖洗之後，決定來好好研究一下她。他和她只有微信關係，在這一次的邀約之前，是去年夏天曾經有過的一次簡短對話。那是一個每年都要失眠的深夜，他一如既往地獨酌，在朋友圈發了一首合唱音樂。她忽然問：你又傷感了？

他回：妳怎麼知道？

她說：從你發的音樂中知道的。我注意到，每年此刻，你都這樣⋯⋯

妳知道那是什麼歌嗎？他想試探一下她的年齡和閱歷。

她說：知道——〈先行者只是為了不悲傷〉。

他彷彿立刻有些瞭解了她似的，但又不便深問。他只回了一個流淚的表情符號，便不再言語。事實上，在這次聯繫

之前，他幾乎遺忘了她這個微友的存在。他在想，他們究竟是怎麼建立微信聯繫的，應該有過最初的搭話。誰加的誰？是當面加的，還是微信群加的，還是朋友推薦名片加的？他都完全想不起來了。因為，這個手機是新換的，擔心內存太多，並未將過去的信息倒換過來。而他隱約記得，在那之前，他們是有過一些其他對話的。只有找到在國內的那個手機，他或許才能想起他們可能的因緣。

他只能來翻看她的微信，她竟然設置的是朋友圈只能看三個月的內容。只有三條，一條是2019年平安夜的，只有一個窈窕的背影，一半在燭光下，一半在黑暗中。他只能猜測這可能是她，優雅的女人，是能從背影也能望見的。圖片下的文字很簡單，但也很有態度——還是要在今夜祈禱。

第二條是 2020 元旦發出的，圖片是一個木頭花格窗戶，外面依稀雪野，窗臺上一把壺一杯茶，氤氳著暖氣。配文是：飛雪落花已然隔世，這些被風吹走的日子，還能餘幾……

第三條顯然是這次出走前才發的，圖片中一片皴裂的夯土牆上，掛著一幅黑色基調的油畫，畫中是一個男子，八〇年代的裝束，樸素中煥發出的俊采英氣，是這個時代日漸消逝的面容。但是如此冷峻的一張臉上，眼角卻似乎閃動著淚珠。畫框下的案上，供著一瓶白花。配文上寫著：哥，海在遠方等我，我們終將重逢……

這是誰畫的，又是畫的誰？這不像是買來裝飾的行畫，

一定與她有什麼關係。這究竟是一個什麼樣的女人，在微信中自說自話，卻又如此掩飾著自己的行藏。她到底生活在哪裡？有過怎樣的成長故事？她為什麼偏要在這個險象環生的歲暮，來約自己這樣一個近乎衰朽的男人，去赴一個完全陌生的島嶼？

四、

早在元旦前，他已經從武漢的高中同學那裡，聽說了新型冠狀病毒可能爆發的消息。那位同學現在是同濟醫院的病毒專家和博導，只是警告他趕緊遠離武漢，但千萬不能把這個消息公布於眾。他們醫院已經有一個醫生，因為在網上透露了一點，就被警方當做造謠而抓捕了。還是醫院黨委出面，才去擔保出來。

老同學的專業權威，以及他們之間少年時代締結至今的情義，都讓他深信不疑。老同學也知道，這些年他的所謂反黨言行，讓他別無選擇地成為了同學中唯一的公眾人物。他在網絡上關注者百萬，一言一行都可能引發某種危險。為了同學的安全，也擔心自己的公信力受損，他一直緘口不言，而是獨自來了泰國。

此刻，洗完澡躺倒床上，打開微信和微博時，已經發現無數個關於武漢病毒的消息不脛而走。但是那座城池的人民，似乎多數還在樂呵呵地置辦著年貨。大難在即的一些民眾，前幾天還在為警方抓捕八名醫生「造謠者」而點讚。今天接受一些電視採訪時，雖然開始承認有傳染性肺炎了，但是依舊傻呵呵地在說——我們相信黨和政府，有能力迅速消滅病毒。

這是一個基本無救的族群，他們多數人根本不相信，這個政黨和體制，本身才是最大也最邪惡的病毒。三十年來，他和同道者的奮鬥和犧牲，曾經遭遇的迫害和此刻正在發生的打壓，他驚覺似乎毫無意義。他有點想要潔身遠引了，逝將去汝，適彼樂土。也許這個喚作「岫」的女人的出現，或是天意安排來接引他一起偕隱江湖的。

泰國是夜不閉戶的國家，舟車勞頓的他，抱著一些綺想沉入夢海。這是一個擺放著兩張床的海景房，洗浴室和房間一般大，玻璃天窗上閃爍著星群。他隱隱聽見海的呼吸，海水似乎正在漲潮，一波一波地向他撲來。他被綁在一個石頭上，被鹹腥的浪漸次掩蓋。他努力掙扎，但是卻難以動彈。他的意識開始醒來，知道這是又一次夢魘——也就是夢魘了，他只需要堅持對抗，就一定能甦醒。終於，他睜開了眼睛，聽見了洗浴間的水聲嘩嘩。他一時忘記了身在何處，驚疑地推門進去。在那拐角的淋浴噴頭下，一個洗髮浴身的裸體女人，正像維納斯從海底緩緩升起。

岫抬頭看見傻眼在門邊的他，露出了平靜大方的微笑。也許這是意料之中早晚必將遭逢的撞見，她並未特別驚慌和羞澀，也沒有矯情扭身刻意掩蔽自己的私處，而是柔聲淺笑問道：你醒了啊？在外等我一會，我們去海邊吃燒烤。

　　他自己倒有些不好意思了，他晃眼看見的是一個近乎完美的女體，看不出年齡的少婦，成熟嫻靜的容顏。他嗯了一聲，趕緊關上浴室門，自己乾脆來到房門外的廊下，點燃了一根香菸。這就是岫？他一時還是回不過神來。接下來的七天，他們究竟將要發生什麼，又該如何相處，他似乎第一次發現，還有自己難以預測和把握的事情。

　　他不是第一次和陌生網友約見，因為網絡的原因，雖然他在自己的國家僅僅出版了幾本書，且很快都被查禁，但他依舊擁有很多忠誠的讀者。看似薄有文名的他，自知但凡喜歡他的文字的人，都是這個國家的良心守護人，他對他們始終抱有敬重。大家說他沒有什麼架子，他心知這些讀者才是他的衣食父母。

　　也有一些類似的約見，因為思考談吐甚至話風的不對路，難免不歡而散的。當然也不乏有一點紅顏，一見如故而走向床頭，最終成為了互悅的知己。在身體與性方面，他從來不是一個保守主義者。但是，對於他理解的愛情，還是有一些異乎尋常的潔癖。也許經歷太多，他是那種很難愛得起來的人，有些女友甚至嘲笑他已經愛無能。但他自己知道，真正的愛情對他而言，是一種信仰——他相信有神存在，卻

不會輕易去完成受洗皈依。

　　岫那一閃而過的胴體，無可挑剔的身材和膚色，以及那淡定不驚的笑顏，都讓他有些心旌搖曳。這有些超過他此行的預期，他原本自嘲地想過，即便遭遇恐龍般的女士，一起度過一個災年裡的春節，也不是格外難受的問題。眼前這個開端的過於美麗，竟然令他有些手足無措，有點生怕承接不住的忐忑。他聽見室內傳來吹風機的聲音，想像著她亂髮飄飛的樣子。雖然才看一眼，他有些似曾相識的幻覺，總覺得有什麼地方，能夠喚起他一些模糊的記憶。

　　他真正的慌張是，他和她曾經的結識，最初的對話抑或挑逗，都被留在了那個報廢的手機裡了。他無論如何也想不出，是怎樣的緣起，會讓這個女人大大方方地約自己度假。而且還充滿暗示地說——如果彼此都是一個人的話，她已經訂好了房間。也就是說，她對他已經非常熟悉和信任，完全沒有設防。而他對她，則接近於一無所知。他必須在接下來就要面對的對話裡，不傷對方自尊的前提下，慢慢來釐清他們可能存在的前緣。

五、

　　澳普勞海灘，瀰漫的星朵，依稀照耀著潮水如舊時光一般退去。白淨的沙起伏如酥胸，溫暖而圓潤，大片橫陳於椰樹叢中。一些躺椅和沙灘沙發，胡亂扔在灘塗上。吊床懸掛在熱帶樹林之間，足以承受一到兩人的蹂躪。

　　看向大海的方向，左手是燒烤鋪，右邊是酒吧。岫大大方方地挽著談雲的手臂，在花叢背後的暗影中浮現。她的象牙白吊帶和牛仔短褲，以及那雙綴著一朵貝雕的人字拖，都非常般配這樣的南亞海岸。剛洗過的頭髮散發出泰國香草的味道，齊肩披散，襯托出面孔的嬌小和身材的高䠷。她把他按進泡沫沙發中，用英語熟練地叫來小廝，點好幾道燒烤和啤酒。談雲默默欣賞著她的成熟氣質，有那麼一刻，竟然湧出一些虛榮的驕傲。他環顧周邊，幾乎都是白人的世界；而多數白人婦女，都已經變得有點奇形怪狀了。

　　所謂冬天，在這裡是並不存在的。夜風帶著一點點鹹濕的味道，如情人之手暖意地滑過。他們舉起手中滴著冰露的酒瓶，第一次逼視著對方的眼睛，輕輕地碰了一下，各自飲下第一口寒澈心肺的啤酒。他嘀咕了一句：凶年的開始，還得互祝平安。

　　她苦笑了一下，輕聲說：但願我們，還能活過這個時

代。

還有四天，就是中國人的春節。原本應該滿帶祝福的賀歲，此刻卻凸顯出不祥的味道。他的心惻然一動，他想知道，她究竟對眼前即將爆發的時代劫難，有多少深知。他問道：妳瞭解這一切嗎？他們隱瞞了真相，扼殺了最初預警的聲音，矇騙了整個世界……他們這是要將國民再一次推向絕境。

嗯，我只知道我今天差點趕不上你的行程，只知道整個國家顯得惶恐不安。傳言已經瀰漫，但多數人都不知道即將大禍臨頭……

她說這些話時，眼窩深陷的明眸楚楚動人，隱約有寒星閃爍。她舉起酒瓶，向他示意了一下，又喝一口，彷彿要壓住內心的悲傷。看來她是一個關心世事的女人，他太在意一個女人的三觀了。這樣的開頭，他有些放心了，在接下來的七天裡，他們大約不至於沒有共同語言。他問：妳是為此而要逃到泰國的嗎？

她似乎略帶一點苦笑地搖頭說：不是，跑得了初一，跑不了十五。我是落地簽，很快就要回去的，我只是想……把你留在這裡。

她搖落的頭髮遮蔽了她半邊臉，他看見她另外一隻眼睛在挺拔的鼻樑一側，睫毛撲閃著些微羞澀。他抬眼盯著她，想從她眼中讀出此話的含義，但她一直迴避著與他對視。他只能溫和地逼問：妳……為什麼想讓我留下，難道留在這

裡——這個孤島上？

留在泰國。我的意思是，你可以，或者說千萬不要回去了。這裡生活成本不高，安靜，還安全。我知道，你還有太多的故事沒有寫出來，你需要這樣一段隱居生活，來完成很多人對你的託付。包含，我要對你的託付。

她斷續說完這些，才轉眸看了他一眼，目光裡有些慌張和憂傷。也許還有一些隱衷，剛打開話題，欲言又止了。

他感動於這種隱隱的相知，又有些好奇她的所謂託付——她將要託付什麼呢？愛慾與身體，還是往事或命運？他碰了一下她的瓶身，玻璃顫動的樂音，一飲而盡的難言之隱。這些說不出口的疑惑，將他沉浸在暮色四合之中。她對他的熟悉，似乎加深了他對她的陌生。這是怎樣一隻斜刺裡插進來的纖手，竟能瞬間捏疼他的消沉。他心念觸動，想要抓住那一隻從天而降的白皙胳膊。他真的向她伸出手去，她如果回應，他突然就想那一刻把她攬入懷中。她遲疑了一瞬，緊緊抓起他的手提溜起來，指著海灘說：我們走走吧！

他從手指上感受到了她的委婉拒斥，不太敢馬上將其摟抱，只好順勢牽著她的手，小情侶般漫步於柔軟的沙灘。而她也非常自然乖順地任其緊握，甚至有些靠近他肩膀地並行。他們經過的林蔭中，不時窺見一些耳鬢廝磨和熱吻的儷影。他有些心春乃爾，手心裡滲出汗來。似乎很多年沒有這樣的浪漫感覺了，他恍惚有了一些情的萌動。

他停步轉身逼視著她，輕聲道：我們是不是從前見過，

為什麼會似曾相識呢？

她有點促狹地莞爾一笑，搖頭說沒有。還說：你這樣套磁是不是有點老套了。

這樣的調侃反而觸發了他原本就有的涎皮涎臉，乾脆順杆而上故作正經地說：不，我們不僅見過，而且還愛過。去年，在馬里安巴，妳還記得嗎？

這是法國老電影的臺詞 (註1)，她頓時會心一笑，皺著鼻子佯裝鄙視地配合著說：呵呵，先生你認錯人了，我至今都沒有去過馬里安巴（編按：馬倫巴）。然後她笑道：其實，我知道你是個壞人，你這個打法，需要升級換代了。

他們倆哈哈大笑起來，那一刻恍惚遺忘了歲月的顏色。

六、

他當然從年輕到永遠，都可能是一個好色之徒。他甚至從不掩飾他對美女的眷戀，每一次豔遇都像是初戀一般癡狂。他真心實意去交往，真情實感地陷落，最後往往又真切實誠地告別——一再半路遁逃回自己內心的寒舍。在那裡，他的心似乎有點寒冰徹骨，再也難以酥化為烘焙俗世瓜豆的煙火。

你是在等某個人的出現嗎？不少分手的女友不免怨責地問他，他往往也答不上來。他像是一個完美主義者，總會從一些交往中發現紕漏。於是，他的生活多數時候，就這樣千瘡百孔，一路透出風寒。

此刻的海風確實是酥軟的，空氣中有一種精液的鹹腥。他腋下夾著另一隻滑嫩纖細的手臂，漫步中薄汗與絨毛的黏黏摩擦，讓他體會到久違的荷爾蒙快意。他默默地導航著曲折的沙路，深一腳淺一腳地急於將她帶回某個像是預設的陷阱。他很想早點躺下了，無論是疲憊還是亢奮，他都想和這個這麼好的女人換一個挨近的姿勢。

她懵懂地順從他的牽引，回到了他們的房間。她像一個嫻熟的主婦，對他說再去沖一下，他乖乖地去浴室。等他穿著內褲出來時，她已經將他們的簡單行裝清理了一遍，衣褲都掛好在櫥櫃裡了。空調讓房間薄寒，他鑽進門邊的床被，意味深長地說，妳也快來躺下吧。她笑而不語，自己也拿著睡衣去浴室。一會兒伸出頭來說：把你內褲扔過來，我一起洗了。

他反倒有些羞澀了，在薄被掩蓋中脫下三角褲，扔了過去。裡面傳來水聲，他在猶豫，要不要裸體起身，去櫥櫃拿來乾淨的內褲穿上。他又有一點厚顏無恥地想，反正可能是要脫的，還不如明天起床時再穿。他把手機充上電，暗懷慾望地斜靠枕頭上，等待她的降臨。那水聲彷彿漫長的雨季，讓他有些急不可耐。她終於裹著浴巾，拿著幾件洗好的衣

衫，去門外的平臺上晾好。然後進門關燈，只留下一盞微弱的鏡前燈，照耀著她慢條斯理地護理皮膚。

他安靜地欣賞著她的背影，似乎就要品味一道美麗的涼菜。她從鏡中窺見了他的癡傻，溫和地笑道：你先睡吧，奔波了一天。

他招手說我要等妳，妳快來吧。他這樣說時，很有些溫情款款，他自己都覺得自己的喉嚨，有點因渴望而乾澀顫抖了。

她敷上面膜的臉，只剩下嫵媚的大眼在眨動。她走到他的床沿坐下，拿冰涼濕潤的小手拍拍他的臉，像哄一個孩子般輕聲道：睡吧！不要遐想了。女人的事多，說好了，我在那邊床上陪你。

他有些被人看穿的羞慚，只好乾脆順坡滾驢似的無賴著哂笑乞求：妳不能這樣無視我的存在，妳這是酷刑，已經構成反人類罪。我想要，抱著妳睡。

他說著就已經伸手摟住了她的腰肢，她並不掙扎，只是拍打著自己的面膜呵呵嬌笑道：我早就瞭解你，知道你有多麼難纏，多麼難以抵抗。當我發出邀請時，我就做好了各種準備，我一定要拒絕你的誘惑。親愛的雲哥，我不是來跟你約炮的女人。我只是想，招聘一個車手，一個並不真正壞，卻還有趣有故事的男人。美麗的旅程，一定要有你這樣的哥們來分享。我可不想學那些傻傻的女孩，就這樣掉進你的陷阱。

他摟著她柔弱腰身的手，烙鐵般滾燙。他當然有力量將她拉進懷抱，但是面對這樣一個自尊自持，又神祕成熟的女人，他真的不敢輕易逞強。如此令他心動的人事，他不能面對被拒絕之後接下來七天的尷尬。也許最珍稀的瓷器，就是拿來觀賞也好的。但他又不願就此輕易放棄，他知道自己一旦真正感到挫折後，就可能從此不動心念。那也就意味著，他與她可能的運氣，將澈底失之交臂。他突然嚴肅真誠地問：我也許喜歡上了妳，我不知道自己是否能熬過這樣相處的七天。一切都會轉瞬即逝的，我該要怎樣，才能打動妳……

她的笑意即便只是透過眼睛，也能看出其中的波光搖曳。她回到自己床上，凝視著對面牆壁，自言自語地說道：七天，已經很漫長了。上帝創造世界，也只用了七天。這七天，我是來和你交換故事的。你要用你的成長故事，來打動我，這樣我才會拿我唯一的故事，來回報你。讓你一生一世，記住這個故事……今天太累了，我們明天開始吧。乖，聽話，睡吧！

他只好打開微信，去關注故國消息。那個醫生同學緊張的語音提醒他——鍾南山院士來了，已經正式宣布這是冠狀病毒新的變種，而且絕對人傳人，且傳染性極強。

最後一句語音似乎有些絕望地說：也許我們這些留在這個土地上的人，很多將要在劫難逃。你假設能夠不回來，就不要回來了……

他是那種幾乎完全憑藉直覺來前行的人，他所有行動的邏輯，並不建立在數據分析上。他對這個國家以及族性的認知，他所經歷過的風險與災難，構成了他的判斷力。他相信這一場災難，應該是人類的浩劫，正是這些年這個狂妄顢頇又狂飆突進的國家，所必將招來的報應。夜半清醒的他，臥聽海潮肺葉般的煽動，略有一點暫時脫險的慶幸。

他回頭在黑暗中隱隱注視岫的睡姿，想起她也剛剛從那個危險的城市脫身。但願上帝保佑他們，從精神到身體，都還沒有被病毒沾染半分。

七、

大海的呼吸在今夜特別安詳，有節奏的浪語一波一波地反復，像是母親的搖籃曲一樣輕柔絮叨。岫閉眼假寐如熟睡，她希望相隔一米另外那張床上的談雲，不至於因為她而輾轉反側。這一天的奔波對他們而言，都是風塵滿面的辛苦。她在黑暗中非常清晰地意識得到他對她的觀察打量，她儘量嚴實地用薄被掩蓋著自己的軀體，以免喚起他的想像和折磨。她非常信任他的教養，但作為成年人，她至少現在還不想形成對他的誘惑。

她早就在他的文章中瞭解他的基本人格，也從微信朋友圈裡，窺見他在日常生活中好玩且很有品質的一面。她鼓起勇氣敢於如此浪漫得近乎輕佻地相約度假，完全是基於對他為人處世的信任，同時也是對自己把控能力的自信。她很清楚，這個世界上有很多人都是雙重人格；在網絡空間作為公眾人物，裝出的是各種義正詞嚴的正派豪爽；而真正在私域生活中，卻是極端自私自大和驕橫撒謊的巨嬰。

　　她確實不是衝著一場豔遇或者愛情而來的，她非常清楚自己需要什麼，想要尋找一個什麼樣的人，來完成她的靈命相托。她也理解談雲會帶著綺思遐想如約而來，在這個時代和這個年齡，一切都是人性的正常反應。但她至少暫時還不想把自己的身體草草交付，她確實需要觀察他，在被拒絕之後的人品表現。如果他是那種沒有得到，就完全呈現另外一副面目的人，那她也就再不會指望他成為真正的君子義人。

　　從黃昏才開始的真正結識，這個男人的一切表現——雅痞的打情罵俏，有分寸的親昵，並不猥瑣的求歡，以及也不那麼男權和名流似的細膩溫和——其實都在她最初的想像之中。他應該就是這樣的男人，不卑不亢，亦莊亦諧。如果僅僅是做一個驢友和玩伴，這些德行已經足夠維繫他們此行七天的快樂。或者往深處再想一步，如果同居一室而和平相處，且還相處甚歡的話，做一次情侶甚或做一生情人，也不失為一個珍稀且美好的相遇。

　　但四十歲的她，由於遠超同齡人的奇特成長經驗，根

本不可能為了傾慕某個網絡大咖，而來費心安排這樣一場萬里幽會。她必須真正深入他的過去，而不是迷惑於他公開的網絡形象。她必須將他們置身於這樣一個幾乎與世隔絕的孤島，一個完全沒有中國人到達的地方，她才可能不被打擾地認清這個男人，究竟是不是她將要以命相托的人。

她聽見了談雲已經均勻的鼾聲，才開始睜眼轉身，借著窗外的星月微光，仔細端詳著這個虎臥床側的男子。她已經研讀過他多年，熟悉他的大多故事，也看過他的各種網絡視頻與照片；對她而言，這張臉這副身軀，完全沒有陌生感。但是此刻，這個他們真正開始「混帳」在一起的初夜，她卻第一次發現，他在白晝和公共空間裡一直呈現的那一張玩世不恭的嘻皮涎臉，完全消失在他的深睡中。這是他在安全的床上，卸下了白天的各種偽裝之後，才可能澈底暴露的內在表情——眉頭緊鎖，眉間溝壑形成一個川字，額頭也多出兩道橫紋。平時圓潤的腮幫這時竟然是稜角分明的，明顯看得出他在夢中牙關緊咬，而且不時發出咯吱咯吱的磨牙之聲。這聲音在暗夜如餓虎，如廝殺前的孤狼，看上去就是一個身負奇恥大仇的男子。

捫心自問，即便沒有另外的托命，她也知道自己是喜歡這張臉的。粗糙有型，黃黑參半，不多不少的鬍碴透出滄桑。五官乏善可陳，但擺在一起恰如其分，一點也不英俊，但就是埋藏著一股英氣。她很瞭解自己的美，環繞著她的各種老少追求者，各種套路的誘惑與搭訕，使她對男性世界

可謂瞭如指掌。她既不是恐婚者，也不是性冷淡，她深知自己多年的獨身，只是因為她很早就從家人和父輩朋友身上知道——什麼才叫男人的好。

她太挑食了，油膩大叔和小鮮肉都不是她的菜。或者說，她活到此刻，這個大疫就要毒害整個人類之際，兩性之愛從來不是她真正的興趣所在。她雖然也會有身心的渴望，但是絕不將就；她保守著自己的貴氣，隱隱是還在恭候那個她心中認定值得她交付的人。而那個人，也可能註定要為之犧牲這一生的世俗幸福。

她默默地盯著他的睡相，沉穩而生氣勃勃。如此正派的一張臉，已經這樣被摧殘的一張痛苦的臉，她會愛上他嗎？她願意捨得去愛，並因為這份愛而可能更深地毀壞他的命運嗎？她突然有些憐惜他，甚至有點後悔自己將他約來。她在黑暗中心生愧意，覺得自己是不是利用了他的好色和好奇，來勾引他踏上了一條永無歸期的荊棘路。

一種不忍之心油然而生，她忽然想起身過去抱住他，盡情地彼此廝殺。然後什麼也不問，什麼也不說，就這樣只當是末日前的狂歡，之後同歸於盡在這個幾乎荒無人煙的孤島上。

第二天 永恆愛慾

一、

　　臨海的早餐廳是一個懸空的木樓，茅草頂的房子展示著土著民的風情。自助餐基本都是泰式和歐式的菜餚，各種熱帶水果鋪排著五顏六色的喧囂。泰國人基本染習了一種英國式的生活，刀叉和餐巾都已整潔地擺布。

　　談雲已經非常習慣泰餐，酸辣對他沒有任何違和感。即便是那種無處不在的淡淡甜味，他也覺得恰到好處。岫似乎還更能接受西式早點，單面煎蛋、麵包黃油蔬菜沙拉和一點培根，足以讓她大快朵頤了。周邊都是白人夫婦，大家都輕言細語著，彷彿這個世界並未真正開始一場劫難。海水在不遠處漲潮，每每掀起的一排波濤，都要發出一陣喧嘩。有一些蝦蟹和貝殼，就這樣被拋棄在沙灘上，等待著下一輪潮水前來，把牠們營救回水鄉。

　　在初升的陽光下，岫煥發出東方女人特有的美麗。細膩若膏的皮膚，遠比白人還要白皙滑嫩。她的眼睛卻很歐式，有點深陷在眉骨下，眼皮甚至是三層的。當她撲閃著睫毛看著他時，他一時竟然有些呆傻。他當然是見過不少美人的，還是被她的這種獨特的光芒所燭照，進而有些心花繚亂了。

妳真好看。他自言自語地喃喃歎息：妳的微信頭像，為什麼一直不用自己的照片？

她有點得意地淺笑道：你在來的路上，是不是一直擔心，萬一遭遇廣場舞大媽，該要怎樣全身而退。以我對你的瞭解，你肯定準備了另外的逃生計劃，告訴我，那是怎樣的？

他似乎被說中了心思，有點不好意思地說：出於人道主義立場，那也肯定是要留下的吧！當然，這個酒店，還有多的房間。不過我想，我的運氣不至於這麼差吧！但是，依照昨夜的情形看，其實現在這樣的遭遇，可能要更為悲催，嘿嘿嘿，妳懂的……

他轉眼變為嬉皮笑臉的調侃，惹得她嘟起小嘴說：那你要不要，換一個房間？

不要不要，其實半夜夢醒，偷窺一下妳的睡態，也算是賞心樂事。女人最根本的美，在睡態上體現。很多白天好看的人，其實在夜裡並不好看。妳的睡態如玉觀音一般嫻靜，靜若處子，嬰孩似的柔美香甜。

你這得是觀察過多少女人，才能總結的經驗啊？她略感醋意地調笑道：好了，今天的故事有了主題——說說你的愛情吧！是哪個女人把你變成了今天的你？

不行，這很不公平。我因為寫作的緣故，幾乎完全是一個透明人。妳看妳對我已經瞭如指掌，而我對妳還基本一無所知。今天先說說妳吧，至少讓我知道來自疫區的妳，還是

一個安全的朋友。只有對信任的人，人們才會分享隱私的。他故作正色地說。

呵呵呵，她脆生生的笑，特別的好聽。她做了一個鬼臉說：我問你一個嚴肅的問題——假設我真的已經有病毒潛伏在身，你還願意和我親密無間，度過這個最後的假日嗎？

這當然是一個問題，愛慾生死，人類最致命的困惑，今朝都到眼前來。看似虛擬，實際則是可能的考驗。他盯著她的眼睛，如凝視那深不見底的大海。他不想簡單輕薄地回答這個問題，他需要鄭重深思——你願把你的生命，贈送給一個絕對美麗卻又完全陌生的女人嗎？

他凝思片刻之後，略有些沉重地說：以妳對我過往的瞭解，妳應該知道，我並非一個貪生的人。我之所以還忍辱負重地活著，只是基於激情。我對這塊苦難土地，對那些生生不息堅持抗爭的兄弟姊妹，還一直深懷不忍。苟延殘喘或者負隅頑抗地去活，是因為心有不甘。我的直覺告訴我，我們這一代一定會見證大歷史的降臨。眼前，就像是末日在即，是很多人的末日。古詩說：時日曷喪，吾與汝偕亡。就像此刻，這個亡，是逃亡也可能是死亡。如果我一生浪跡，最終要在這個印度洋的小島上，與妳合葬。那妳就是我愛與生命的終結者，也許是神意如此，妳就是神派來接引我去彼岸的天使……

她先還帶著微笑在傾聽，慢慢轉過身去面向那片海，不讓他看見她的動容。她用餐巾紙悄悄拂拭自己的眼角，不肯

讓心底的悲情氾濫成河。他知道自己是問心而答的，真誠清澈如眼前的海。他也注意到她的感動，但他不想打破這片刻的沉靜。

她起身去弄來了兩杯咖啡，泰妹服務生已經清理好了桌面。她沒有給他砂糖包，輕聲說：你就不要加糖了，你血糖可能偏高。

我都不知道，妳怎麼知道的啊？

你看你的手指和手掌都有點掉皮，這是糖尿病的症狀之一。

妳還懂這些，說說妳，我想知道關於妳的一切。妳的父母，妳的家庭，妳的成長經歷。妳是誰？妳從哪裡來？妳還將去哪裡……

哈哈哈，哲學家兩千年都沒弄清楚的問題，你要我現在就回答你啊？還是先說你吧！我要追溯你的各種起點。之後，我再告訴你，我為什麼要約你同行。

她固執的樣子像一個倔強的小姑娘，他苦笑一下端起咖啡，忽然陷入了回憶。究竟是哪個女人，把自己變成了今天的樣子？多情任性，玩世不恭，嘻哈瘋癲或者畏首畏尾，渴望愛又懼怕陷落，喜歡獨處又嚮往奇遇。這是從什麼時候開始的呢？人要真正釐清自己的來路，荒年回首時卻迷失了起點，他一時有點被這個尋常的問題卡殼了。

她像某個嚴肅的預審員，細密地緊盯著他的表情。她知

道他在梳理他心靈深處的女人，那些曾經讓他撕心裂肺的美麗面孔，正在倒帶一般回放。也許這是一件殘酷的事，那些看似淡忘的往事，其實並未真正埋葬。她有點同情眼前這個老男人了，當然，他看上去並不蒼老──健壯挺直的身材，掩飾了面目的滄桑。黝黑的肌腱，隨處可見的傷痕，隨和中暗含冷峻的神態，都讓她遺忘他的實際年齡。

他茫然凝視著她的臉，目光已經散漫到她背後的海洋上。他隱約看見她精緻的五官，不斷被歲月深處浮現出的一些面孔所覆蓋。他一直悄然埋存的幾個名字，時隱時現於那些消逝的波面上。像遠處海平線上晃動的風帆，掙扎著努力爬上波峰。其中有一張臉，太像眼前這個女人了，難怪他昨晚有些似曾相識的感覺。白雁，白雁，他努力捕捉住這個名字，難道是她，真正改變了我的生活和命運？

她被他迷惘而呆傻的樣子，弄得有點害怕了。她只是想從愛情這個輕鬆的話題開始，以期進入他生命的密徑。她知道他是巨蟹座，有著月亮一般的懷舊素質。她甚至經常閱讀他的文字時，幻覺中看見他被記憶的花園裡，那些百合和玫瑰，惹得放聲大笑和嚎啕慟哭的樣子。她有些心疼他這樣的迷戀或者迷茫，怕他一時走火入魔而再也走不出來。

她調皮地伸出一根食指，在他眼前晃動。幾秒鐘之後，他才白日夢醒般收回那些拖網似的目光，集中在她的鼻尖。他慚愧地笑了一下，然後歎氣說：妳真是一個害人精，我要是潛入深海，妳一定記得把我抓住，把我拽回妳的身邊。

二、

　　那是 1988 年的春天，正是我青春張揚，浮浪恣意的年代。詩酒嘯傲於初初開放的國家，似乎還沒過足癮，轉眼就到了畢業季。妳知道，我母校的櫻花名滿天下，對，就是在那個落英繽紛的季春時節，我才遲遲地認識了她。

　　那個黃昏，我和幾個師兄弟正在奔赴一個酒局的路上。忽然一陣狂風吹過，漫天櫻花飛舞，平地掀起一個真正的紅塵世界。風住塵香花已盡時，前面五十米處，驀然露出一個背影。一襲白裙，施施然飄逸在櫻花大道上 (註2)。

　　對詩人而言，有些畫面一定是危險的，它註定要給你帶來一些綺思遐想。我對兄弟們說：校園還有這麼漂亮的背影，我怎麼沒見過。誰有本事上前把她請來和我們喝酒，我賭一條菸。師弟樂曉得意地說你輸定了，然後大步追上去。我們遠看他上前搭訕，沒幾句話兩人都站定，等我們靠近。他指著那位正面也很漂亮的女生說：這是新聞系的白雁，這就是中文系的雲哥，就是他說想請你一起晚餐。

　　一向都很厚顏無恥的我，竟然臉紅了。倒是白雁大大方方地伸手一握，莞爾笑道：雲哥，誰不認識啊？只是你不認

識我而已。

我有點窘迫地說：真是抱歉，我們都在桂園學生宿舍，我怎麼沒見過妳啊？妳是哪一級的？是不是去年的新生啊？

她佯裝生氣地說：我們一起進校的，兩個系合併的迎新晚會，還是我主持的。你們詩人，名頭多大啊！哪裡會認識我們。

幾個兄弟立馬起鬨說：我們都認識白雁，新聞系的系花啊！幸好他不認識妳，妳逃過了一劫。現在要畢業了，今晚酒局有我們在，絕對保證妳的安全，讓丫一輩子相見恨晚。

白雁被大家油嘴滑舌說得哈哈大笑，賭氣說：誰說要跟你們一起喝酒了啊？我不過就是想看看，傳說中的校園流氓團夥，究竟是什麼樣子的。

嘿嘿，慚愧慚愧。我謙卑又油滑地說：白姑娘高看，頂多算盲流；一直在努力，至今沒達標。我遠看姑娘眉宇間英氣颯爽，春雨樓頭尺八簫，今天這麼好的日子，何不杯酒訂交，義結金蘭，拜個兄弟也好啊！總不能幾年下來，就這麼失之交臂。

樂曉很不屑地說：丫套磁又換新詞了。先拜兄弟，回頭再拜父母，然後那個啥啥互拜。呵呵，桃花套路深千尺，不及雲哥送妳情啊！白雁，咱們是好學生，不跟他們玩。

李斯很會打配合地說：馬上就要踏入社會了，還沒學會識別壞人，真叫哥操心啊！我要是白雁，還真就跟你們去喝一場。偏要看看壞蛋們，究竟能壞到什麼地步。

我急忙裝模作樣地說：就是就是，俺們家雁兒，什麼雪山草地沒見過，有了哥這碗酒墊底，以後千杯萬盞會應酬。再交給如此複雜的社會，我也就放心了。

怎麼就變成你們家的了，還雁兒雁兒的，丫這改口也忒快一點了吧！樂曉憤憤不平地說。

白雁被大家七葷八素的逗得哈哈大笑，也許第一次遇見這麼油嘴滑舌的，忍不住撩起了好奇心。她佯裝恨恨地瞪了我一眼，嬌嗔地說：去就去，誰怕誰啊！早就聽說你們這群壞種。

嗨，哪知道這一去，還真是踏上了我們的一條不歸路……

三、

這算是你的初戀嗎？佛洛伊德認為初戀，或者說初夜，可能將影響人的一生。岫單手托著腮，津津有味地聽著談雲的故事，不時插問幾句。

應該不算吧，以前我也東一榔頭西一棒子，胡亂經歷過一些。應該說，我和她，都不是第一次。我們那時，都算是那個時代的前衛青年吧！已經從七〇年代那種清教徒主義的

禁慾風氣中，率先超越出來了。

你們當年真的就這樣流裡流氣地泡妞啊？也算撞見膽大的了，正經女孩誰敢跟你們走啊？她那天，真的去了？然後呢……你們就上床了？

嘿嘿，哪有這麼快啊！我們看上去很壞，其實就像垮掉派詩人金斯堡所說——我們並不是我們汙髒的外表，我們每一個內心都盛開著一朵聖潔的向日葵。那時，為了反叛那個偽崇高偽正經的社會，我們這一代文革後的大學生，在國門初開之後，很快承接了西方嬉皮士運動的先鋒精神。從服裝穿戴、生活方式到兩性關係，都在經歷一場深刻的革命。

幸好我那時還小，沒有栽到你們手上，呵呵。其實，我也知道一點。我的哥哥就是你們那一代人，他那時也很反叛。

妳的哥哥？他在哪個學校？沒準我們還在哪個舞廳鬥過舞。

你先說你的故事吧！我想知道，你們是真的相愛了，還是僅僅做愛了。

這個問題怎麼區分呢？涉及到很多細節，妳願聽那些細節嗎？很黃很暴力喲，呵呵。

哈哈，我又不是很傻很天真。弄明白好不好，我也是有免疫力的成熟女性了。

好吧，那些細節留到晚上再說。大白天的，我們還是不要辜負了這一片海。走，游泳去。

他拿起手機起身，她撒嬌似地抱著他的手臂搖著，懇求道：這麼大的太陽，不嘛，講完你的故事我再陪你去。

他笑道：所有的故事其實多是沒有結局的，哪能一下就講得完的啊！我們先去運動運動，海水也許能把妳的心腸泡軟，之後，我再摟著妳，慢慢給妳講，哈哈哈。

哼哼，你就是沒安好心，你一輩子老都老了，還像當年那麼一肚子壞水嗎？

他拖著她回到房間，自己先去衛生間換上泳褲，一臉壞笑地看著她。她不情不願地拿出泳衣和防曬霜，躲到浴室去更衣。一會穿著比基尼出來，差點亮瞎了他的眼睛。她的三圍幾乎完全是攝影模特的標準，她掩飾不住的驕傲，嘟著嘴匕視著他說：看什麼看，快幫我後背塗一點防曬霜。

他竊喜地趕緊接過，一點一點地在她後背上仔細塗抹。她的皮膚白皙而彈性，兩個維納斯窩在腰眼上十分明顯。他蹲下去塗抹她的大腿，認真得像一個負責打底色的畫匠。他顫抖的手好想深入其他被真絲遮蔽的地方，但又不敢越雷池一步。他身體不由自主的反應，似乎也過電一般傳染到她的身上。她有些難以自持地搖晃大腿低語責備：好啦好啦，又不是粉牆。

妳真是妖孽。他嘀咕了一句，跟著看似氣鼓鼓的她，赤腳朝海灘走去。海沙泛銀，滾燙地鋪陳在灘塗。海水淺藍地吞吐著白沫，清澈得足以看見游魚的撒歡。她一直在前面昂然走著，水裡的很多對白人，都驚豔於她的美麗。他在後面

觀察著她的娉婷身姿，不時被騰起的浪花濕潤。他們在水裡由淺入深，走了很遠才到齊胸的地方。這時她才回頭，央求地看著他嬌嗔道：我還不會游泳，你也不怕我淹死？

他看著一臉無助的她，趕緊伸出手去把她攬住，惡作劇地笑道：妳也沒說啊！看妳信心滿滿地前進，我還以為妳多牛呢！來，我教妳吧！

她被海水擠兌到他的身邊，起伏的波浪不時抬起她的嬌小身體。每一懸空的時候，她都不得不緊緊摟住他的脖子。浮力使她變得輕盈如燕，對水的畏懼加劇了對他的依賴，她的乳房不時貼上他的臉龐。他輕易就能托起她，讓她在自己的手掌上舞蹈。她的小腹柔軟如魚，泳鏡遮住了她深邃的眼睛，也遮蔽了她的嬌羞。

他偶爾故意抽出手來，讓她體驗水性。她很快就要沉沒，呼救般地掙扎，緊抓他的脖子，被海水嗆得咳嗽不止。他哈哈大笑她的狼狽，她生氣地拍打他，帶著哭腔地罵他：你要謀害我啊？你知道我得多麼信任你，才敢跟著你走向深海啊！

他不屑地笑道：這算什麼深海啊？妳記住，妳只要立即站直，妳就能觸到海底。來，讓我好好抱抱妳，這可是妳主動抱住我的啊！

她像一個嬰兒般伏在他身上，有那麼一刻，他真正心疼一個孩子般撫摸著她的後背。面對如此美好的身體，他的慾望卻突然退潮，他覺得這就是一個非他不足以獲救的女孩。

他儼然覺得自己就是一個英雄，一個父親，一個要對溺水的兒童援之以手的大人。

四、

午餐後，外面的陽光萬箭穿心。他們沐浴之後斜靠在各自的床上，懶洋洋如已微醺。她那柔嫩的肌膚已然泛紅，些微的疼痛。她示意了一下潤膚露，他趕緊起來去幫她塗抹。他像愛人一樣輕輕撫摸她的臉蛋，如同一個雕塑家把玩著自己剛剛做好的石膏模型。她閉眼享受著這樣的親昵，時不時發出微疼的嬌吟。他凝視著她那迷人微張的紅唇，好想貼上去任性地舔舐。他的手指停留在她的頰上，她意識到什麼而張眼，迷離地看他一下，用手輕輕推開他，咕噥了一句謝謝，午休吧！說著就轉頭睡去，薄被中露出她細長的腿。

一晃三十四年了，那個暮春的邂逅，一群畢業生惜別的酒聚，因白雁的降臨，彷彿都被改變了什麼。他們在席上唱歌頌詩，他是怎樣去吸引她的注意，而今已經記憶模糊了。隱約只記得，他們一起穿越櫻花大道，搖搖晃晃回到桂園時，都已經有點沉醉。那時落英如雪，飄灑在她的髮間。他駐足面對她，非要一朵一朵去摘掉那些殘紅。她乖乖地仰臉

閉眸，任他的指尖在鬢髮間搜索。

　　那櫻花一般嫩紅的唇，在月光下泛著光芒。輕輕呼出的氣息，似乎還帶著一點殘酒的芳冽。他看著那張生動的臉，實在難以克制身體內部的草長鶯飛，悄悄地將自己的唇貼了上去。她像被烙鐵燙了一下，瞬間後退，瞪眼看著他苦笑一下，輕輕說：不行，我們不能這樣了。

　　他並未看見她的反感或者憤怒，只是有什麼難言之隱的樣子。他上前抓住她的雙肩，觸摸到她肩胛的圓潤。他很認真地說：我們，為什麼不能這樣？

　　她扭頭望向旁邊老齋舍的階梯，略有慍色地說：你忽視我的存在已經幾年，還有三個月我們就將天各一方。不該錯過的已然錯過，我可不想在這零碎的日子後，讓自己一生去牽掛懷念和痛苦。

　　他也無限懊悔和惆悵，似乎為自己孟浪虛度的時光而深懷歉意。無可奈何地看著滿地紅泥，他想要極力挽救似的說：一切都還來得及，我們的好時光才開始呢！既然命運安排我們在最後的一刻相識，那就是在給我們最後一線生機。

　　她看著他，眼神迷茫地說：一切都晚了，古詩說，還君明珠雙淚垂……人一生，無數種可能，最後都只剩下失之交臂。也許留下遺憾，是最好的結局。

　　那一刻，她似乎是堅定的。他萬般不捨地把她送到桂園二舍樓門前，她已經進去了，他依舊終夜徘徊在她的窗下。那些碩大的懸鈴木，在和煦的熏風中喧嘩，彷彿擴散著他的

哀傷。他一直想不清楚，為什麼在要告別這個母校和城市時，她偏偏才遲遲出現。或者說，四年來同一個食堂打飯，何以竟然錯過她的面影。

五、

快到黃昏了他們才開始出門，談雲駕駛著租來的摩托，扶著岫跨上他的後座。他調笑說妳這可要摟緊我啊！馬上開始的山路飛車，可不能把妳弄丟了。岫乖乖地摟著他的腰，似乎還沉浸在他故事的惆悵之中，無聲無息地從背後傾聽著耳畔的風聲，以及他的心跳。

你這不過是一見鍾情，頂多是因為對方的漂亮，你怎麼知道她是一個值得愛的姑娘？

他在轟鳴的機車和呼嘯的風中，只知道她在念叨，卻聽不清說的什麼。只好側頭問，妳在咕噥啥啊？大聲再說一遍。

岫像一個因嫉妒而生氣的女孩一樣，大聲吼道：你這不是愛，只是征服的慾望。

這次他聽清楚了，哈哈大笑道：所有的愛都源自於荷爾蒙，哪一種愛裡，沒有慾望？

她箍緊了一下他的腰肢，不再言語。夕陽在海平線上掙扎，不肯輕易沉沒。餘暉那嘹亮的紅，氤氳了天盡頭的海。近處的海水則反映著天之藍，一點點被夜色塗抹。島上的山路狹窄而陡上陡下，兩邊的熱帶密林氾濫著植物的清香。各種不認識的鳥盤旋歸飛，響亮的叫聲震驚山谷。偶爾經過一兩家民宿，很少的人影一閃即過。

　　他們似乎只是沿著規定的道路而盲目奔馳，即便偶有岔路，他也只是憑著直覺在選擇左右。騎車本身的速度與激情，成了狂奔的目的。好像並不需要一個方向，到達哪裡在此刻顯得毫無意義。一些突現的坎坷，使他隨時要急剎，那一刻她的酥胸必將撞擊在他的背上。他有某種難以言說的快意，甚至暗懷渴望更多的險阻。

　　因為置身於未知的孤島叢莽之中，即便暮色漸深，他所帶給她的安全感似乎也與日俱增。她開始喜歡這個男人尚未油膩的腰身，摟著就會感到的那種力量。她有點氣惱他那看似故意的剎車，甚至有點後悔自己為了鬆弛而沒戴胸罩，但也為這種摩擦和相撞而感到莫名的快意。

　　摩托在一個四下無人的觀景臺停下，他先駐車熄火，轉身扶著她下車。她的雙腿因為緊張而有點發麻，趔趄了一下，不得不依靠他的環抱。這是山巔的一個拐角，站在這裡又可以看見蒼茫的海，以及海灣中一片藍色的瓦頂——那裡棧橋臥波，橫七豎八地坐著一個漁村。

　　他挽著她憑欄俯瞰腳下的世界，晚風搖曳著懸崖下的各

種花樹，這個四季如夏的孤島，永遠絢麗如油畫。暮雲在天際線猶餘殘紅，山風已然涼意沁人。她抱著自己的胳膊，略有瑟縮，他一把將她拉進自己的懷裡避風。他促狹地笑道：下面就是美麗的海鮮店，我終於找到這個地方了。到此刻，二十四小時過去了，我們相愛或做愛的可能，只剩下六個二十四小時。妳現在必須告訴我，妳為什麼要安排如此美麗的一趟行程，並要誘惑我來到這個孤島？

岫被他逼問得有點心虛，不敢正視他的眼睛，期期艾艾地說：你也看見了，這個島上沒有交通，我又不會騎機車，這麼美的島，難道你不喜歡嗎？

喜歡這個島是另外的問題，妳別打岔。所有送外賣的玩戶外的都會騎車，我問的是妳為什麼要約我？我不相信這是妳隨機選擇的結果，妳必須直話直說。談雲用手去捧著她的頭扭轉過來，幾乎要鼻子挨著鼻子地繼續拷問。

她還是垂下眼瞼，有點羞澀地低語：因為你⋯⋯你是名人，看上去也還像個好人，你就不會強行違背女性意志。女孩子都需要安全感，再說你的教養也不會酷刑逼供，你是紳士。

哈哈，談雲被她誇得自己都不好意思了，訕訕地說：妳可別想把我架到高處，讓我下不來。在美女面前，我可一直更願意做流氓。老實說，妳約我，有沒有喜歡的緣故？

岫只能咬著嘴唇點頭說：嗯，至少還是喜歡你文字的。我餓了，我們趕緊吃飯去吧。

談雲只好厚顏無恥地說：但晚宴開始之前，我想先吃一道甜點……

她懵懂四顧地問：這哪裡有啊？

他深情地盯著她，咬牙切齒地說：就是妳的唇，妳的舌尖。

她恍然大悟面色緋紅，似乎慍怒地拿小拳頭捶了一下他的胸口，嗔罵道：不許使壞。我可不願像白雁一樣，輕易上套。你還沒講完她的故事，我想知道你最終是怎麼傷害她的，以便我總結教訓。

那妳先給品嘗了再講。他裝成無賴般乞求。

哪有餐前吃甜點的？人家都是餐後才上。她有些害羞扭捏地說。

好吧，我告訴妳結局——不是我傷害了她，也不是她傷害了我，我們被接下來的時代謀害了。就像妳說的——她把我變成了今天這樣一個，並不敢真正輕易觸碰愛情的人。

這是你的一面之詞，我不相信，我要聽你詳細的故事。

那好吧，我們先下去吃飯吧！口腹饑餓才永遠是第一需求。他重新發動機車，帶著她奔向下山的陡坡。

這種被稱為潟湖似的海灣，是水上人家安營紮寨的最好所在。各種不怕水蝕的木柱，亂七八糟地插進海底，構成這片懸空木樓的支柱。因為從無防寒的需要，所有的房屋都不是密閉的，時光的影子支離破碎，穿透著各家各戶的生活。

兩米下的海水中，有著各種網兜，裡面餵養著各種捕撈來的魚蝦蟹貝。晚歸的小漁船，各自繫纜於那些結滿貝殼的柱頭上。

幾家海鮮館的門前，都擺著鮮活的樣品。談雲讓岫隨便點菜，岫好奇地看著那些不熟悉的水族，開心得像個孩子。他們點好了海膽大蝦，一隻巨大的軟殼蟹，還有一條長得很醜很凶的魚。另外配了一點空心菜，和水果沙拉，以及兩瓶象牌啤酒。然後坐在臨水的欄邊，互相看著對方傻笑。

出海口的遠方，是正在沉淪的紅日，已經下陷的一半，頃刻染紅了視野。海風如冰冷的小手，拂拭著溫柔的涼意。她菲薄的棉紗襯衣，隱晦地透露出乳房的輪廓。那真是一種炫目的誘惑啊！他的目光顯得有點難以自拔。他倒上兩杯酒，泰妹拿來了一個冰桶。他感歎，即便這麼荒遠的漁村，漁民們過的也是一種現代的生活。桌子上擺的刀叉餐巾，以及海鹽和胡椒的小瓶子，都顯示泰國的西式生活習慣。

咖喱軟殼蟹真是一道獨特的美食，充足的蟹黃和蟹肉，連帶殼一起咀嚼，絲毫不用手忙腳亂的麻煩。他看見她吃得唇邊黃澄澄的，像一個胡亂貪食的嬰孩，忍俊不禁笑了起來。她瞪著他噘嘴問笑什麼啊！他抽出桌上的紙巾，伸手越過桌面幫她擦拭。她有點羞怯地讓他拂過面頰，低聲說：你這種人，確實是情聖，註定要毀人無數，呵呵呵。

其實，世上但凡名為愛情的事故，都是一場互相毀傷甚至毀滅的過程。談雲喝了一口酒，看著遠處的深海自言自

語：佛經說——汝愛我心，吾憐汝色。以是因緣，經百千劫，常自纏縛。這就是愛的本質，萬劫不復的情色糾纏，無往不在的宿命繩扣。沒有傷痛的愛情是不存在的，所有的美好都是片刻的貪歡，自我營造的虛幻願景。男女之愛的唯一美麗是他們彼此相悅了，從靈到肉的喜悅。而與之伴生的其他情緒，則無一不是負面的。譬如孤獨、焦渴、相思、折磨、猜忌、嫉妒和絕望，這些詞彙幾乎都是愛情的標配。

　　岫盯著他發呆似的感傷獨語，知道他又一次深陷回憶。她為他空了的酒杯注滿冰冷的啤酒，靜靜地聽他斷斷續續的往事……

六、

　　那是畢業季，我們每個人都還要完成論文和答辯。她突然找我幫她修訂一下論文，我沒想到她竟然研究的是《儲安平的報人理想》。如果說我對她最初的一見鍾情，是僅僅來自於身體的驚豔的話，那麼看了她的這個初稿，則讓我一讀傾心了。那雖然是 1980 年代後期，但社會上知道儲安平這個孤獨名字的 (註3)，依舊是極少數。她雖然和我一樣，是直接插班入校的破格學生，我還是有些訝異她何以會選擇這

一冷門課題。

原來她的父親是「七月」派的詩人（註4），早在五○年代就被打成了胡風反黨集團分子。她在流放地沙洋農場出生長大（註5），母親死於文革。直到八○年代初，父親平反回武漢工作，她才安排到協和醫院做宣傳通訊員。

還有兩個多月就要畢業了，在我們認識之前，各自早已報了分配志向。那時海南島要建省，聲稱是要建設政治體制改革的試驗區。我當然首選了去這裡，而她選擇的則是去深圳。這意味著，我們還沒來得及相愛，就要一去兩茫茫。雖然都在南海邊，但一個海峽的隔斷，阻絕的或將就是人生。

岫有些氣不憤地插嘴說：你憑什麼覺得認識了就一定要相愛呢？這個世上一切美好的事物，難道都是為你準備的不成？

談雲慚愧地咧嘴苦笑道：我倒沒有那麼狂妄，但是妳一定知道，甚至也經歷過，世間總有那麼一些相遇，是命定的在劫難逃。目光對視的瞬間，電光石火的爆燃，這都是人心無法掩藏的管湧。所有血脈匯聚的波濤，都在那種暗潮中崩裂堤岸。

當白雁拿著論文再來找我時，我就知道前夜墜落的櫻花，必將在今生發芽了。我們在珞珈山的密林中去探討上輩人的悲慘命運，稀疏灑落的陽光依舊難以驅散內心的寒涼。儲安平隻身出走，至今失蹤的隱祕，彷彿喚起我們分手在即的那種無奈——他決絕出門那一刻，連一絲眷戀的目光也

沒有，這是怎樣的荒涼啊！當我再次貼緊她的唇時，她的淚珠滑落於我的雙頰。她這次再也沒有推開我，微微翕張的芳唇，涸轍之魚一般渴求溫潤。我們只是細密地舔舐和咀嚼，一些斷續的詞句從她唇間洩漏，在耳畔呢喃——你，不要，不要愛上，不要愛我，我不想，讓你受傷……

我不知道她為什麼一邊接受我的吻，又一邊警告著我正在狂飆升起的愛。青春總是不管不顧的突進，根本無從去思慮她內心的冰團何在。在火焰稍歇的片刻，我對她信誓旦旦地說：我要去找學校，重新規劃我們的分配方向（註6）。她閉目絕望地搖頭說：沒有可能了，一切都太晚了。服從命運吧！不要愛，這種臨刑前的愛，只會讓我們更加遍體鱗傷。

這真像是一個殘酷的讖言，一切還沒開始，便已預告了不忍的結局。問題是每個人的青春，尚未辨識命運的顏色，誰都會莽撞躁進，不管不顧地闖入未知的雷區。在那畢業前的最後時光，渾渾噩噩的我忽如驚覺的孩子，漫空揮手彷彿想要抓住一點最後的時光。總覺得愛情只要努力，也許就能撥開宿命的鎖鑰。哪知道試圖緊緊把握的戀塵，最後依舊是生命中一絲不掛的流沙，一點一粒地從掌紋中散去……

岫有點心疼地站起來，走到談雲背後，主動摟著他的雙臂，將臉貼在了他的髮間。他略微有些歉意地仰臉，似乎想要接近她的唇齒。彼此苦笑了一下，無言牽手走向那些危立的棧橋。那時的夜色已然瀰漫衣襟，晚風不時掀起她的襯衣下擺，她極力掩飾著沒穿胸衣的身體。一匹村犬懶洋洋地迎

面走來，在沒有扶欄的窄窄板橋上，他們沒有避讓的空間。她忽然孩子般躲到他身後，緊緊摟住他腰肢乞求：我怕，你別惹牠啊！

　　他嘿嘿笑著轉身，惡作劇地掰過她的頭顱，低語說：妳閉眼，不要看牠，我會保護妳。她乖乖地閉眼，睫毛還在撲閃。他輕輕地吻上她的唇，她顫抖地試圖搖頭躲閃，卻又不敢或者不想太多扭動。腳下的棧橋發出輕微的吱呀聲，恍同搖搖欲墜的懸崖。她顫顫巍巍地箍緊他的腰，村犬的威脅使她暫時忽略了人的偷襲。他用舌尖逼近她的牙縫，她欲迎還拒又不知所措地被撬開唇齒。那一刻，她只能像是一條人為刀俎的小魚，無端被迫地接受他的擺布。但又像是一個初嘗雪糕的嬰兒，在最初冰涼如刀的驚懼間，慢慢舔舐出其中的甘甜，乃至不由自主地吮吸。

　　似乎是一個漫長的黃昏，餘霞漫延到她的臉頰。待他鬆開他的手臂和短短鬍渣的臉時，她午夢驚回似的傻傻盯著他，忽然舉拳輕叩他的胸脯，皺眉嬌嗔罵道：趁人之危，哼！

七、

　　澳普勞海灘夜潮漸退，大海一如解開內衣的女子，露出白沙海底的肌膚，在星空下燦爛銀光。談雲和岫一前一後走在那白皙的砂礫間，每一個腳印都如鳥篆一般深刻，瞬間又滲出水來。那些溫潤的水，轉瞬抹平他們的足跡，彷彿他們從未經過一樣。

　　岫回顧這些隱約的來路，感歎說其實無論怎樣深刻的往事，最終都將被歲月的潮汐覆蓋。如果我不曾拷問你的過往，那個叫做白雁的女子，也許早就是雁過無聲。書上說——人生到處知何似，應似飛鴻踏雪泥；泥上偶然留指爪，鴻飛那復計東西。想起這些古老的哲理，真的是千古悵惘啊！

　　回到客房洗漱，已經初吻之後的他們，忽然有了一些拘謹，有點像是舉案齊眉的莊敬。談雲似乎覺得岫已然默許了他的放縱和肆意，內心更加蠢蠢欲動，但明面上反而有些束手束腳了。岫去沖浴的時候，他聽著嘩嘩的水聲，恍惚喚起他的幾絲鄉愁。他忍痛割愛一般去到外面的陽臺抽菸，心底漾起江南黃梅時節的潮潤。眼前這個女子的千般美好，正像一個珠貝般的緩緩展開。許多年未曾回暖的愛意，莫名其妙地冉冉漂浮。他還沒有想好，或者說還一時無法定義——這

究竟是一場豔遇，還是又一次遭逢稀罕的愛情。今夜之後，誰的生活和命運將被改變？他們為這樣的開始，準備好未來和結局了嗎？

他是那種即便看不清來日，也敢勇往直前的人。他也許相信，每一個轉角的路口，都可能找到一條密徑。這些神祕的際遇，萬花筒一般的瞬息萬變，但每一次望去依舊是不同尋常的絢爛。他走進臥室，直接在鏡前捕捉到正在養顏的岫，從後面摟住她，一起傻傻地欣賞著鏡子中的他們。岫的表情被面膜遮掩，撲閃的眼睛依舊能蕩出美意。她忙碌的雙手拍打著自己的肌膚，浴巾很好地裹住了她的春天。

他只是摟住她的胸部，手掌停留在浴巾外的波峰上，依舊小心翼翼，像捧著兩顆易碎的果凍。她歪臉對他低語：回床上去吧！等我忙完，還要聽你的故事。

他穿著一條內褲斜靠在床頭，滿心雀躍地等待她梳洗完畢。他覺得一切都該順理成章，也許彼此都會隨心所欲到無需語言的鋪墊。她捯飭結束之後，穿著吊帶睡衣，直接到了她自己的床上，側身對他笑道：接著講，她為什麼讓你熱吻，卻拒絕你的愛。那你們最後究竟是怎樣發生的呢？如果什麼也沒發生，我不信你會有如此受傷的感覺。

他不想錯失今夜，他覺得那之後的故事，不能如此與她隔著一道鴻溝來傾訴。他真誠乞求地伸出一隻手，示意要她過來他的床上。岫頑皮地搖頭，說這是一個危險的話題，我必須保持冷靜才能聽清。他撇嘴一副無賴的樣子，哀求保證

說：乖，求妳過來，我只是摟著妳就好，不然我無法進入回憶。我保證不碰妳……只要妳不願。

岫盯著他的眼睛，遲疑說好吧！那我過來，你要聽話喲，要守信用啊！然後她把自己的枕頭搬到他的床頭，過來並排斜靠在一起。他伸出右臂從她頸項穿過，讓她更加舒適地有所依靠。她圓潤的肩膀壓在他右胸上，濕滑的臉冰涼地歇在他脖子間。他們似乎找到了一個彼此信任的體位，各自望著對面的電視牆，一點點陷入沉思。

妳無法理解，我那時也難以理解，她為什麼如此抵禦愛情。即便那時我們都還是未經太多人事的學生，但我也能從她舌尖上分辨出情感的真偽。最後的校園生涯了，彷彿末日在即，我們幾乎每個黃昏都要去東湖邊漫步。最初她還擔心被同學發現，後來完全不管不顧地挽臂儷行，甚至走著走著都忍不住要互相撕咬起來。

最後三個月，兩個月，一個月，那些不期而遇驟然焚燒的火焰，一點一寸地灼傷我們的皮膚，乃至蔓延到心臟。當我們的心也開始為每夜的小別而生疼時，想到即將到來的長

別，就有一種深入骨髓的絕望。我感到她的絕望更甚，常常在最狂熱的擁吻時，忽然捂臉慟哭。我問她為什麼，她只是搖頭不語，或者輕輕說因為從未有過的如此幸福。

珞珈山密林中有一條卵石鋪成的小路，不知哪位多情的工人，用白色的石頭鑲嵌了一行字——請上戀愛路，來生好回顧。我們走到過盡頭，穿越荊棘和野花，在靠近水力學院的山麓，茅草鋪就的蔥蘢中，構成了我們青春的私家花園。也許還有二十天就要分離，我們仰躺在林莽中，窺見碎銀般的月光，催情似地籠罩全身。她剛剛哭過的眼睛熟睡一般緊閉，我慢慢解開她的上衣，掀開她的裙子，她像一朵葵花一樣在月色中靜靜綻放……

那時的月色真好，從東湖水面上升起的玉輪，彷彿初生沐浴後的嬰孩之眼，有著萬年羊脂般的雅光。從搖曳樹葉間篩落下來的明亮，泛著銀綢似的波動。她微閉的鳳眼，細密的睫毛忍不住地顫跳；稜角分明的臉，挺拔的鼻樑，不時皺眉成微疼深癢的表情。當我的舌尖逡巡於她的耳根、下頜、肩窩和整個乳面時，她些微的嬌呻若蚊吟，混響為身邊萬籟的一聲歡息。層疊落葉鋪就的大地產床，容納了我們青春莽撞的蹂躪。她微屈高張的腿，抬升著那一張含羞抿笑般粉嫩而好看的唇，空氣中拂過矢車菊的淡香。山僧叩門的空谷跫音，夜蛙出泥的荒田水響，彷彿悍將肉搏的不死不降，決意要在終須一別的絕望中透支一生……

談雲也許是有意想要撩撥岫的情緒，或者是第一次打開

這不堪回首的往事，他幾乎像是誦讀一部情色小說般，細微地傾訴他和白雁從初夜到每夜的狂歡。在此刻的岫聽來，這簡直不像是戀愛，是那種殉情赴死之前的瘋張，是永別青春時的彼此強暴。他們似乎已經來不及再說愛了，只剩下永恆的慾望，催逼著他們狂奔於彼時彼刻無比鮮豔的身體上。

岫有些略不自在地夾緊雙腿，翻身背對著談雲的坦陳。她有些不快甚或有點隱憂地輕聲嘀咕：你們如此狂野地揮灑和索求，如何面對接下來註定的分手啊？你們是打算耗盡生命，今生今世再不相見了麼？她究竟接納了你的愛沒有？

不，要見，那時就想，從此刻到永遠，一直要，一直見。她只是不再警告我不要愛，但並沒有預告我們今生，還將如何在一起。她有一種豁出去的勇毅，依舊不肯說出還有什麼障礙。對我而言，我才不管任何猶疑，愛就是赴湯蹈火，就像目連救母一樣深入地獄也不曾畏怯。現在回想那時她在濃情之後的一些哀傷，才知道她給我的，就像是一場獻祭。

我們只是努力在延長揮手的時間，相約一起去廣州，在大沙頭碼頭，她揮舞著黃手絹在船塢上奔跑，追趕著我漸行漸遠的客輪。我們的肩頭殘留著彼此的淚痕，直到她變成一粒塵埃般模糊時，我才跨進底層船艙，臥床不起長久地虛脫⋯⋯

聽到這裡，岫有些傷感地起身，從衛生間回來，拿回枕頭，安靜地鑽進自己的被窩，癡癡地望著談雲。談雲也似乎

漸漸淡忘了愛慾，還沉浸在三十年前的夢影中不能自拔。

九、

　　談雲關上床頭的燈，澈底放平身體，諦聽著不遠的濤聲如大地的呼吸。夜已深沉，他一時無法從回憶中停下腳步。整個腦海中那些椎心的片段，從三十年的沉積土裡刨開，頓時紛飛如浪花，他感到自己的肺葉都還在迴盪著轟鳴。

　　她已經消失三十多年，唯一活過的記錄，就是那本當年留給他的影集（編按：照片合集），以及那幾十封情書。他帶著她這些遺物，在自己的祖國狼奔鼠竄，還能活到今天，也像是一個奇跡。這世上只有少數幾個同學，知道關於她的故事。他從未寫過她，更少談及她，她就像一個早夭的孩兒墳，砌在他隱蔽的荒野裡亂草橫生，他不敢也不願去撥開一分。

　　即便在此刻，一個異國孤懸的小島，一位初見鍾情的美人，他依舊只敢講到告別的早晨為止。在那創傷之晨的後來，剩下的只是那一捆泛黃的書函。他們再也沒有重逢，除非他某天也永歸靈山，如果確有一個彼岸，相信她在那已經坐等無數年。

他一直有失眠的痼疾，況乎這樣撕開舊創的夜晚。他怕影響岫的睡眠，悄悄在被子裡打開手機，查看故國病毒的消息。他看到官方報導的確診病例還不到三百，但微信群裡武漢各個醫院卻是門庭若市，他從經驗出發就知道其中巨大的隱瞞。他發現很多媒體一直在把病毒來源，指向漢口的海鮮市場。似乎說是某種蝙蝠，給人傳染了這種病毒。但他非常清楚，湖北人並沒有吃這玩意的習慣。

更令他匪夷所思的是，在已經證明人傳人的情況下，武漢的一個大型社區，還在今天舉辦了他們每年一辦的「萬家宴」，以顯示國富民歡的盛世假象。這是怎樣一個愚蠢的社會啊！他一直為身在其中而無比羞愧。

黑暗中傳來一聲低語：你是在看疫情嗎？

他轉身歎息，是啊！沒法入睡了。他們一直在撒謊，這其中定有隱情。

岫說當然有，今天不說這些了，你還是要好好休息。

從現在開始，把每一個明天都當末日來過吧！他的直覺再一次讓他敏感到，這一場無妄之災，也許將澈底改變今日世界。而他和她的這一次旅行，真可能是生命中最後的盛宴了。如果是這樣，他們之間發生什麼，或者什麼也不發生，究竟還有什麼區別？轟轟烈烈的七天之後，如果毫無未來的期許，剩下的只是排隊成為那些患者，發燒，厭食，虛弱，窒息到死，那這樣的臨終狂歡到底還有什麼意義。

他越想越多，想起白雁與他那一場短命的愛情，難道

對他沒有意義嗎？他似乎是第一次這樣質問自己。愛情何曾是以時間來計量的？《廣島之戀》只有一天，《廊橋遺夢》（臺譯《麥迪遜之橋》）僅僅四日，不也一樣成為人類的經典故事嗎？即便是愛過當下就去赴死，像《泰坦尼克》（臺譯《鐵達尼號》）中的傑克那樣，將生的機會留給愛人。這樣的訣別，比一絲不掛的遠去，應該更凸現生命的價值。

他仔細檢點浮浪的半生，原來並未意識到白雁留給他的刻痕如此之深。岫的提問，不經意間醍醐灌頂，讓他初次反省到，一生中的各種邂逅，都像是神意安排的宿命格局。一個人的打馬經過，踏碎的可能就是另一個人的迷幻夢境。他似乎在此刻，終於和白雁達成體諒與和解。他想起她分別半年後的突然中斷聯繫，後來他聽同學轉述她閃電般結婚。在那之後，他辭職逃亡，被遁入深山修煉，斷絕了與人間的種種聯繫。等他再出山時，他才打聽到，她在他們揮別一年後，也忽然人間蒸發……那是他窮途末路之日，他甚至找不到她的任何消息，他抱著她的影集大哭了一場，最後就把這一切封存在腦海深溝裡。

後來的他，就走成了今天的自己。然後一直走到這個狗孤島，再一次走進自己的夢裡。眼前躺在身邊那張床上的女人，彷彿就是白雁的轉世重來，是來幫他渡劫還是來彌補曾經的虧欠呢？她們一樣的神祕而風采照人，也許還將一樣的突兀來去無蹤。即便他如此放浪不羈的人，這也是第一次跟一個美人同房竟然坐懷不亂。她身上究竟有什麼使命和目

的，可以讓他不敢輕褻而必須強忍骨縫中燃燒的火焰？

他一定要解開這個女人身心的全部衣飾，找到真正的答案。

第三天 生死密鑰

一、

　　手機在床頭櫃上震動的聲音，彷彿一陣急促的叩門。談雲從酣睡中驚醒，懵懂中起身拿起電話，聽到一個遙遠的女聲說：我是法廣之聲的記者某某，想要就武漢的病毒肺炎問題，採訪一下您。您能說說關於中國的飲食文化，對這次疫情的影響嗎？

　　他一聽就有些光火，語氣變得不那麼紳士了：妳要問飲食文化還是問疫情？我現在不在湖北，沒法回答疫情的問題。

　　女士說：那他們關閉華南海鮮市場，你認為那不是病毒的源頭嗎？

　　他對這樣誘導性的提問比較煩，乾脆直言不諱地說：至少現在還不能確定。究竟是不是源頭，應該接受世衛組織的獨立調查之後，由科學家說了才算。當然，我也可以說，如果僅就飲食文化而言，這個民族確實還停留在野蠻人階段。但我們湖北人，確實沒有吃蝙蝠的惡習，不能因此而亂判病毒的起源。

　　那邊聽出來他的言外之意，也沒法接著再問，只好匆匆

掛了電話。他回頭才發現，岫已經洗漱停當，正在衛生間的門口，沉思狀地直盯著他。他有些慚愧地苦笑搖頭歎息：是不是把妳驚著了，我其實很少這樣大聲大氣的。

岫像是有點受驚的樣子，低聲問：誰啊！誰在採訪你？

法國廣播電臺。他撇嘴很不屑地說：他們以前也愛採訪我，可能覺得我在武漢吧！

岫好奇地問：你就這樣隨便接受外媒採訪，大大咧咧地回答這麼重要的問題？你不怕官方報復你嗎？你不知道現在這個話題是極為危險的嗎？

他兩手一攤，依舊一副無所謂的樣子說：我這些話沒有問題啊！本來病毒的源頭也都沒結論，憑什麼就讓一些媒體給栽到飲食習慣方向去啊？

呵呵，那也是啊！不過我很好奇，你一個文科男，怎麼會選擇要尊重科學家的結論，而且這麼張口就來。你是有所懷疑嗎？岫盤腿坐到床上，歪頭笑問他。

是啊！無數人都在栽贓蝙蝠，網上發出了那麼多吃蝙蝠的照片，大眾都開始詛咒海鮮市場。我為什麼有些警覺呢？談雲心裡自問，緩緩開口接著說道：我在這個國家生活了半個多世紀，我像一個盲人行路，完全依靠的是直覺。哪裡有溝壑哪裡有陷阱，在無法判斷清楚時，我至少知道要停下來思索，用竹竿對四周敲打了再行動。無數經驗告訴我，這場病毒剛開始出現時，他們就似乎要刻意隱瞞什麼。直到瞞不下去了，才開始轉移視線到食物——我們從來沒有看見過那

麼多吃蝙蝠的照片，忽然之間漫山遍野——這可是一個隨時刪帖和封號的國家，連說實話的醫生都敢抓的國家，如此大張旗鼓地引導，我能不懷疑嗎？

她有些敬佩，甚至有幾分默契地說：我觀察你好些年了，從博客到微博，再到微信公眾號以及朋友圈，你是那種對此國每天發生的各種大事醜聞，絕不輕易發言的人。但是每當你發言，那基本的價值判斷，知人論事的角度，都要高於常人。也可以說，你啟蒙了我們很多人，這也是我想要與你同行的原因。

妳不是只要徵聘一個摩托車騎手嗎？談雲看著她，佯裝恨恨地說。

哈哈哈，你還記仇啊？我不那麼說，我怕你不來啊！岫調皮地辯解：其實，我知道，你也不是來應聘車手的⋯⋯

那我是來幹嘛的？我要不來，昨晚妳哪能吃到那麼美的海鮮。

岫做個鬼臉，指點著他調侃道：你呀你，我就知道你是那種極端好奇的人。而且你在想，萬一有一場不錯的豔遇，豈不是更好，哈哈哈⋯⋯你看，我多懂你。

談雲被她說得略有點臉紅，只好厚顏無恥地說：結果更悲催，不僅沒豔遇，還得被刑訊。妳這個小魔頭，看我找機會怎麼報復妳。

岫低頭有些羞怯地嘀咕：你可別欺負我啊！我得多喜歡多信任你，才敢約你來的。呃，我半夜醒來，聽見你在說夢

話，而且還在抽泣，你是夢見她了嗎？

他怔怔地皺眉回想，很多人的夢往往醒來就遺忘了。她的提醒使他努力回憶，依舊還是撲朔迷離了。他問：我都說了什麼啊？

你很傷心地斷續哭訴——你們為什麼選擇不同一天，以相同的方式離開我……

喔喔，也許昨天的敘述，重新撕疼了一些內傷。不好意思，人老了，也只敢在夢裡哭了。我知道自己為什麼會說這句話，那一年，我最初只知道一個哥們死去，完全沒有想到她也同時離開了我。若干年壓抑著沒表達的哀傷，終於在夜夢中宣洩了。好了，我輕鬆了，謝謝妳的拷問。

你是說她……也在那個夜晚消逝了嗎？嗯，我不敢問下去了。走，你快洗漱了，我們出去午飯吧！

岫像一個母親一樣，憐愛地看著他，不知道這個男人，內心還藏著多少淚水。

二、

海上起風了，濃墨重彩的雲團從四面八方趕來，像是在醞釀一場突發的暴動。白色的鳥群低空迴旋，驚慌的鳴叫一

如急促的交響樂。早潮毫無謝幕的意思,水中如萬千大魚翻動,波濤被掛到了天上,拔高了眼前這片海灣的水平面。

談雲和岫坐在餐廳的草棚下,看著轉瞬即至的暴雨,很快在四面的簷下布滿珠簾。他心事重重地遙望外海,海水已被烏雲染作墨汁一般,雷電似要鳴冤一樣怒草一篇檄文。他一直想要在今生見證自己國家的轉變,但實在沒想到最終卻是以一場病毒的方式開始。早晨法廣記者的採訪,讓他突然意識到——也許這真是神意和天譴。時至今日來看,中共還在掩飾。武漢的疫情絕非他們描述的那樣,他已經從無數個朋友的微信中,知道死神已經密布在那個江城,許多生命或許再也邁不過這個春節了。

岫旁觀著獨自凝重起來的談雲,彷彿回到了他真正的本相。眉頭緊鎖,眼角開始下垂,眼袋也開始浮現了。他的目光依舊是犀利而深邃的,甚或偶有凶光。他涎皮涎臉的時候,是另外一個人,那是他刻意掩飾內心沉痛的一種自我救治。只有他時常不自覺地滑入沉思的時候,他骨縫中的那個憤世憂天的男人,才悄悄潛出,冷眼旁觀一下這個世界。

我知道你見識過許多死亡事件,你自己親歷過死亡嗎?岫有些嚴肅地問他。

當然,不止一次。他伸出手去屋簷下,碰觸那些傾瀉的水珠,冰涼的往事似乎一點一滴地粉碎散落在他的掌中。他在想,死亡看上去就像是宿命的事件,人最終都要老朽或病逝。但是那些隨時隨處發生的橫死或暴卒,又更像是偶然事

件。究竟有沒有一個死神，在隨機決定無數人的壽夭？他幾乎用了半生經歷去考察和體悟，但似乎一直還沒有定論。

我的老家，原在武陵山的深處。那裡在夏天的雨後，大地上會開滿鮮花一樣，幾乎一夜之間長滿各種菌子——那是窮人家賴以渡饑的野菜。七、八歲時，我跟著鄰居的孩子上山，也去採摘這種奇異的蘑菇。那時根本不懂，其中有些是有劇毒的，每年都會有一些人食用後被毒死。我們幾個孩子採回了大筐各種顏色的菌子，回家後各自分了一堆。完全是隨機任意地順手一扒拉，就決定了人的生死。

我們一家全部中毒，但只是上吐下瀉，到醫院輸液就好了。也有其他家的吃了完全沒事，但是鄰家的一個大哥，卻當夜就走了。我一直記得他口吐白沫十指痙攣的樣子，那是我生命中第一次見識死亡。他被鄰人們唱著喪歌送上了山崗，他的墳前每年又盛開著滿地的蘑菇。我在那之後很多年，連看見香菇都要瑟瑟發抖，彷彿每一個菇朵都是死神的面具。

同樣的一筐野蘑菇，誰也無法分清哪一朵有毒。我像躲過了一支暗箭，僥倖逃過了這一次死。但沒有人能告訴我，憑什麼那個大孩子就不能存活。在生死之間，究竟是我們自己的手所扒拉出來的抉擇，還是確有一隻冥冥中的神意之手，在暗中幫我們扒拉，決定了我們每個人的存歿？我們自己也不知道，究竟是誰採摘了那一朵毒菌。它在它的草地上萌生和潛伏，它的隱祕生長被我們所打斷，然後必須報復我

們中的某個。

　　這世上的全部生死祕密，就彷彿一個毒蘑菇的隱喻。無論用神學還是哲學和醫學的眼光，都無法做出終極的結論。幾乎就是從那時開始，就註定了我的九死一生。無數次與死神的擦肩而過，我都難以解釋，這究竟是神的考驗，還是我的堅韌。

　　岫伸過雙手來拍拍他那滄桑的臉，憐惜地說：你就是傳說中那打不死的小強，你一定要好好的，活過這一次劫難。

　　談雲一把抓住她伸過來的手，緊握著放在自己的腮幫上，盯著她的眼睛說：我已經提前來到了泰國，我相信我能再次逃過這一場浩劫。但是妳呢？妳來找我，是計劃和我一起亡命天涯？還是只想與我短暫盤桓，或者像是對我臨終關懷的？嘿嘿，妳必須告訴我，我需要在接下來的有限時光裡，確定好自己的位置和角色。

　　你確實是一個敏感而好奇的男人，我們為什麼要提前約定一個角色呢？你注視深淵的時候，深淵也在注視著你。我在打開你這本書之際，你必然也會翻閱到我。親愛的雲哥，你要相信，七天七夜，是足以創世的，不要那麼急躁嘛！岫神祕地笑答道。

三、

　　被暴雨封鎖的海灣，水淋淋一片濕氣。他們被封在餐廳發呆，有那麼一刻，彼此似乎都遺忘了自己在哪裡。岫的臉色因為空氣的濕潤，看上去更加鮮嫩。他傻愣地盯著她，那深不可測的眼眸，形同某個難以脫身的魔沼。他感覺自己正在一步步滑入，有種即將沒頂的窒息感。他還幾乎一點都不瞭解面前的這個女人，出身在什麼家庭，學的什麼專業，從事什麼工作，而今多大年齡……這是第三天了，還有四天，他們就要分別。他忽然有種生離死別的哀傷，一個完全不知何去何來的女人，開始讓他著迷，想要解謎一樣打開她的一切。

　　看來我們今天是哪裡也去不了啦，看地圖，這島上還有很多美麗景點。岫歎氣說。

　　最美的景點，我看還是在床上。他嘻哈瘋癲的一面又回來了，調侃說道。

　　你呀你，從正經到不正經，怎麼轉換這麼快啊？我還是喜歡你嚴肅地探討生死的樣子，那一刻，你是我心中早已熟悉的那個男人，飽經摧殘，滿臉故事，有種透著悲憫的冷峻。你看你現在嬉皮邪臉的樣子，哪裡還像一個老師？不過，為什麼我還不煩你啊，哈哈哈。

其實，床，並不僅僅是情愛的戰場。它更多的時候，是生與死的起點和終點。人的一生，至少三分之一的時間在床上。尤其是在雨天，更適合回到床上，體驗方生方死的感覺，嘿嘿。

談雲說著話，起身拿起她的手，牽著她要回去。她一臉無辜的樣子，像個要被拐帶的孩子，不情不願地嘀咕道：怎樣才能逃出你的魔掌啊？雲哥。

他從門口的傘桶裡拿出一把傘撐開，不由分說地將她摟在懷中，一起朝雨幕中走去。她緊貼著他的胸部，聞到了他特有的菸酒味。她從不喜歡菸酒，但並不反感他身上的味道。似乎這些東西穿越他的身體再分泌出來時，就已經演變成荷爾蒙一樣。

房間已經被打掃整理，在泰國都是赤腳進出。在門口他們用龍頭沖腳的時候，她看見了他小腿上的一條巨大傷疤。她一直沒太注意，此刻的發現讓她驚叫起來：你這是怎麼搞的？

他進門直接把她抱起來扔到他的床上，她傻傻地看著他，以為他要開始胡作非為。她還沒想清楚究竟是要抵抗，還是該順從。卻見他坐上來，脫下自己的Ｔ恤，指著後背說：妳還沒關心我的身體，妳看這還有一道更大的傷痕。

她看見了那一道舊創，像一條蜈蚣一樣趴在他肋骨上，縫合的痕跡已漸平復。她忍不住拿手去撫摸，指上猶有凹凸感。她頓覺心疼，眼前似乎浮現了當初的皮開肉綻。這是多

麼好的一具男性體魄啊！如果不被打開，有誰知道竟是這樣的遍體鱗傷。她忽然想要抱住他，將臉貼上去熨平這些歲月的褶皺。但殘存的矜持和故意的抵禦，還在內心搖擺。她還是想聽完他的故事，深入他的一切之後，再讓他深入自己。

你這些傷，都是怎麼來的？還會隱隱疼痛嗎？比如下雨的時節。岫低聲問道。

他轉身看著她說：這就是死神的爪痕，每一次都被我掙開逃脫了。這究竟是神的警告，還是我的幸運？如果死是註定，那我早就在劫難逃。如果死是偶然，那我就像金剛不壞了。

說說，關於這些傷痕的故事，那些驚險而獵奇的遭遇，你憑藉什麼而萬幸。岫主動把他拉過來，讓他的頭枕到她的小腹上。她捧著他鬍子拉渣的臉，忽然發現頭頂上還有一道傷疤，她恍惚幻覺指縫還在滲透他的血跡。

我不知道妳有沒有，反正我對死亡的危險，一直有著某種預感和直覺。我說不清楚它源自哪裡，我很小開始就有這樣的本能。我平時不願告訴別人，是怕人家認為我在吹牛和虛構。事實上，我是憑藉這種直覺在轉危為安。談雲仰躺著自言自語，他的視線穿透了屋頂。

真的嗎？難怪你這麼顛撲不破。我一直相信你的一切，詳細告訴我好吧！我現在明白了，包含這次我們的約會，你也是經過了直覺的。看來我不會給你帶來危險了，哈哈哈，但是你卻給我帶來了危險……我也要化險為夷，哼哼。岫裝

模作樣地掐了一下他的脖子。

四、

　　那時我剛從第一個大學畢業，分配到邊遠山區的某派出所工作。那正是 1981 年的秋天，整個國家都還處於改革之初的荒涼中。我們所只有六、七個幹警，所轄的片區卻多達幾十平方公里，其中好幾個高山林場。所裡只有一部破舊的北京牌帆布頂棚的吉普，和一輛邊三輪摩托。那時多數鄉村還沒通路，但林場則有崎嶇陡峭的機耕路下山。

　　山裡的冬天來得很早，十一月就要大雪封山了。林場不斷來電話報警，說是有人盜伐樹木，需要警察去管一管。老警察都知道，這是山胞們過冬要取暖，不得不夜裡去偷砍一些林木。這事兒說大不大，要想偵破和管理卻十分複雜。上山本就很危險艱難，更何況還要去蹲伏。不抓到現行是絕不會有人承認的，即便承認了也就是教訓一頓放人。

　　所長也許是欺生，指令我下週上山去處理。我原非怕死之人，但很奇怪，自從得到這一指示開始，就莫名其妙地心慌，預感到必死無疑。那一周，我像一隻地震前的老鼠般坐立不安，不斷地給自己安排著後事。向親友道別，給女友寫

信斷交——告訴她，我可能回不來了，要她重新找個好人家。把一些重要的東西交給同事，請他們以後轉給我父母。這些今天看來很可笑的事，我當時可是真真切切地在做，且內心充滿絕望。

我只是還沒預見到會以哪種方式去死，是死於不知深淺的雪路，還是死於冬天饑餓的熊口，還是被嚴寒中憤怒反抗的山民砍死。類似的災難，在那個年頭都曾經發生，我似乎看見了自己被規定的結局，卻又沒有任何能力抗命——我總不能說我預感不好，所長你換個人去吧。但是我那成天魂不守舍的樣子，還是傳開成為了全所的笑話。

所長姓萬，可能也確實覺得派我一個菜鳥獨自上山，萬一擺不平那些刁民，一旦把槍支弄丟了更加麻煩。直到臨出發那天早上，他才跟我說，別他媽緊張，我開車送你上去。我看見吉普車已經在門口打開前頂蓋擺著，幾個警察在燒開水澆發動機，一會兒又拿搖柄在那裡搖。萬所長大大咧咧笑罵吼道：老子回家拿一件棉襖再來，你幾爺子要是再打不著火，老子將你們就地正法。

一會兒所長就拿著一件軍大衣回來了，車還沒有發動起來。所長忽然有些凝重地說：今天真的是怪事多。我們趕緊問還有什麼怪事啊！他遲疑說：我女兒才八歲，看見我去拿衣服，就問我是不是要出差，我說是的，我女兒竟然莫名其妙地說——爸爸，那我們永別了啊！她平時都知道說再見的啊！怎麼今天冒出這個詞了。

其他幹警都當是個玩笑，一起怪笑起來。我一聽頓覺寒氣直冒，從腳心直達頭頂，渾身都冰涼了。結合我這一周膽戰心驚的直覺，我意識到極可能在劫難逃了。我趕緊巴結地說：萬所長，反正車也打不著火，我們改天再去吧！今天有大雪，日子也不怎麼好。再說也不是什麼大案要案，老百姓也要過冬的啊！

　　萬所長瞪了我一眼，他直接到駕駛座去把風門調大了一些，再下車來搖搖柄，沒幾下，只聽轟的一聲，那破車竟然在他手上神奇地發動了。他嘰哩咕嚕地說：吃這碗飯，還能怕死啊！要死卵朝天，不死好過年。走，出發了。你們幾爺子給老子守好攤子啊……

　　我跟所長原本也不親熱，他似乎心情不好，一直沉默著駕車，晃晃悠悠就到了山腳下。他停車，要我下去幫他一起給車輪戴上防滑鏈，接著就要上到積雪的山路了。那時的車，也沒有安全帶，更沒有ABS這些功能。在雪地上行走，完全靠的是師傅的經驗。山裡的雪路，被夜風一吹，路面如潑桐油一般滑膩。萬所長歪歪斜斜地駕駛著慢悠悠前進，我的手心都是冷汗。他看見我膽怯的樣子，有些不屑地說：你是個怕死的人嗎？

　　我只能苦笑說不是，事實上我在青春的各種鬥毆中，一直都是很不怕死的。為什麼今天我會如此顫顫巍巍，我自己也說不清楚。半山上的雪已經瀰漫空中如濃霧，視線大約只有十幾米。路的外側多是懸崖峭壁，沒有護欄，偶爾有幾棵

樹阻擋一下。劇烈的北風在峽谷中發出怪獸的淒鳴，四野毫無人煙，我覺得我們就是清醒地行走在冥路上。我強烈地預見到我們絕對走不完全程，死神一定埋伏在其中的某一點，正等著我們逼近。

這時，他忽然開口和我談論死。他說他從警二十年，見過各種各樣的死亡和屍體。他早已沒有什麼畏懼了，他甚至曾經就在這山上，擊斃過一個逃犯。他指著剛剛轉彎過去的一個溪谷說，那個人就是從這裡被我擊中，然後幾乎是飄飛著摔下去的。我驚駭地問：那是怎樣一個逃犯啊？他笑著說，那還是文革前，山上有個右派改造農場，有個人逃跑了⋯⋯

我陷入了沉默，我的母親就曾經是右派，我無法認同他輕鬆射殺一個右派的口氣。吉普像烏龜一般在蒼白大地上爬行，路面只能容納一輛車身。他指著不算太遙遠的埡口說：給我點一支菸吧！就要到終點了。他這句話讓我暗自一驚，感覺很不吉祥。我把菸遞給他時，看見他的目光空洞，我至今記得那一臉的死氣沉沉。後來回想，我就像是陪著一個已經死去的人，在走最後的一程。

忽然轉彎下一個小坡時，車無端地開始了側滑。我看見他鐵青著臉，雙手試圖用力掰過來方向盤，但那車舵就像被鎖住了一樣，怎麼也扳不動。事實上，人在面臨巨大的恐懼時，是發不出聲音來的。車內一片死寂，車滑向懸崖，我清醒地認識到，我預感的死終於如期而至了。根本沒有跳車的

可能和念頭，車就從我這邊翻滾下去。

　　完了，我短暫的一生就這麼結束了，我當時想。車最初是騰空的，落地的那一刻，我聽見了各種鋼鐵折斷的聲音，依舊沒有人的慘叫聲。車身繼續搖晃，緊接著再翻滾，偶爾被樹掛住停一下，巨大的翻滾運動沒有什麼可以阻擋。每一次速度降慢時，我都還在慶幸祈禱，如果此刻停下，那我還可能倖存。那一路墜落，人的思想會光速般運動。我想起了外婆、父母，我不知道我走後他們將如何面對。想起了女友，所有的恩怨都一死了之……最後一股巨大的力，將我擠壓了一下，我感覺我像鳥一樣飛翔起來，然後就失去意識了。

五、

　　談雲平靜講述的過程中，岫早已嚇成弱不禁風的樣子了。她把他拉到了床頭斜靠，自己不由自主地一點點鑽進了他的懷中，像一個聽大人講鬼故事的孩子。聽是一種折磨，但不聽又是一種巨大的誘惑。她被帶入了他青春的歷險，似乎是她正被拋屍於雪野。在這個熱帶孤島上，她開始寒徹全身，十指揪住他的雙肋簌簌顫抖。

他一動不動陷入了痛苦的回憶，雙目釘死在對面牆上。她看他半晌沒有言語，有些驚疑地坐起來，捧著他的腦袋搖晃著追問——那後來呢？你是怎麼活下來的。

不知過了多久，等我開始清醒時，我意識到我的頭匍匐在雪中。雪的寒涼刺激我一寸一寸地醒來，我努力用手支撐著自己翻轉，才發現下半身已經毫無知覺。我試著坐起，一股暖流瀑布般從額頭流下，我拿手一抹，才發現是頭頂的血。那時還沒有什麼痛感，我四顧察看，看見了腳下緩坡處的殘車；再回頭，看見了萬所長在我上面不遠的石頭上撲倒，頭顱衝著我，裡面空空蕩蕩。他的腦漿和血液灑滿了那一片雪地，在冬日顯得格外刺目。

我初步判斷我也活不久了，下肢癱瘓使我無法起身爬出山谷。頭部外傷不知道多大，無法止血，必將失血而死。身體開始失溫而劇烈顫抖，如果不能獲救也必將凍死在荒野。我想起了腰帶上的手槍，趕緊摸尋，幸好還沒摔丟，拔出來準備自殺。因為那時痛感神經正一點點恢復，渾身上下有一種正被凌遲的煎熬。

才走完二十年的人生，就要這樣終結於曠野，我忽有種萬念俱灰的悲傷。我躺在白皚皚的大地上痛哭流涕，擔心視我如心肝的外婆會哀痛而絕。又萬般後悔，在已經獲得上天警示的時候，為什麼還要服從而上山。我幾次把槍口對著自己的太陽穴時，都顫抖得無法扣動扳機。一聲鳥鳴忽然將我喚醒，為什麼不開槍示警求救呢？林場不是快到了嗎，他們

一定能聽見這寂靜山谷中巨大的迴響。

　　我留下了一顆子彈，作為最後自絕的選擇。然後對著林場的方向，連續扣響了槍聲。五四式手槍的巨大爆破音，被山谷的回音壁放大，樹上的積雪被震落漫天，恍若上天在揮灑冥幣。這是我唯一的努力了，之後就只能靜靜地等待，無論是死還是獲救。

　　就像先知在曠野獲得啟示，我在虛脫的幻境中，忽然開始意識到我似乎還有未盡的使命。既然我感到了預警的神意，那至高無上的神一定還不捨得我就此離去，祂才會在冥冥中暗示我不要上山。我漸漸在幸運感之中昏睡過去，渾身的痛感也像是跳著舞步的土著人，踩著鼓點而一步步退去。我不再恐懼，覺得生與死的界欄並沒有傳說中那麼可怕。也許只要一鬆手，人就能輕鬆地進出於陰陽兩界。

　　談雲不緊不慢地敘說，寧靜如講一件鄰人的往事。說著說著，他就像那個雪地中的他一樣，真的閉眼熟睡了。岫坐起來觀察著這個劫後重生的他，彷彿白日見鬼一般驚慌而虛幻。他究竟和二十歲之前的他有何區別，還是同一個人嗎？他曾經寫出來的一些置生死於度外的故事，是不是與這一次的起死回生相關。或者正是這樣一次次地大難不死，才造就了他今天這樣的隱忍和堅定——始終追隨自己心靈河流的方向，雖九死尤未悔焉。

　　她看見他像一個嬰兒，蜷曲在雪原中等待埋葬。那是怎樣的淒涼和無助啊！她情不自禁拿手去按住他的頭頂，以為

這樣就能堵住那道似乎還在滴血的傷口。她甚至想覆蓋在他身上，用自己的體溫去延緩他逐漸僵硬的身肢。她忍不住淚流滿面，為那一刻不曾出現在他身邊而深深自責。她的熱淚滴落在他臉上，一如澆活了一朵漸死的花枝，他慢慢又從記憶中復活。他睜開眼睛問她，妳為什麼在哭？

我以為你那天死了，你還沒告訴我，你是怎樣又活過來的。岫嘟嘴嬌嗔道。

後來的故事很簡單，除開用神意來解釋之外，我沒法相信是自己的生命力。林場的人聽見了槍聲，帶著衛生員趕到，包紮之後抬著艱難下山，攔截汽車送到縣醫院。每一個環節都像是神在指揮若定，錯一點時間我就嗚呼哀哉了。

我甦醒已經在三天之後，那時整個縣城都在瘋傳關於我的預感，以及萬所長女兒的預言。那些旁觀的警察證明了這一切，完全不可思議。很多人來向我討教，問我如何獲得了這樣的神啟。還有一些朋友要遠行時，甚至也要來找我詢問吉凶。我像是被當成了一個可以溝通天地的巫師，而事實上，我也不懂那個八歲的女孩，為什麼脫口而出那樣的永別。難道這看不見的虛空中，確有某個神意在操縱萬物的言行和命運？妳知道，我是一個絕不說謊的人。我的這個故事，至今還在那個小城的同齡人中流傳。談雲言辭懇切地說。

岫瞪著大大的眼睛問：那你自己知道你是什麼時候獲得這樣的直覺的？

他撇嘴說：很難說清楚，但記得至少八歲時，我曾經成功地營救了自己……

六、

聽雨初歇，天色又被大海洗藍，滿島的花木都像出浴的美人，透著各種植物的清香。原本炎熱的空氣，被急速降溫之後，轉為微涼的晚風。岫的心情因自己挑起的話題，而陷入莫名的抑鬱。她拉著談雲出門，只想沿著後山的公路自由漫步，讓道路隨意將他們帶向哪裡皆可。這幾乎是一條沒有路邊人家的野路，幸好還有鳥鳴蛩吟，顯出人間的擾攘。他們一直朝森林深處晃蕩，因為沒有岔路，至少還不擔心歸途無計。

岫多少還有一些怯意，不得不主動抓住他的手，像一個孩子般尾隨。她的手濕滑冰涼如剛出網的小魚，在他的寬厚掌中隱約掙扎。他想起雲南一些少數民族的風情遊戲，故意拿指尖在她掌心搔癢──這是他們古老的示愛方式，如果對方依樣回應，那就可以相約娛情了。她被他弄得手心酥癢漫延全身，有一種說不出的難受和刺激。她知道他是惡作劇，抽出手來打了他一下。嗔罵道：你這個壞人，是不是從小就

這麼流裡流氣的啊？

他嘿嘿笑著，顯得沒皮沒臉地說：也不是，我的純情年代特別漫長，甚至到坐牢時才學會自慰。我只是一個很早對危險就有直覺的人，比如此刻，妳似乎已經在這亂山荒林開始緊張，我卻能直覺到它的安全，所以我敢帶著妳信馬由韁。如果前面有野獸或陷阱，我會馬上預感到，會趕緊帶妳回去。我也很奇怪，為什麼能這樣。

你這麼好的直覺，為什麼卻沒躲過牢獄之災？

那……不是我沒有預感，反而是我自己找來的。一個人要想反對這個政府的暴力，他不可能傻到會認為將獲得寬容。再說，也沒有任何個體，能夠抵抗來自國家的暗算。

你說的很早就有這樣的天賦，最早是什麼時候？

這世間有很多神祕的事，我幾乎用盡大半生去尋求答案，但至今還是無解的。比如我外婆在世時，言之鑿鑿地告訴我——她和我一樣，我們都是絕不說謊的人——她說我在一歲多時，她哄著我熟睡之後，就把我放進了我的搖籃，類似現在的兒童床。哪知道我馬上就醒來，無端地大哭，任她怎樣搖晃哄逗，始終大哭大鬧。這是我從未有過的現象，她也覺得奇怪，就只好把我又抱出來哄。就在那一刻，搖籃上方的整個吊櫃突然砸了下來，直接砸在了我的小枕頭上。我外婆嚇得渾身冷汗，她一生都無法忘卻這個片段。當然，這是我還沒有記憶的年代，我也無法解釋，一個平時很乖的孩子，為什麼那一刻會如此哭鬧而自救。

岫迷瞪地看著他，百思不得其解地調侃說：看來你就是個異類，呵呵，你不會是哪吒轉世吧！上天每每示警，但又留著你，就是好讓你禍害人間的。

哈哈，我連妳都不捨得禍害，哪能禍害人間啊！談雲自嘲地說。

岫聽罷臉紅緊張地埋頭低語：你以為你沒有禍害我啊！其實你一直都在禍害……不說這個了，都是我自找的。還是說說你八歲的故事，你是怎麼自救的？

不，既然妳已經定性我是禍害了，那妳得先讓我禍害一下，再說後面的故事。談雲嘻皮涎臉地逼近她說。

岫似懂非懂，也確實不知道他將要怎樣的禍害，只好四顧著怯懦地央求：你要幹嘛啊？不許欺負我，我會喊，有人來了……雲哥，你不許胡來啊！

他壞笑著摟住她，再一次掰起她的頭，直接吻上她的唇。她輕微地抵抗扭動，比昨天更深地任他舌尖的探入。她的手揪住他腰間，掐出深深的爪痕。他像一個貪吃的兒童，發現了母親悄藏的糖罐，在暮色中一味地吮吸下去。她也漸漸放棄了徒勞的防禦，渾身鬆軟地依靠在他懷裡，難以抑制地低聲呻吟。

他似乎沉浸在暮色四合裡難以自拔，他已經很久沒有這麼貪婪地迷戀這樣的親吻了；此刻她唇齒間分泌出來的特有甜香，如膠似漆地纏裹著他。她已經有一種缺氧的暈眩，緊閉雙眸無辜地享受這稀有的放縱。她越來越需要箍緊他，

才不至於癱瘓傾倒。林蔭道上的百鳥屏息，世界忽然停頓下來。她喃喃低語乞求：雲哥，回去吧！我真的感到危險了……

談雲放開她，摟著她的肩頭往回走。激情之後，彼此一時忘記了再說什麼。夜色從樹尖滑落，地上的水汽升騰為煙嵐，遠方的海稀疏地閃爍波光。濤聲熄滅的海，才顯得遙遠，他們好像是經歷了一場短兵相接的戰鬥歸來，滿心都是歡樂的疲憊。他們開始望見自己客房的草頂和窗戶，為即將見到的床而膽戰心驚。

七、

走到房前沖腳的時候，岫才被那冰涼的水所驚醒。她慌慌張張忽有所悟，意識到此刻不是回房的最佳時候。她深知人的理性不足以控制自己的身體，也預知那一刻終將勢不可擋地來臨。但是，至少此際，她還想延宕那個敗局的到來。她想在她熟知他一切之後，不可遏制地渴求他時，由她來宣示自己的命運。她委婉地乞求：今晚的海灘上有演出，我們去看看吧！

談雲會心一笑，說好啊！反正天色還早。岫眼巴巴地看

著他說：你在外面抽一支菸，我進去洗手了就去。說好喔，
不許進來。

　　他頷首，抽出一支菸在外面屋簷下的茶几邊坐下，也
想讓自己從亢奮中平復。很難真正動情的他，三天來若有巨
變，他開始在內心依戀這個女人。他意識到自己不像是在面
對一場豔遇，而是由表及裡地開始渴望。她才春光乍現地掀
開一絲窗簾，他似乎就已經著迷於其中的萬千風景了。這是
怎麼了？你準備再開始一段傷筋動骨的戀情嗎？如果還沒想
好重新布局今生，你是否有必要推開那一扇閨門。他質問著
自己，又有一些迷惘。

　　她換了一件長裙出來，清爽歡快地拉著他朝海邊走去。
遠遠看見其他的歐美房客，已經密密匝匝地圍候在那裡了。
他們去一棵椰子樹下，找到一個沙灘沙發，軟綿綿藏身其
中，親密無間地隱沒於黑夜裡。海水在不遠處搖晃著它的裙
邊，漫天星雲如綴寶石。音樂聲開始響起，三個泰國男孩點
燃了自己的火把，開始在沙灘上飛旋狂舞。

　　這樣的焰火表演更像是一種雜技，在黑夜中每隻手都
在飛舞著一團火球。只看見火焰的光芒，原本漆黑的人體完
全消失在夜空下。紅色的火，蛋黃的火，蔚藍的火，死灰復
燃的火，上下左右纏繞如金蛇的火，呈現各種圓環和幾何圖
形，一如無數個閃亮的星球，正在繪製這個宇宙。那幾個手
藝高強的孩子，玩火而不自焚，在空中拋灑著火炬。他們精
湛的表演隨時喚起一陣陣驚呼，讓每個觀眾都在此刻感到了

灼燒。

好美啊！這樣的夜晚。岫在他懷裡喃喃自語。她有些癱軟的樣子，閉眼享受著微涼的海風。他去買來燒烤和幾支啤酒，冰爽地倒進彼此的嘴裡。一支酒的濃郁，就能讓她微醺。岫的大眼泛動星光，在夜裡無比嫵媚。她像酒話一樣回環著說：我還要聽八歲的你，九歲的你，直到今天每一歲的你，我要知道你在哪一歲時，我才會奮不顧身地愛上你……

那還是 1970 年代，八歲的我被母親帶著，去探望在江漢平原下鄉的大姐（註7）。回程時，需要在沙市的碼頭候船。那時，社會秩序在文革中基本崩潰，民間又開始饑寒交迫。我們是下午到的候船室，賣票的窗口已經關閉，要到明天早上才重新開始售票。那時的船票很緊張，排隊的人很多，母親決定就在序列中等待。我們母子輪流到邊上的椅子休息片刻，以保證明天可以登船無誤。這意味著，我們不僅沒有晚餐，還將通宵不眠。

隊伍中一直有一個男人在其中進出，不斷地找我母親攀談。因為口音相近，母親似乎確信他就是一個熱情的老鄉。但是從一開始，我就在這個男人身上看見了危險。他不時閃過的眼神中有一種機詐和凶相，他對我假惺惺的笑，眼睛背後我看見了刀光。他不斷誇我好看聰明，偶爾想要親熱地揪一下我臉蛋，都被我厭惡地躲開。母親甚至請求他原諒我的無禮，要我叫他伯伯，都被我鄙夷地拒絕。

他不斷地可憐我饑腸轆轆的樣子，告訴我母親，邊上不遠處就有一個包子鋪，他可以帶我去吃一點。他的提議被我堅決反對，他又建議母親去買了帶回來，他可以陪我在這裡排隊和看守行李。母親看著大堆的行李，猶豫著準備採納他的方法。那時已經是晚上十點多了，候船室的人漸漸稀少。八歲的我，並沒有膽氣揭穿他的陰謀，但卻可以任性地威脅母親。我幾乎是哭喊著說：我不要吃，妳也不許吃，我們都不要離開這裡。妳要是去，我就直接跑。

　　我的無理哭鬧，總算動搖了母親的決定。而到了後半夜，那個聲稱也要在這裡排隊買票的男人，終於悄無聲息地離開。母親感到了我對那個人的厭惡，問我為什麼。我也沒有理由，我只能跟她說，我看見他有一隻眼珠是一動不動的，我害怕這樣的人。

　　大早上我們拿到船票準備登船時，聽見了外面街道的喧鬧。我們擠上前，看見幾個民兵押著昨晚那個男人，後面跟著大隊的男女。那個男人不斷被追上來的人打罵，他經過我們身邊時，還回頭冷笑著看了我一眼。我聽不懂那些方言，但我看見母親的臉色慘白。她已經從咒罵和旁觀者的議論中知道──這個在江灘偷吃死孩子的惡魔，終於被抓到了。

八、

　　玩火的青年早已結束，圍觀的人群漸已散去。不遠處的夜潮，如男歡女愛後的輕微喘息。岫瑟縮在談雲的臂彎，被剛才的故事所驚嚇，身體都花草般顫抖在風中。他像哄睡孩子般輕輕拍打她的後背，低語安慰說一切都過去了，那個危險的年代。

　　不，沒有過去，正在到來更大的危險。你不知道，這一次你也許失靈了。岫固執地說。

　　沒有失靈，我當然知道。要不然，我們怎麼會在這裡相逢。走，我們回去吧！晚上海邊很潮濕，別著涼了。眼前妳要是發燒，恐怕會驚動整個泰國。

　　他把她從懶人沙發的深陷中拔出來，像要從恐怖的往事中阻斷她的聯想。她非常清楚他說的肯定是真實，但她依舊無法想像，一個八歲的孩子，從哪裡獲得了這樣的直覺。一念之差啊！如果他是一個聽話的乖孩子，也可能早就成為了惡世的美食。正因為他的天賦異稟和叛逆，他一直逆行於此荒誕年代，一直九死一生地救贖著自己。

　　洗浴完畢，他們各自心事重重，回到自己的床上看手機。談雲的眉頭越來越沉重，他看見中國的官方報告，承認25個省開始爆發疫情，但病例只有五百多個，死亡才承認

十七例。而武漢朋友的各路微信照片和視頻，顯示的則是醫療資源已經崩潰，無數病患無法入院獲得救治。更讓他內心驚恐的是，原來今天凌晨，武漢已經突然宣布封城。任何人不得離開這座危城，但還允許那些回家的人進城。

他轉身看著岫警示說：封城了，這可是大事，二戰以來都沒有過的大事。足見事態極端危險不可控，妳回不去了，也不能回去了。

岫也看到了這個消息，正傻傻地坐著流淚。她自言自語說：早知道會有這一天的，現在都已經遲了。春節前的人口大流動，已經把病毒帶向了全世界。也可能，這正是他們想要的。

談雲還在追索武漢封城之後的消息，他看見他的倆哥們已經連夜逃亡到河南，還有一個兄弟和他父親一起被感染，正在四處求人尋找病床。另外兩個女同學也疑似感染，只能在家隔離，有著等死的悲涼。這還只是他一個人的視野，就已經如此兵荒馬亂，可想而知那座城池的無辜平民，該如何難以度過這一浩劫。

岫突然像一個受驚委屈的孩子，穿著睡衣擠到了他的被窩裡。她蜷縮在他的身邊，嘀咕道：今夜我真的好害怕，你不許不管我，不許把我扔一邊。我彷彿也有了你一樣的直覺，看見了大片的鬼魂正在湧來。這個貌似歲月靜好的世界，終於要被他們打碎了。

談雲躺下來，關燈摟著她，在突然面對這從天而降的巨

大災難時，兩個人忽然失去了本能的慾望。像一對孤島上落難的兄妹，彼此支援給對方以體溫。他無法入睡，他的直覺再一次被喚醒。他開始冥想那個他愛恨交加的城市，忽覺鬼氣森森。他似乎看見無數救護車呼嘯在街道上，沒有一個行人的馬路，接運屍體的靈車在縱橫奔忙。一千萬人的大都會啊！瞬間死寂如巨大的墓園。他還看見有人從大橋上跳下，從高樓上墜落，天空中有死神的號角在吹響，帶著口罩自我禁聲的人群，正在列隊走進屍袋。

這是一個多麼無望又無救的族群啊！一個被驅趕向屠場都會互相監督隊形的民族。即便已經是如此的大禍當前，還有成群的傻子在那歌頌，歡天喜地讚美獨裁者的盛宴。電視上依舊不見關於疫情的詳細報導，元首神隱無事一樣，常委們照樣隻字不提。甚至連世衛組織的主席，都還沒有向整個人類發出警告。

他是真的不想關心這個國家了，網上偶有追問毒源和責任者的言論，立刻會招來大群如狼似虎的瘋狗狂吠。這些被組織的被欺騙的甚至自覺自願的邪靈，時刻維護著主政為惡者的權威。這樣的人群構成了極權的基礎，你幫他們吶喊時，都仍舊難免還要被他們撕咬。此刻，他只想關心懷中這個女人，這個無助的孩子。她從那個危城突圍出來，也許她真的是專為他而來，他不能再把她放進那個災區。還有幾個日夜，他們就要面臨分別。他略知病毒的消息時，還遠未想到會如此險惡。直到今夜，他才真正意識到，他們接下來面

對的每一天，都可能是生離死別。他怎麼能撒手不顧這個迷路的孩子，讓她獨自去尋回家之路？

　　他輕輕拿起她的纖手，有一種生怕不小心就失去的緊張。她撲閃著的大眼睛，氤氳已久的淚珠滾落，他的胸部感到了點滴熱流。他用嘴唇緩緩地磨蹭她的額頭，慢慢拍著她的腰臀，一點一點地將她送進夢鄉。

第四天 迷途執念

（二〇二〇年一月二十三日）

一、

　　今天的天色像是在呼應著中國此刻的國情——陰暗而壓抑。

　　談雲醒來扒開窗簾，看見的是無限的灰，拼貼在天上。中國農曆 2019 年的最後一天，是全球華人最重要的節日。只是在這個孤島，看不見一點喜慶的痕跡，他總算有了一點終於擺脫故土的竊喜和惆悵。他沒有發現岫，叫了一聲，沒有回應，估計她是早起出去散步了。打開手機，幾乎是哀鴻遍野的樣子。他不想太過影響今天的心情，只好闔上手機去洗漱。

　　遠遠看去，岫坐在海邊的石頭上，凝佇若一座美人魚的雕像。她的魚肚白紗衣，混入石頭的顏色，走近時看見亂髮飄飛，才意識到是一個活人。他在背後靜靜地觀察欣賞她，不想打擾她的沉思。他還沒敢問，在她離開的城市，有哪些親人留在那備受熬煎。

　　很久以來，他都是一個人過年。合家歡這種俗世之樂，他已經陌生而刻意疏遠。每到這樣的日子，他都儘量跑到一些邊陲小鎮，在客館的冷雨寒窗下去獨酌晨昏。他喜歡自

己把自己灌醉的感覺，飄然中物我兩忘，才能平復心中的骨鯁。這是一次完全意外的密約，更像是一場異國他鄉的邂逅。在整個世界都將沉陷和巨變的前夜，他們彷彿奪命一般彼此抓住了彼此的手，藉以從中獲得面對的力量。

這樣的相逢究竟是人的慾望所致，還是神的意志決策？萬人叢中一握手，是誰鋪就了預埋的花徑。他輕輕上前，擁抱著她的雙臂那一刻，他對這周邊環護的山海都突然充滿了感恩。好像沒有如此美好的一切做背景，他們塵世一遊就可能一腳踏空似的。她的肌膚已經被海風弄得冰涼而滋潤，她知道一定是他，閉眸仰頭斜靠在他肩上。

妳坐了多久啊！皮膚上都有鹹鮮的味道。他用下頦摩擦著她的頸項，心疼地說。

早上醒來，躺在一個男人的懷裡，不免亦真亦幻的感覺。岫覺得她小半生都未曾這樣的放縱，有點不知道今夕何夕了。這個國難深重的春節，他們卻在海外孤懸的島上這樣的沉溺，她忽然生有某種負罪感。她仰手勾著他的脖子，似乎負疚地說：真沒想到，2019 年的最後一天，我還能活著和你在一起。也不知道，究竟是神還是我，把你召喚到了這裡。我也開始有了你那位白雁同學的擔憂——也許這一切，又是對你增添的傷害……

嘿嘿，妳不會傷著我的，我現在已經刀槍不入了，沒有人還能傷害我了。他把她抱下石頭，捧起她的臉，盯著她的眼窩說：兩個人的春節也要團年，哪怕明天洪水滔天，我們

也要當下的每一刻快樂至極。走，我們去隔壁不遠那一家海鮮店看看我們的年飯。

雲哥，你不知道，不是我想要傷害你。也許，我們都將被這個時代，澈底地毀傷……岫欲言又止地低語。

談雲笑呵呵地說：不管那麼多，我們先把今天過好。也許這就是未來漫長的年分中，最好最美的一天了。我知道妳約我來，一定不只是為了一場偷歡。我今天不再追問，妳也不必今天告訴我什麼。我們就這麼昏天黑地地過吧！走到哪裡算哪裡。

二、

他們挽著手臂走在各自的心思裡，對這個預計之中卻又像是意外遭逢的節日，忽然有種莫名的感傷。路邊那些高大的原生林，籠罩在山嵐雲氣裡若隱若現。陰天的氣壓，增加了鳥翅的負重，那些不時掠過的飛翔，也顯得少了歡聲。

忽然側後邊的小路上傳來樂隊的奏鳴，那是泰國民樂的曲風，幾乎難以分辨其中的苦樂。他們好奇地駐足等待，慢慢看見一隊白衣的樂手，吹吹打打從山彎後閃出。難道他們也時興過中國的新年嗎？他們互相開心地對望，接著看見後

面跟出來一隊黃色袈裟的僧侶。僧人們手裡拉著一根白線，口裡誦著經文，在那很長的白線牽引的後面，是一輛好看的花車。花車周邊跟隨著大隊的村民，全部穿著黑衣。

他們似乎都忽然開始意識到，這是泰國人的葬禮。談雲在路邊合十致敬，岫低頭沉默致哀。一個僧侶滿面和善地招手，邀請他們參與一起去拉著那根白線。也許在他們的風俗中，這是一件喜樂俱足的善事，路人皆可分享。談雲是那種對萬事萬物皆有興趣的人，他拉著岫要加入隊伍，岫卻背身止步不願參加這一儀式。僧人們還在招手，談雲不忍拂了人家好意，只好過去牽起那根白線。

他隨著音樂和經頌漫步前行，一步一回頭地遙看著岫越來越遠。他心知的她，應該是會和他一起熱心融入當地民俗的。他有點不可思議，她為什麼會如此決絕地冷淡。當然，大過年的上午，忽然遭遇的是一場葬禮，顯得是那麼的不合時宜。但他的家鄉，也把喪禮視為白喜，同樣是載歌載舞地歡送亡靈，這應該沒有什麼特別的忌諱啊！

他牽引著鮮花環護的靈車，走到了山麓的一座寺廟。他們的火葬即將開始，他知道每個村莊的寺廟，同時還有一個火化爐，是遠行者的最後一站。他這才禮別那些僧侶，回頭去找尋岫。然而在他們剛才駐足的地方，已經沒有她的身影。她難道生氣了嗎？即便是不願參與，應該也不至於憤怒他的善行吧！他趕緊回到度假村去尋找，卻是四下不見。又騎摩托趕到他們計劃要去的那家海鮮館，依舊無跡可尋。

他這才開始有些心慌了，閉目沉思，直覺她沒有危險，應該就在附近。他停好摩托，找服務生打聽。服務生指著海灣比劃，他朝那個方向找去。

狗孤島的每一個海灣，都有著自己獨特的地形。有許多歐美白人，選擇定居於此養老。他們幾乎只需要花很少的錢，就能從原住民手上租賃來一塊土地；然後自己設計，親手打造出各種材料和形式的微型現代建築。談雲遠遠看到右前方臨海的一座巨大島礁，被各種熱帶植物所包裹，像一顆綠寶石樹立在藍水中。在那絕頂處的懸崖上，有一道石頭牆，中間鏤空部分透出藍色的天光，隱約像是一個十字架，懸空掛在雲天上。

整個海灣沒有人影，他只能朝這個島礁走去。沿著鑿出的石梯拾級而上，蜿蜒幾道彎，登頂看見了花木叢中一個巨大的鳥巢。那是一個完全採用竹編的建築，外形又像一個切開的椰子殼。他小心翼翼地進入，沒想到這蝸居布置出的是一個迷你型教堂。巨大的後窗外，就是他在遠處看見的那一面牆，以及那透射出天堂之光的十字架。

他看見岬的背影，被那十字架漏出的射光所照亮。她安靜地趺坐在一個草墊上，低頭沉思，雙手抱於胸前。他有些愧疚地注視她，覺得他像是邂逅了一個古代修道院的修女。島礁下海浪撞擊的聲音，淹沒了他們的呼吸聲。即便在那轟鳴的天籟中，他們也都感到了整個世界的靜謐。他覺得他們此刻彷彿是被時代的巨浪所拋到荒島上的難民，假設世界只

剩下這一個小小孤島，或許他也會與她一起漁樵耕讀生兒育女，地老天荒地在這裡重新繁衍人類。

不不，這更像是伊甸園的故事，此刻他們就是上帝造出的男女。上帝規定了禁果，告誡了他們不能偷食。然後他們依舊無法抵抗那原始的誘惑，他們有了歡愉和羞恥，因為萌生禁忌的愛，最終被驅逐到世上。他們不得不為自己的衝動，永受罪與罰的懲處。

她似乎早已感到了他的存在，她回眸一顧時，臉上有一絲委屈的苦笑。她起身下山，他追隨在後面說妳真讓我好找。她低語說：總有那麼一天，你會再也找不到我的。也許，你也不想找了。就像我們假如今天就失散了，你連我是誰，都不曾知道，又從何去尋找啊？

三、

一個大年三十偶然邂逅的葬禮，似乎確能影響旅人的情緒。某種說不出吉凶的惶惑，隱然浮沉於兩個人的心底。午餐的海鮮顯得平淡無味，他幾次想要挑起話題，轉移一下岫眉間的沉重。但看見她迷惘的視線，總是投向遠處的海，他只好欲言又止了。

海邊的氣象總是瞬息萬變的，不知不覺中雲層就被撕開了幾道裂縫，陽光像追光燈一樣直射在島礁和海山之上。岫忽然像個孩子般歡笑驚叫起來：你看，這就是傳說中的基督光。他看見過很多油畫上的這種光，此刻在眼前的展示，依舊還是覺得神奇而美麗。岫轉眼忘卻了任何愁雲，起身朝沙灘跑去。她白衣飄飄在風中，一如天使突現。他尾隨其後，看見天空漏下的那束光，彷彿一直追隨籠罩著她。他生怕她被天光所帶走，趕緊追過去抓住她的手。

　　他們看見遠處半山上的那座寺廟後面，一個白色的塔頂開始冒出青煙。那些煙很快融入林間的霧嵐，飛升成為低垂的雲的一部分。一個生命就這樣消散了，無聲無臭，灰飛煙滅，一去無跡。他們的魂靈究竟去到哪裡，是轉世還是復活，是榮升天堂還是受審地獄，至今他尚未從書中還是人世經驗裡，找到真正唯一正確的答案。

　　她有些惆悵地問他：你是佛教徒嗎？

　　他有些遲疑地說：嚴格地說，我什麼教徒都還不是。我頂多算是一個對佛學還感興趣的人，這也只是因為古代那些大德高僧，對世間的某些妙悟，給我一些文學和人生的啟示。當年周作人先生寫詩說——前世出家今在家，不將袍子換袈裟——我可能也是這種人吧！呵呵。不過，我還真的差一點就成了和尚。

　　你會成為和尚？我才不信，告訴我，那是怎樣的故事。

　　妳知道的那一年，我曾有過的短期逃亡。那已經是盛

夏了，亡命天涯的路上竟然沿途鮮花怒放。我騎著摩托從高州、化州進入道縣和江永，在月色照耀下奪路奔走，胡打亂撞莫名其妙就到了衡山。那是三十年前的月夜，無處打尖和投宿，筋疲力盡時望見路外林叢中唯一的一盞燈火。我只好去那門前的屋簷石地上橫臥，完全還沒來得及看清是何所在，就已經鼾聲大作了。

不知過了多久，一陣木魚和誦經的低吟，開始敲進我的夢裡。那是近乎外婆催眠的旋律和節奏，抑揚頓挫之中絮叨著深沉的安撫。我聽得清那種叮嚀和挽留，但又難以睜開自己疲憊的眼睛。好想就這樣一睡不起啊！以逃脫那羅網密布的追緝。最後好像是一隻小鳥，在啄食我褲袋裡漏出的麵包屑，才終於把我驚醒。

那是衡山北麓的一座野寺，非常簡陋的幾間木屋，只有一位法師和一個小沙彌在那修持。門口的一副對聯首先打動了我——欲為諸佛龍象，先做眾生馬牛。法師讓我粥食畢，似乎已經從我風塵滿面的樣子，猜出了那個屠殺年代的可能身分。他特別憐惜地看著我，自言自語地念起了詩句：辛苦遭逢起一經，干戈寥落四周星。山河破碎風飄絮，身世浮沉雨打萍。

我熟悉這是文天祥的詩句，更知道結尾「人生自古誰無死，留取丹心照汗青」的警言。我沒想到在這深山古刹，還有這樣一位老僧，留意著此刻世間的零丁。那一刻我忽然如被雷擊，淚雨飄落，跪在他面前哽咽成一個委屈的孩子。我

懇求說師父能讓我留下嗎？我願從此青燈黃卷，禮佛終生。

後來我知道他就是明則法師，他那字輩的世間已經所剩無幾。他緊盯著我的額頭，似乎洞穿了我的前世今生。他拿他蒼老如枯藤的手，在我頭頂摩挲，之後徐徐歎息道，我至今記得那字字如刀的偈句——原本僧道之命，可惜塵緣未了。他年鐵樹開花，才見金剛跌倒。

那時的草野，還是有一些碩果僅存的大德。這些事彷彿塵夢依稀，只有我知道，那一扇門一直還為我虛掩著。我不歷經滄桑，終究是歸去無計。

岫看著他發呆，疑惑這樣的玄幻，又特別信任他的誠實。她只能喃喃低語：佛教也許不算一門宗教，你這也不是信仰。你當時也許就想找一個逃生方式吧！但人生，總是在劫難逃。可是我還是想知道，那一年，你為什麼要逃亡？具體的原由是什麼？

四、

漫長的午後，風吹雲散，太陽乜斜在西邊，彷彿剛哭完的樣子。很多白色的海鳥泡沫般漂浮在波面上，隨浪浮沉，沉睡過去了一樣。

岫躺在兩棵椰子樹之間的吊床上，迷迷瞪瞪地看著談雲單人游向深海。海水像人間路一樣崎嶇坎坷，他的背影時而沉陷在浪谷，時而又被波峰抬高。她稍微走神看看別處，回睛時就要費勁搜索好一陣，才能重新追隨上他越來越小的身影。有時她不免有一點心慌，擔心這個男人被潮汐所帶走，再也無法回到她的身邊。

　　雖然早在網絡論壇時代，她就已經開始注意並熟悉這個男人。他的各種文字和公共發言，都讓她眼睛一亮，覺得是她橫空出世的一個知己。之後進入博客和微博時代，她依舊一直默默地關注跟隨他。喜歡看他在網上跟人調侃，不慍不火地挑逗和辯論，甚至偶爾怒髮衝冠地跟人約架。用現今流行的粗話來形容，他就是那種絕不裝逼的人。活得本真率性，是這個娘炮時代日漸稀少的一種男人。

　　她覺得自己就像是一個極高段位的網絡監控者，或是某個訓練有素的間諜。她能從他的隻言片語或者各種照片中，分析出他當前的心態，正在可能謀劃什麼事情，已經到達什麼地方。他的社交圈包含哪些人，他厭惡和視為寇仇的又是哪些人，她幾乎都一目了然。有時她甚至能從他最近著裝的變化，或者換衣服的頻率，來分析出他這一段時間有沒有女人。

　　一個從未見面的男人，一直到微信誕生之後，她才終於在某個群裡，發現了他並加上他成為好友。在那之後，她像是走進了他更加私密的生活，可以隨時觀察到他的行蹤和視

野。但她幾乎很少和他聯繫，她也不是以一個粉絲的身分在關注他。她覺得他就像是她那個遠行的哥哥，一個只需要在心底默默憶念的親人，一個在關鍵時刻可以托命的義人。

當然，她也不是沒有設想過，他們如果某天萬一邂逅了，是否還會發生男女之愛。她覺得應該不會，不是她不會愛戀，而是她深知他們已經相見恨晚。他的心身都不太可能完整地再屬於任何她人了，這是她研讀他一切之後的結論。而她，固然對世人亦多絕望，但還是不想在他殘餘的情感中生活。她覺得，她能把持住自己的陷入，她只願和他生生世世做一個密友。也許，算一個心靈的情人，在有限的機緣裡，不多不少地分享生命，也無不美好。

他幾乎是踩著晚霞才回到海岸，那時她已經在吊床上熟睡了。他水淋淋地站在樹下打量著她，看見麻繩編織的各種網扣，將她擠成了嬌弱的一團，像是一條被他打撈上來已經無力掙扎的大魚。她的肉身上已經被勒出了一些繩印，又彷彿一個正在受刑的女俠。她終於被他憐愛的目光所驚醒，惺忪地抬眼看他，伸出雙臂暗示要他將之抱出來。

他俯身撈出她，故意把她扛上肩頭，裙裾翻飛幾乎就要露出底褲。她驚慌地尖叫，拍打他的後背，他才哈哈大笑地放下她說：我游了好遠好遠，妳的心真大，也不擔心我被沖走。

哼，壞人。我知道神一直為我看護著你，大海也不能把你奪走。咻氣呼呼地嘀咕。

這幾乎是她難得的抒情，談雲頓時心生感動。他忽然意識到什麼，趕緊問道：妳是基督徒嗎？是因為這個，妳才不願參加上午的葬禮？

　　我？還只能算是一個慕道友吧！還沒有真正受洗。也許內心，已經信靠基督了。你呢？按你在世間的一些所作所為，我原以為你早就是基督徒。這次見到你才知道，你竟然還是一個沒有信仰的人。我很奇怪，那究竟是什麼力量，支撐你一直堅持信念，一路顛沛地走來？

　　他們來到餐廳，零星的歐美人都在吃自助餐。談雲說畢竟是年夜飯，我們還是點菜喝一杯吧！沒想到2019年的最後一天，在整個國家都被病毒恐怖籠罩的時候，我們還能這樣休閒地對酌。如果確實有神，那這就算是神對我們的恩寵了。

　　談雲特意多點了幾個菜，並要了一瓶泰國產的威士忌。服務生拿來冰桶和酒杯，親手為他們各自斟上一點，加入冰塊。這就算是普通泰國人唯一受用的高度酒了，他們通常只喝啤酒，有錢人才喝一點進口葡萄酒。這是一個輕度限酒的國家，每天只能在下午五點之後到零點之前，商鋪和餐館才能賣酒。小乘佛教算是他們的國教，但溫和的佛徒們並不禁止其他宗教的傳播和存在。

　　先上來的涼菜，一盤是酸辣的木瓜絲，一盤是甜辣的柚子肉。將兩種水果這樣涼拌，吃起來別有一番風味。談雲搖晃著琥珀色的酒，輕輕地碰了一下岫的杯子，感慨道：岫，

謝謝妳的邀約，讓我這個無所在的春節，忽然又有了格外的美感和滿足。

　　岫有點苦笑地看著他，各自小酌一口，岫說：哎，新年平安。也許未來的每一天，平安都成為最珍貴的事情。眼前泰國以及那些白人，都還完全沒有意識到真正的全球性危機正在路上。我們是否能逃過這次劫難，現在都很難說。我只想求神保佑你，你一定要成為倖存者。

　　按說，神應該保佑每一個好人，應該嚴懲每一個惡魔。然而我們在這個世界看到的實況，卻是無辜者被加害，而行惡者反而有恃無恐。可以說，我還難以成為基督的信徒，正是因為這樣的無數見證，讓我懷疑神的存在。談雲有些沮喪地說道。

　　岫把剛端上的檸檬蒸魚，細緻地挑了一塊沒有刺的肉，拈到他的碟子裡。她說：知道你不喜歡吃魚，來嘗嘗這個吧！聖經說，五餅二魚，足以濟世。你可能還沒有感受到神的恩典，因此一直固執於你的迷途。這個夜晚，我還是想聽你講講你的信仰，以及你現在的局限。

五、

作為一個精神純粹自由的寫作者，我憑藉經驗和直覺，以及與生俱來對善惡是非的基本判斷，已經活過了大半生。我承認我仍舊迷失於人間，靈魂和信仰都尚無歸宿——至少，我還不是任何一種宗教的信徒——這看上去似乎有些悲哀。

現在每天都有無數人在經歷生死掙扎，也必有更多的人在思考生命的救贖問題。我每天關注著海外國內各種悲憤的信息，幾乎寫不出一篇文章。那是我熟悉的家鄉，不斷病故的人群中也有我熟悉的名字。這一場災難來得如此蹊蹺和迅烈，無數無辜者無名的死，加深了我的失語。而許多的社會亂象，人性惡質，更驅迫著我要去沉重思考——吾土吾民，何以至此？

大地之上，究竟有沒有神？神在哪裡？人類的災難到底是神的懲罰，還是人類自找而神在漠視？這些對我那些教徒朋友來說，可能是粗淺和愚蠢的問題。但對我這樣一個自負而智障的世俗知識分子來說，依舊還是一個天問。

學界和世俗社會，認為世界上是有很多宗教的，但至少多數宗教界的並不這麼認為。當然我也認同他們的一些看法——有的看上去就不符合宗教的標準，有的由於不得妄

議，只好擱下不說。宗教是一種信仰，但信仰並不一定就是宗教。再或者說，信仰一切世俗的主義和理念的皆非宗教，只有信仰超自然的力量（神）的才算宗教。當然這樣說還是不對，因為一些教門都會說——只有信唯一的而且是我的這個神的，才算正教。

我的思想就卡殼在這裡。世界是二元的，要麼有神，要麼無神。不管有沒有神，我都認為這兩種觀念的信眾，都應該也可以和平相處。人生的閱歷和我純粹個體對天地社會的思考，我現在相信眾生之上，是有神的。或者說，我看到了無神論的惡果，更願意相信和希望有神——無論是祂的獎懲還是指引。

在有神論的旗子下，又分為泛神、多神和一神，而我過去很多年的錯覺抑或幻覺是，應該有很多神，在分管著這個亂世。而且我天性不喜歡任何唯一，我一廂情願地希望眾神巡天諸佛立地。我反對一切宗教戰爭和宗教自大，本質上還是一個人本主義者的樸素普世情懷，希望各宗各派乃至無神論的俗人，都能和衷共濟，分享這個天地的供養。

現在，我開始接受一神論的觀點，甚至也願意相信這個唯一神，就是那個翻譯為「主」的全知全能者。問題是，我這樣一個暗自崇信祂的俗人，我努力按照祂的引導去生活和抗爭，但是卻不願加入祂的信眾的組織——一個不願受洗的信者，是否還能獲得其教徒的認可？

至於我為什麼信神，又如何變化到信一神，這個過程很

複雜，只能以後再說。我這裡想要討論的是，我為什麼不願參加團契；一個不守儀式章程和律條的人，是否可以被稱為有信仰的人？當然，我今天的境界還只能到此，並不代表我永遠拒絕皈依。

從我的閱讀和推導來看，人類肯定是先有信仰，很晚才誕生宗教的。所有信仰的起源，皆因為對死亡的未知之恐懼。只要是智人，無論哪個部落的初民，他們可能理解了人的孕生和成長，但始終無法理解死亡——那些失去呼吸不再喊叫和流血的身體，他們究竟去了哪裡。無論是橫死和老死，究竟是什麼力量在決定每個人的壽夭？基於這樣一些困惑，他們之中的某些智慧的老人，開始崇拜天地間各種不可解的神祕力量——比如日月，雷電或火焰。正是這樣一些最初的敬畏，構成了人類最早的信仰。

宗教要在各種文字誕生之後若干年，才憑藉講述和記錄而產生和傳播。在某種意義上說，宗教更像是文學繁衍而出的副產品。沒有各種寫作者對神或人物以及故事的塑造和傳述，沒有各種記錄者和說書人的四處遊說，可能就很難形成最初的宗教。新生的宗教面對世俗權力的迫害，因此需要組織化的方式來生存壯大，這應該就是團契和儀軌的由來。

我理解並尊重這一切，只是出於對個人自由的貪戀，而暫時還不能接受去遵守任何組織和團體的約法。我當然承認人是有罪的，一生放蕩不羈的我更加有罪。問題是，即便我信仰神，但我還是不太相信祂能替我受罪，並為我贖罪。我

更相信，人在今世所為的惡言惡行，只有他本身才應該接受報應。報應和懲罰必須是本身，必須在當世才有意義。

我的認知還停留在一個非常矛盾的階段，比如說，我相信靈魂一說，卻不相信有天堂和地獄。甚或可以說，就算是有天堂、地獄存在，但在我們可以覺知的經驗世界裡，還沒有一個自己信任的人從那邊歸來，告訴我關於其中的苦樂；那它的存在於我而言，依舊只是虛空，可以視為是文學意義上的虛擬。

談雲說完了這些困惑，目光飄逸進茅簷外的夜空，真的有些虛浮而散漫了。岫知道他這種源自文化自信的傲慢男人，如果自我不能澈底翻越世俗的邏輯，一般人是很難說服他的。她搖著酒杯中的冰塊，看著他苦笑了一下，彼此碰杯，加深了這個除夕夜的微醺。她在思考，該怎樣牽引他的手，一同走出這漫長的冬夜。

六、

澳普勞酒店顯然是細緻有禮的，哪怕僅有一對中國人在此棲留，在這個除夕之夜，他們依舊安排了海灘派對。無需翻譯的音樂，從篝火旁的原住民樂隊飄來，傳遞著美好的善

意和祝福。沙灘的餐桌上，非常英式地陳列著各種冷餐和酒水。很多成雙結對的白人已經開始他們的酪酊，在鮮花叢中親密偎依。

當服務生把談雲他倆引入特意設置的花椅上時，漫天禮花爆閃飛揚，巨大的轟鳴散發出節慶的喜氣。所有的客人都起立囑目，為他們的來到鼓掌歡迎。那幾個泰國小夥子又開始火炬遊戲，藍黃色的火舌纏繞在他們身體上如金蛇狂舞。在所有人的眼中，他倆就像是從中國逃亡出來的唯一倖存者。誰也沒有歧視和恐懼，都在為他們的僥倖而慶賀。

談雲合十環顧致謝，岫忽然有些悲從中來，情不自禁地掩面拭淚。他們沒有想到，大大咧咧的泰國主人，還會如此盡心地照顧到他們這個特殊日子的情緒。服務生為他們斟上葡萄酒，談雲看著悲欣交集的岫，忽然貼上去吻了一下她眼角的淚珠，然後碰杯飲盡杯中酒。周邊的客人都為他的舉動喝彩浪笑，有人還用手指吹響了呼哨。岫羞澀地轉啼為笑，拿手輕輕地打了一下談雲，也把酒乾了。

樂隊開始奏起了舞曲，大家放下酒杯，捉對旋入沙灘。一些白人跳著跳著非常狂歡地脫下了外衣，裸著上肢緊摟在一起摩擦。這彷彿突然變成了化外之地，人們似乎回到了初民時代，男歡女愛在火堆野地上，盡情地享受著這個野蠻的豐收之季。談雲拉著不情不願的岫，也混入東倒西歪的舞隊。他們這種略帶東方矜持的舞姿，顯得像是初初萌動琴心的男女。但岫那迥異於白人的美，還是吸引了太多男人的目

光。

　　一曲稍息，他們回到座上對飲時，彼此都感到了對方的異樣。似乎身體中的某種元素，正被這不期而遇的篝火點燃。岫有些莫名的感動，她第一次主動拿起談雲的手摩挲。她不敢直視他的眼睛，望著遠處退潮的水線低語道：真的很感謝你能答應來陪我這個春節，我真沒想到這些日子是這樣的美好，好得像是假的一樣。人一輩子，哪怕只有這樣一次假日，也值得到此人世一遊。雲哥，謝謝你陪我，就算是最後的一面，我也盡興了。

　　談雲聽她這樣一說，忽然心生凝重。這個原本應該互祝吉祥的良夜，怎麼聽來像是訣別的讖言。他看到天際線似有烏雲在滾動，那裏挾著風暴雷電和災難死亡的不祥之兆，正從北方的中國朝整個世界趕來。這是蓄積了幾十年的禍胎，那以欺騙和粗野累積的遍野腥雲，那最邪惡自私的極權團夥，正在把他們的野心和恐懼推廣到全人類。

　　這幾乎就要成為不可遏制的火焰，這個承平日久的世界，早已放鬆了對這個變異法西斯的警惕。就像這個新冠病毒一樣，完全超出了人們的經驗認知。看看周邊這些天真無邪的人，就知道這是一個淡忘了魔鬼的世界。他們幾乎不相信邪靈正在列隊，正在開拔，正在祕密部署安插到每一條航線。死神的號角已經吹響，但無數個村莊還在狂歡和沉睡。他作為一個中國人，此刻都感覺到愧對所有他族的善意。

　　樂隊特意開始奏響了〈好一朵美麗的茉莉花〉，這是為

他們而準備的旋律。儘管不很熟練，但已經足夠讓人知曉這是中國風了。一個帥氣的中年白人男過來，大大方方地向岫伸出手，邀請她共舞一曲。岫羞澀地看談雲一眼，談雲開心地鼓勵她去，她只好被那白人拉著飄進舞池。這樣舒緩的舞步，很適合邊跳邊聊天。談雲看見岫很熟練地應對著對方的問詢和調侃，不時含羞地微笑和搖頭。

白人的俊朗和岫的優美，好像更能般配此刻的浪漫海灣。談雲一點沒有嫉妒地欣賞著他們完美的舞姿，他看見她臉上的愁雲散盡，換上了原本該有的恬靜笑容。他不知道那洋人怎樣幽默了一句，以至於讓她騰出手來掩口大笑。給自己愛的人以自由——這是他一直喜歡的處事態度。不管怎樣，他都喜歡她的笑，彷彿雲開日出的大海一樣。

曲終人散時，那男人把岫送回來，用生硬的漢語對談雲說：我喜歡你的女人。談雲哈哈大笑說米土米土，我也很喜歡。

岫有點汗津津地嬌喘，拿起一杯檸檬水灌下，臉色紅暈地對談雲說：哎，這些老外真開放，真的受不了，呵呵呵。

他說什麼了，讓妳那麼開心大笑？

不說了，都是你們這些壞男人才想得出的事兒。岫是真的不好意思啟齒的樣子，低語道。

不就是想泡妳唄，有花自然香，味之於口，有同嗜也。妳這麼好，誰不想追啊？我都追得這麼苦，何況他們這些洋鬼子。天下人都愛妳，我都高興。談雲坦蕩地笑談。

哼哼，他說的事，估計也是你最想的事，我才不上當呢！岫氣鼓鼓地白了他一眼說。

什麼事啊，妳就這樣栽倒我頭上。呵呵，說來聽聽，看看是不是我樂意的。

岫板著臉看著別處說：好，滿足你的好奇心，以免說我欺騙你。他說他們那一堆白人，都是來自於一個換妻俱樂部的。他們說看著我們不像是一般的中國人，因此想邀請我們參加他們今晚的派對。反正我是拒絕了，但現在你可以重新決定。哼哼，合你心願吧！

談雲看著岫一副生氣孩子的樣子，不禁撫掌大笑起來。他當然早就聽說過此類成人遊戲，甚至從理性上也算是理解這樣的圈子。但是真的輪到自己選擇，從感性上可能也還難以接受。更不要說拿岫去換這樣的娛樂，那簡直是心尖割肉一樣疼痛。但他故意調侃說：妳去跟他們商量一下，就說我可以單獨參加，因為還沒有資格帶妳，問他們樂意嗎？

哼，我就知道你是這樣想的。我早就知道你是這樣的人，我才不去幫你說呢！有本事你自己說去。岫像是真的生氣了一樣，帶著火氣說完，給自己倒滿一杯酒，一口吞下，獨自拿起身邊的紗巾，起身離開。談雲趕緊追上去，挽著她的手臂朝海水方向走去。

潮水已經從沙灘退出去很遠，他們沿著那看似乾涸的海岸線往前，每留下一個腳印，都很快滲出水來。一些好看而不可名狀的海螺，被拋棄在海灘上如天地的禮物。還有一些

側立的小小海蟹，在沙灘上飛奔，很快又鑽進那些氣眼一樣的洞裡。兩個人的酒意似乎這時才開始有點發作，踩在海綿一般的沙灘上，暈暈乎乎如在雲端。

談雲絮叨著酒話：我怎麼捨得拋下妳去跟她們貪歡，更不捨得拿妳去換那些肥羊。妳才是女人中的女人，妖窟中的妖精。如果真有神，妳就是神賜給我的新年禮物，是我平生懸望的風景。沒有任何寶貴的東西可以跟我置換妳，所有的功名富貴美色好酒，都不足以替代妳可以給我的驚喜。妳就是我的鮑魚，是我的生蠔，是我的北極貝刺身。妳張牙舞爪的時候，就是我的龍蝦；纏綿乖順的時候是我的八爪魚，讓我抱著妳的時候妳就是抹香鯨。妳是大海的女兒，海水中緩緩升起的維納斯，是所有溫柔和憤怒的海浪的化身……

好啦好啦，別說酒話了，醒來又都忘了。比來比去，反正都是你的下酒菜，哼。岫忍俊不禁地笑起來，拿手堵著他的嘴巴，嬌嗔地說道。

談雲借勢一把摟過她的腰肢，緊緊地咬住了她的手指。然後拿起她的手，沿著指尖向上，一點一點地啃著，直到手掌手腕手臂肩頭頸項下頜，最後停留在唇上。她像一個甘願忍受凌遲的人，渾身顫抖輕微扭動，又不願逃脫這樣的撕咬。她身體內部喚起的哼聲，從被吮吸的舌尖滑出，完全無法抵抗這樣的蠶食。

他們身後的晚會已經酒闌歌罷，海灘上的餘燼搖曳，暗示著人世的迷醉。此刻除開大海的喘息，伴隨著他們的急促

氣流，萬籟俱寂像是刑場的靜默。他的右手從她襯衣的下擺向上，撫摸著她緞面般的肌膚。她在他懷裡如一條徒勞掙扎的魚，起伏的胸部緊貼在他的肋骨上尋求庇護。此刻她更像是一隻急眼的乖乖兔，開始反咬著他的唇舌。她從未這樣傾心竭力地狂吻，彷彿要經由他的唇縫，吸出他的全部真心實肺一般，這幾乎耗盡了她積蓄半生的力量。

當他的手改變方向要奔去裙邊時，她絕望地嬌吟：不，不，雲哥，求你，我們回去吧。我投降了，我把我一身所有都給你，只要你留給我一具全屍……

七、

退潮的夜海像悄悄縮水的裙邊，漸次裸露的沙灘展開廣闊的原野。他們沿著潮線牽手回轉，似乎要踏過遍地泥濘和荊棘，才能抵達自己早已預設的那張床。

岫忽然看見左邊不遠處的海上，隱約懸吊著一盞燈。她指著那嘀咕，不會是墜落的星星吧。談雲定睛注視，笑道那是我們在白天忽視的事物。一道木頭的棧橋，延伸向海水裡。在其頂端，拴著兩條皮筏和一盞燈，宣示著這是酒店的碼頭。

岫看了一下手機，才 22 點多。她止步看著談雲，搖著他手臂遲疑央求道：今天是除夕，按我們的鄉俗，要守歲，一直看到黎明。現在還早，我們去那棧橋上坐坐吧！

　　他原已撩起的心火，看著她那乞憐的樣子，只好深吸一口氣壓下去。他苦笑道好吧！天地為房，大海見證，我們還是要有這樣一個儀式。

　　棧橋搖搖晃晃由淺入深，危立於沙灘直至淺海中。有點恐高的岫緊攙著談雲，顫顫巍巍地朝盡頭移步。海風不時偷襲她的裙裾，她另外一隻手不得不緊按住胯間。他從她手指和身體上感到了戰慄，寬慰說我們又不是要去蹈海殉情的人，妳別那麼緊張啊！

　　他們終於艱難走到橋端頭，那裡懸空兩米多，下面是不知深淺的海水，看得見無數游魚嬉戲其間。他扶著她席地坐下，各自的腿腳都懸吊在木板外。這時岫才略微放鬆，木杆上垂掛的燈籠，照亮了她的美麗。她孩子般驚喜地左顧右盼，指著看得到底的海水呼叫：你看，魚，魚。牠們不會是食人魚吧？

　　他哈哈大笑道：妳學什麼專業的啊？傻瓜，食人魚是淡水魚，怎麼跑海裡來了。

　　她有些慚愧地笑了，只好強嘴說：好吧，我這科學家竟然輸給了你這個文科男。但是，海裡也有很多吃人的魚，所以我們還是要老實一點，我擔心這個橋快要垮塌了。

　　科學家，哈哈哈，我咋沒看出來啊？說說妳研究什麼的

啊！我還一直沒問呢！

這個改天說吧！我們下午的聊天還沒結束呢！除夕夜，你陪我先做一個禱告吧！這樣靜寂的夜，面對星空和海洋，上帝定能聽見我們的祈告。岫忽然很深沉地提議。

談雲骨子裡還是基本相信冥冥中有位神的，聯想到這個正在開始的凶年，他也願意在心底祈禱。而且他確實一直在悄悄祈禱——如果上帝能消滅這個邪惡的政體，他一定馬上皈依。他這種像是跟神在打賭的心思，當然不是真正基督徒所能接受的。他像她一樣把手握在胸前，對她微笑說：好吧！妳開始吧，我跟隨妳。

岫仰望蒼天，再平視深遠的夜海，誠懇地垂下頭顱，開始低語禱告——

親愛的天父，大而可畏的主宰，您的旨意如此奇妙莫測，2020中國新年竟然是以這種災難展開。就像曾降瘟疫在埃及一樣，您再次用瘟疫攻擊這個苦待您百姓的東方帝國。僕人看見了您在向帝國發怒，戰爭、瘟疫、饑荒都是您手中的杖。您用它責罰埃及法老，也將責罰所有悖逆的人和殘暴的王。

然而您的憤怒中卻藏著憐憫，咒詛中帶著救贖。您在灰燼裡提拔我們，讓我們這些被無神論所灌輸的罪人，因著認識您而與您的賜福有份。瘟疫帶來強烈的末世感，您讓我們開始思考生死和永恆。我們向您為武漢求平安，也為這個世

界祈禱──求您憐憫這土地上被邪靈控制的百姓，讓他們借著這場瘟疫醒來。

用您的管教，讓那些狂妄和愚昧的人認識您而歸向您。求您懲罰那些僭主和法老，讓他們因著您的威嚴而恐懼，不敢繼續放任作惡。求您與您的僕人同在，保守所有無辜被迫害者平安。求您帶領我們在瘟疫中站穩，不要像那些沒有盼望的人一樣驚慌。求您揀選我們在這世上的所有義人，願您的救恩先於死亡臨到他們，讓我們盼望在天上永遠相聚。奉主耶穌基督寶貴的聖名，阿門！

談雲如她一樣虔誠地道聲阿門，抬頭看見她依舊垂首，鼻尖卻有晶亮的一串淚珠滑落。這樣的時刻，他在禱告時隱然心有所動，彷彿有一個來自高天的聲音在告訴他──一切黑暗都是盡頭了，你期待一生的光明必將指日可待。他完全理解岫在此際的悲傷和感動，想讓她也安靜地停留在她的翹望中。

過了許久，岫帶著鼻音酸澀地說：下午你問得好，吾土吾民，何以至此？在我看來，是因為我們對天地早已失去敬畏，可以倚仗科學恣意妄為，就必將墮入他們自己惹出來，又收拾不了的災禍裡。

談雲沉吟道：妳說妳是科學家，然而妳卻相信是上帝創造了這個天地世界。

岫微笑道：科學的盡頭必然是宗教，科學家信教的多了

去。《約翰福音》裡說「太初有道」，這個道，姑名為上帝吧！因為祂對自己創造的世界有情，以致於最後道成肉身，派耶穌親自來人世走一遭。知道生身為人是什麼樣的限制與艱難，人活著需要怎樣的恩典與憐憫。大地之上有善有惡，神在至高處查驗萬物所行所想，保護與照顧祂所創造的世界。

既然神在照顧人間世界，那何以解釋斯大林（臺譯史達林）、毛澤東以及我們正在經歷的苦難？

岫堅信不疑地說：人類的災難多是自找的，然後要神背鍋。許多看似天災的事，背後都有人禍的影子。人的貪婪自私和狂妄造成浩劫，卻總是要上帝來善後擺平。任何組織壯大到能夠權傾朝野的時候，往往就是無惡不作的開始。最終解決它的，依舊只有神力。

談雲還是有些疑惑地問：那上帝為何不在人的邪惡之初，就抹平它？

根本上說，人被困在罪裡──基因裡帶罪。就像這些病毒一樣，是在基因裡早就決定了的。世界上充滿了罪，因此需要一個在這一切之上的力量，來解決世世代代做罪奴的問題。如何解決，那只能讓人類看見並親歷，認識到自己的原罪，最後才能獲得救贖。岫回道。

基督徒所謂的救贖，無非是靈魂重返天國。那遙不可感的地方，何以慰藉他今生見證的各種惡，和身歷的各種悲苦？談雲繼續發問。

岫沉思一下說：我認為天國是一個相對於地獄的概念，天國是上帝與我們同在的那個地方。凡沒有上帝處就是地獄，在當下在永恆裡皆是。你如果意識到你我所處的那個世界，每天發生的各種聳人聽聞的邪惡，完全就像是地獄一樣，那你就應該能夠想像到天國的模樣。

　　認罪悔罪就能獲救，我認為這樣的赦免也過於輕易了。這也是我還不願受洗的原因，不願像許多人那樣，搖身一變就像是洗白了自己。談雲搖頭歎息。

　　你心裡相信口裡承認耶穌基督是主，上帝就認你是屬於祂的啦！至於上帝設立的各種「聖禮」——洗禮／受洗只是其中之一。祂是體恤人的需要，讓人自己有一個可紀念的新起點。《路加福音》23章記錄了一個十字架上的強盜，既沒受過洗，也沒被耶穌的其他信徒認可。只在他人生的最後一刻有了敬畏與認錯，耶穌同樣也就接納了他。

　　如果殺人越貨的強盜，和禍國殃民的獨裁者，最後不能被審判，我質疑這樣的接納。

　　岫這一刻，臉上竟有聖母般的溫婉。她說關於罪與罰，基督信仰的門坎就是「信」，先相信，然後在聖靈的帶領下才會明白。這跟我們日常經驗不一樣，我們喜歡搞明白了才肯信；越聰明自負的人越覺得自己能搞明白，然後就越是陷入永劫不復的魔道。贖罪與得救，報應和懲罰，上帝說信耶穌的人，罪可得赦免，你得先信，然後就能逐步明白這才是道路和真理。

信了就能見證嗎？那無數無辜被害致死的基督徒，不是並未看見嗎？

　　岫回眸盯著談雲的眼睛說：凡人都想看現世報，不然就認為沒天理。其實我們的憤慨與意難平，上帝是知道的。一個面對世事無常的凡人，被肉身與滾滾紅塵裏挾著朝生命終點前進的人，在光陰似箭與渴望公義的雙重壓迫下，認為「當世的報應才有意義」是很正常的。但是對基督徒來說，卻願意放下自己的執念與渴求，與眾信徒一同趟過這糟心的人世，相信公義的上帝會對所有的不公不義做出懲罰。若我在今世未見，那麼我信我在死後的永世裡可見。在我見到祂時，祂會對我心底尚存的鬱結說——來，我來給你個說法。

　　哈哈哈，好。談雲笑道：我們在此惡世，不屈不撓所要追求的，就是想要一個說法。其實，我很早就開始接觸所謂基督徒；只是那時我並不知道，這個世界原來如此複雜……

八、

　　其實，給妳講這個故事是殘忍的。

　　尤其是今夜，在我們討論完上帝是否存在之後。談雲看著星空，拉起岫的一隻手，似乎擔心她會驚嚇得掉下去。

岫溫柔地看著他，鼓勵地說：我這次來就是想聽你一切隱祕的。你之所以成為今天的你，你說的有神論也好，懷疑主義也好，實證主義也罷，我想都是你走到今天的閱歷決定的。你對我的歷史一無所知，而我對你早已熟悉。我知道你心中藏有深海，寫出來的只是其中的涓滴。我未能分擔你曾經的苦澀，今夜，我卻想分享你的心事。再過一個小時，就是真正的新年了。從這一天開始，我將澈底打開自己給你⋯⋯

談雲摟過岫的身肢，深深地吻了她一下。當他想要鬆開她時，她卻將他按到在棧橋板上，翻身在上壓著他一支胳膊，隔著 T 恤咬了他乳頭一口。談雲又疼又癢地大笑起來，口中嚷道妳怎麼變了個人啊？岫故作憤恨的樣子，咬牙切齒說：每個人都有你預想不到的地方。快從實招來，你這又一個女朋友的故事，看看對我來說，究竟有多麼殘忍。

他乾脆拿手枕著她的頭，兩個人就這樣仰面朝天，橫臥在橋上。他笑道：這其實不是關於我女朋友的故事，妳別誤會。但是故事的開頭是，我的一個髮小，一個女同學來找我。我們已經失去聯繫很多年了，她和妳一樣，也是在網上找到了我，然後說有重要的事要見我。

但你一直記得她，你們一定有過一些什麼過去。於是你們見了，故人重逢真好。嘿嘿。

是的，見了，妳別瞎想。她專程來，是因為她母親不久前去世了，而她母親曾經是我的小學老師，我也記得——甚至說那是我少年時代，最仰望的一種女人，漂亮，知性，有

教養還特別寬容善良的好人。同學說，在她母親的最後時光中，以及在料理母親的後事和遺物時，她才發現她母親一個巨大的隱祕。她懷揣著這個祕密痛苦萬分，她只能把這些遺物交給我，讓我來幫她面對和處理。談雲儘量平和冷靜地講述這段往事，但他的手心開始滲出冷汗。

岬有些驚覺地嘀咕：怎麼又是這樣一個人，大家怎麼都這樣信任你啊！

我這位老師是文革中，從省城發配到我們山裡來的。她的女兒，成了我的同學。她們說著普通話，穿戴也很大城市的樣子，很快就成了小城眾目睽睽的人物。她們上街買菜，會有人圍觀。我從小語文成績好，她作為班主任，非常欣賞我，甚至鼓勵我長大了當作家。也可以說，我的野心正是那時開始被她點燃的。我那時完全不懂，這麼好的一個老師，為什麼每次搞政治運動的時候，總是要把她也押上去批鬥。但每次她都像是革命烈士江姐一樣（註8），風度翩翩臨危不懼的樣子，始終微笑著上下。次日接著上課，就像什麼也沒發生一樣。

有一些迫害她的人的孩子，也在我們班上。她對那些同學不僅沒有偏見，甚至還更加愛惜三分。我是從父母憐惜她的一些議論中，略微知道她是什麼邪教分子，什麼「聖母軍」的一員（註9）。那時我們哪裡懂這些啊！只知道按大人的要求，儘量跟她保持一點距離。但她的女兒，和我還是成了同病相憐的朋友。因為那時我的父親，也被經常遊街。

我第一次看見《聖經》，就是在她們家。和《毛主席語錄》並列在書架上，她媽媽似乎根本不在乎外人的闖入和看見。1980年前後，這位老師忽然被平反，她和女兒都很快返回了省城。等我去省城上大學時，還去看望過這位同學和老師，那時她已經是省城著名的高級教師，同時還是代表宗教界的省政協委員。

　　我這位女同學大學畢業之後，去了美國留學，我們幾乎再也未曾聯繫。當她拿著母親的日記和一些遺物來找我時，她流淚哭訴了她母親的往事——這些都是這位老師的臨終坦白，以及這位同學處理後事時得到證實的事實。

　　老師名叫魏懷恩，民國時被教會醫院救過命，也在教會學校長大，因此很早就是虔誠的基督徒。共產黨占領省城後驅逐外國神職人員，封閉教堂。她是那一代最勇敢的年輕人，率領大家與新政權作對，堅決捍衛自己的信仰自由。她考上華中師範學院讀書時，仍然不聽勸阻，堅持信仰和私下傳教，於是1955年被抓捕，祕密關押兩年之後才被釋放。

　　出獄後被安排教書，依舊不思悔改，成為了那一時期省城最著名和最活躍的教徒。結婚生下女兒後，她始終堅持她的宗教活動。丈夫終於不厭其煩，甚至懷疑她在外面出軌，堅決與之離異出走。文革爆發後，她被揪鬥毆打，直至發配深山，她還是保持自己基督徒的身分和立場。回到省城後，國家開放宗教政策，她成為教友萬眾矚目的聖女英雄。1989年之後，已經退休且基本安靜的她，又重新開始頻繁活動，

參與了各種家庭教會，頂住各方壓力，與海內外各地神職人員和教徒聯繫。

2010 年患上癌症之後，她逐漸淡出宗教界的視野。在最後的時光裡，她把女兒召回。因為她已經無法承擔醫藥費的重負，她讓女兒必須去找她的組織，說只有他們還能真正對她負責。女兒拿到母親寫出的一個人名和地名，找到了江漢路某號的一個沒有掛牌的單位。在那裡，一個老領導接待了她。在審看了她媽媽的一些資料後說：單線聯繫妳媽媽的那個同志，已經去世幾年了。關於妳媽媽的情況，那個同志帶的徒弟應該是清楚的，我讓他來和妳對接。但前提是，妳也要永遠保守這個祕密。

對接的小丁同志這才告訴我這位女同學——妳媽媽是我們的人，早在她出獄後就已經是我們安排在宗教界的地下黨員。我師父告訴過我，關於妳媽媽的隱祕存在以及聯繫方式。但我還沒有來得及與她建立新的聯繫，她為我們黨和政權做出了很大的犧牲和貢獻，我現在可以代表組織去看望她。

於是，小丁去看望了病床上的魏老師，帶去了價值三百元的水果花籃，並告知了他師父的死訊。魏老師面對組織的涼薄，默默流出兩行清淚，一言不發。才知道這一內幕的女兒，追問母親這麼多年因為教徒的身分，備受各種打壓和迫害，為什麼組織從未保護她？魏老師只是說：在文革中她也承受不了摧殘的時候，她去找過她的上級。上級告訴她，這

是一個非常時代，公檢法都自身難保，妳必須堅守祕密，不能公開妳的黨員身分。這是這個祕密戰線的鐵律，任何時候都要堅守。

女兒追問，您一直是我心目中的聖徒，您為什麼要加入他們？您現在告訴我，您究竟是信上帝還是信共產黨？到了此刻，您會為您當初的選擇，在神面前真誠懺悔嗎？

這個一生慈祥善良的母親，一個一直偽裝成勇敢者，一直在背後監視揭發著教友的臥底線人，面對唯一親人的最後質問時，依舊堅定無疑地說：我曾經錯誤地信上帝，後來我唯一相信共產黨。現在，也許我都不信了。她說完了這些，很快就嚥氣了。

我這位同學把她媽媽的日記留給了我，說她已經完全無法相信人性。也許關於她媽媽的故事，可以讓我以後寫出來，留著歷史的黑暗標本。我研讀了她入獄前後的所有文字，當然唯獨也肯定沒有那兩年的記錄。那兩年究竟在裡面發生了什麼，接受了怎樣的洗腦，我至今看不到一點蛛絲馬跡。我幾乎可以作證的是，她好像並非受到脅迫，也不是利益誘惑，而是完全真誠地搖身一變，成為了一個堅定的共產主義戰士。真正讓我受到驚嚇的正是這一點，這個組織太不可思議了。它能把一個從小受洗的虔誠教徒，變成一個猶大，而且是忠心耿耿至死無悔的卑鄙特務。

談雲說完這些，重新坐起來陷入沉默。岫手腳冰涼，渾身如散架了一樣平躺著，幾乎無力起身。談雲手機設置的鬧

鐘響了，新年起步的零點時分到來。他們像是突然面對一陣猝不及防的警報，在這一原本應該萬家歡呼的時刻，他們置身於夜海之上，開始對這正在步入的新年惶恐不安。

九、

　　浴後上床的談雲，翻看著手機信息。他從朋友圈看見，央視臭名昭著的春節晚會，竟然絲毫沒有提及武漢的封城，和全國正在漫延的病毒傳染肺炎。這些無情的統治者，哪怕在這收視率最高的時刻，向自己的人民發出一聲警告也好啊！為了他們的穩定，以及盛世的假象，他們對此慘烈人禍，依舊歌舞昇平視若無睹。

　　官方的通報數字全國只有一千二百多人感染，死亡只有四十幾例。這怎麼可能，武漢那些朋友傳來的各個醫院停屍的照片，殯儀館運送的屍袋，路邊橫屍的可怕畫面，足以證實官方在刻意瞞報。如果僅僅是天災，是動物引發的生物病毒災害，那又何必這樣苦苦撒謊呢？幸好在一個網絡時代，無論怎樣封殺，談雲還是看到了海外的一些消息。港澳臺和東南亞各國已經開始發現病例，美國和法國也在今天各自確定了兩個病人。他知道整個世界的感染剩下的只是時間問

題，人類已經無法躲避這一場劫難了。

　　岫一直在衛生間沖浴，談雲忽然被水聲驚覺，發現她進去的時間太長了，似乎有點不太對勁。他起身立刻衝了進去，看見裸體的岫在蓮蓬頭下掩面慟哭，水花飛濺在她的肩背上。她回看了他一眼，眸中滿是哀傷和無助，彷彿初聞某個難以抗拒的噩耗。他穿著內褲移步過去，默默地將她抱在懷裡安撫，如同在搶救一個溺水被剛剛打撈上來的孩子。

　　溫水如淅瀝細雨，繼續澆灌著他們的身體。岫還沉浸在剛才那個故事帶給她的絕望情緒中，一時無法走出來。她伏在他的肩頭抽泣，一邊斷續哭訴──難道上帝真的死了嗎？這世界怎能如此的醜惡和卑鄙。

　　談雲深知語言在此時的無力，他想就讓她痛快哭夠吧！也許她也有太多的苦澀淤積於心。他只能幫她用洗髮液靜靜梳洗，拿著龍頭為她沖刷乾淨。再換沐浴液將她塗滿全身，一點一點在她皮膚上細膩地揉搓。沐浴液發出泰國香草特有的暗香，他們的身體在糾纏中變得滑膩如魚。他的手第一次逡巡在她的乳房上，感受到她乳頭的膨脹顫慄。她的嗚咽逐漸變成了斷續的呻吟，淚水不再滑落。當他的手指下滑到她的花瓣時，她難以克制地扭動，生怕滑倒而不得不緊緊地吊在他的脖子上。

　　他摘下蓮蓬頭澆花一般將彼此沖洗乾淨，關上龍頭，拿來浴巾擦乾她的頭髮和身體。再將自己擦乾時，發現自己的兄弟早已怒髮衝冠。他再拿一塊乾淨的浴巾將她包裹如襁

裸，抱著已經溫軟的她放到自己的床上。浴巾散開，他像欣賞一幅大師之作的玉雕般癡迷注視她的身體。她被他看得有些害羞了，側身鑽進薄被，哀哀央求道關燈吧！關燈吧！雲哥。

他褪下濕透的內褲，關燈從黑暗中靠近她，將左手臂穿越她的頸項，把她翻轉過來與自己面對。她微張的唇火苗般滾燙，開始呼出急促的氣息，被他輕輕地含住吮吸。他等待這一時刻彷彿等過了一生，真正抵達時反而按住了本能的焦躁。他想這是他新年的厚禮，就像他孩提時獲得了父親壓歲的糖包時，一直含著品咂，捨不得馬上吃掉一樣。他的右手遊走在她濕滑的肌膚上，如一匹悠閒於草原的野馬。

雲哥，雲哥，岫的聲音在喉嚨間含糊不清地滾動：剛才我冷極了，我的血液，都被冰凍了，熱水也澆不化一樣。難以想像人世是這樣的寒涼，雲哥，我要你抱緊我，啊，我快要無法呼吸了……

岫緊閉的眼睛，看見夜裡退去的海潮正在回灌，一輪一輪湧進她的室內。房屋又變成了被巨浪顛簸的小船，他們正在無可挽回地傾覆。她聽見了風聲水聲，以及他那即將窒息的喘氣聲。她死死地努力抓住那瀕危的船桅，感覺指甲都已嵌入木縫。她知道自己不是那種隨波逐流的人，一息尚存都不甘淪陷，漫長的掙扎之後，她恍惚感到擺脫深不見底的漩渦。聲嘶力竭嘔心掏肺的她，朦朧中飄入風平浪靜的海灣，在那一望無垠的水面上搖晃。最後她終於疲倦地沉沉大睡，

乖乖如一個玩累的孩子。

第五天 隱祕生長

（二〇二〇年一月二十四日）

一、

　　他在一個最兇險卻又最完美的早晨醒來，日光帶著零碎的視線透過窗簾，並無新年的喜慶光芒。微暗的洩露的金縷，萬箭穿心一般的照亮，使她熟睡的面頰，煥發出聖嬰似的皎潔。她的睡態有著死亡一樣的安詳，漢白玉雕的靜默。如果不是脖頸上靜脈的微微翕動，根本無從發現她鼻翼的呼吸。像一動不動的甜香果凍，一隻腿蜷曲在另一隻腿上，那一束稀疏的體毛泛著向日葵般的淡黃。被單只是掩映著她的胸腹，紅潤的唇似乎還保持著剛剛吻完的微張。他輕輕地斜坐，依舊如在夢中打量著身邊這個不知來歷的女子。

　　從最初的冒險相約，幾天的激情相處下來，他開始隱隱愛上了這個叫做岫的女人。他在心底一遍遍輕喚岫，岫，多麼美好的名字。他想起古代文人寫的信——幽岫含雲，深溪蓄翠。那是多美好的畫面，岫者，總是冒出雲煙的濕滑岩穴，這就是一個絕妙的隱喻。陶淵明寫的雲無心以出岫，鳥倦飛而知還，說的彷彿正是他此刻的憧憬。他就是一隻倦鳥，許多年的孤影飛翔，在昨夜的瘋張之後，忽有深深的想要停靠的倦意。他突然被自己油然而生的這種想法感到驚

嚇——這是他許多年從未有過的慾念啊！

　難道真的開始萌生那種想要白頭廝守的愛了嗎？多麼荒誕的念頭，你連她真名實姓一切來歷都不清楚，竟敢冒出這樣的奢望。他看著酣夢中的她苦笑了一下，心想眼前這世界，負氣出走幾夜貪歡的女人多了去，誰知道人家的分享，是不是激情的臨時贈與呢？不會，他直覺她不是這樣的女人，他幾乎能從他們彼此深情投入的吮吸中，辨析出愛才可能分泌出的滋味。那不僅是荷爾蒙的味道，而是嬰兒閉眼也能抓住母乳的嗅覺。

　過去的婚姻，在他的記憶中幾乎蕩然無存。他似乎是刻意在遺忘其中的不快，以至於很長時間，連他自己都想不起前妻的模樣。他並不認為她是不良的妻子，只是覺得並非自己所能迷戀的生活——那些無端的爭吵，持久的冷臉，動輒得咎的憤怒，讓他很長時間失去了快樂。他不喜歡一切令他感到侷促不安的日子，就像他不喜歡寫作時，背後有人影在晃動一樣。他知道，這更多的是他的問題，他的過往經歷，決定了他對萬物的敏感和提防。

　然而眼前這個謎一般的女人，像騰雲駕霧趕來的仙子，卻從一開始就給他帶來的是信任感。這樣類似電影故事的豔遇，如果發生在他的祖國，很可能就是匪夷所思的陷阱。幾乎沒有人敢於趕赴這樣的密約，甚至越是完美的遭逢，越像是完美的設計。他曾經的一些同道，就曾被類似的羅織，而逮入刑法的網中。他熟知這個黨國為了懲治異見者，無所不

用其極的惡。但他此刻面對一覽無餘的她，卻彷彿透視了其中一塵不染的心靈。

很顯然，她給他的安全感，幾乎是沒有依據的。世上的美人太多，美麗更像是危險的罌粟。他在泰北的高地上曾經見識過那樣的美艷，那種美到致幻的生命，足以讓人成癮的迷藥，正是萬千男人捨生忘死的深井。而她所呈現的美，是那種沉靜的成熟的美，如秋天搖曳的稻田，或枝頭泛紅的蘋果。悄無聲息的歲月風雨中應時而生的恬淡，該有則有不多不少的風情。一切來得都是那麼自然而然，矜持，嬌羞或者渴望乃至熱烈，都是恰到好處的本真。

當這場意料之中原本就該發生的性愛真的發生了之後，此刻醒來的他反而覺得有些懵懂。看著裸身熟睡的她，還有著昨夜風狂雨驟的凌亂之美，他有些不敢確定自己是不是真的經歷了那樣的飛翔。這一切之後呢？他們該如何相處和進展。做一次愛或十次愛，顯然並非她此行唯一之目的。那除此之外，他自問還有什麼想法嗎？是幾天後臨歧一哭，從此陌路；還是再訂終身，談婚論嫁？好像這兩種出路都不合乎他們走到此刻的畫風。但是他一時也想不出還有什麼第三條道路，來與清醒過來的她認真討論。

還閉著眼睛的岫，在灰暗的光線中，慢慢地抬起了一隻手臂，迷迷瞪瞪彷彿在虛空中想要打撈什麼。她終於抓住了他的左臂，半夢半醒地側身過來抱住他，含糊地咕噥了兩聲，繼續沉入夢中。他不願驚醒她，輕輕地又滑入薄被中，

將她也裹進懷裡。她似乎在一寸一寸甦醒，她的左手在他身上撫琴一般緩慢遊走，一直到腹下，膽怯地停留在他的男根上。她試探著小心翼翼如握一柱焰火，生怕引爆那逐漸劇烈的膨脹，似有一種把握不住的顫慄。

他一動不動儘量裝睡，以免驚擾一個偷玩的孩子。他實在無法控制另一個身體的茁壯，那種久旱逢雨之後的暴長，彷彿是他漸衰生命不由自主的返青。她近乎頑皮地悄悄把玩著，像無意中撿到一個河豚般善變的神器。她恍惚驚蟄後真正甦醒的大地，解凍的河流發出冰塊迸裂的脆響，漫長冬眠之後醒來的充血。她貪吃一般輕輕攀上他的危崖，手把手一點點將他引入自己的花徑。她匍匐的頭深埋在他的肩頸，亂髮如深雪覆蓋了兩個人的頭顱。他們彼此都不敢輕舉妄動，只是貪戀著這一刻的吻合。一言不發的默契，如烈士般強忍酷刑的緘默。又如互摳腳心的孩子，打賭一樣憋著不肯先笑出聲來。只有身體內部那最微細的跳動，攪亂了這大年初一早上的安寧……

妳還想要啊？他低語問，擔心她的弱不禁風。

就要就要，反正以後再也要不著了。她任性地嬌啼，帶著某隻鳥哭的聲腔。

彷彿不是初次的合卺，而是永訣前的貪歡。他忽有一種不祥的預感湧入心頭，緊緊地箍住她的腰身，似乎要把她嵌進自己的身體深藏起來……

二、

　　他們在餐廳拿到印製好的本島手繪地圖，發現上面標有一條河流，從某個海灣一直通向島的腹心。這應該是一條淡水河，源自島上最高的山脈密林中。談雲指著那條藍色的飄帶說，我們去尋找它，應該有租船的商家，我們可以溯流而上，進入狗孤島真正的秘境。

　　岫頜首說好，你願帶我去哪兒都可以，只要不迷路還能出來就好。

　　他抬眼看著臉上還有餘暈的她，色情地調侃道：只有妳，才會讓人迷路，出不來。

　　她聽懂了其中的戲謔，打了他一下，嗔罵道：你真流氓，太壞了。

　　從酒店租來摩托，兩人飛奔於途。她終於開始放任地箍住他的腰，側臉貼著他的後背，以躲避迎面而來的疾風。他眼睛的餘光打量著兩邊飛逝的風景，各種層次的綠色中夾雜的各色花朵，天羅地網般的藤蔓，巨大榕樹瀑布一樣形成的氣根……這些熱帶雨林包裹下的這座孤島，真的是像上帝遺落人間的一枚鑽戒。他想如果他們是被通緝的逃犯，就藏身於這片海山，漁樵耕讀，生兒育女，豈不是可以息影於那擾攘的人間。

山路如駝峰般陡上陡下，路上幾無人煙，偶爾有一二摩托迎面交錯。這樣的騎乘頗有騰雲駕霧的飛翔感，岫不時為那種眩暈發出驚呼。談雲根據手繪地圖的導引，總是被帶到一些漁村和山灣，那條神祕的河一直未有出現。岫安慰說，我們其實不需要目的，這樣的尋覓本身就是美好的旅行。無意中撞見的都是風景，比刻意找來的還要快樂。

　　他笑道：妳是在說我和妳嗎？嘿嘿，妳就是我無意中撞見的風景，妳那神祕的河流帶給我的美感，勝於這一切外在山水的總和。

　　你怎麼總是這麼流裡流氣啊？討厭死你了，網上早就知道你這個壞胚，果然名不虛傳。岫嘟著小嘴低聲嗔罵道。

　　哈哈哈，他得意地埋怨：我那麼美好的讚美，怎麼卻換來妳的罵聲啊？來，上車，咱們接著走。今天我一定要找到那條河。

　　摩托沿著崎嶇的小路顛簸前行，岫只好更緊地摟著他的腰身。穿過一片密林和村舍之後，他們忽然再次闖入一個海灣，在一片海舌般的沙洲那邊，終於看見了一條比海水更綠的玉帶，通向不遠的山邊。這就是傳說中那條河，因為入海口的摺扇般展開，很容易把它混同於海灣。他們來到河口，看見了船塢，以及那些零散的彩色雙槳小划艇。談雲租好船，兩人穿上救生衣各拿一雙槳，腳抵腳對坐好，開始向上游輕輕劃去。岫的動作很笨拙，弄得小艇左搖右擺，走不好直線，談雲說：親愛的，妳這是幫倒忙，妳還是歇下吧！我

一個人划船更快。現在該輪到妳坦白了，告訴我，妳的全部故事，我要像昨晚那樣，從內部全面打開妳。

三句話不離本行，你又來了，還讓不讓人好好說話啊？岫羞紅的樣子特別好看，這也是他特別想要故意挑逗她的原因。他看見她咬著嘴唇望著越退越遠的海，不敢正視他火熱的眼睛。她的遮陽帽掩蓋了部分的靦顏，吊帶外的肩背胳臂在陽光下泛紅。短裙在這樣的對坐下，顯得有點捉襟見肘，白色的底褲不時挑逗著他的目光。

幸好此刻的天空布滿薄雲，陽光被稀釋而不太毒辣。兩岸開始出現峽谷地貌，濃密的雨林中，不時傳來各種喊山似的鳥鳴。河道順著峽谷而蜿蜒，水面上除開他們，竟然完全沒有人影。深不見底的水，透著陰森的慘綠。從兩岸紅樹林上積久的潮線來看，如果是漲潮時河水還會更深幾尺。山越走越高，河面逐漸收緊，依舊還有十幾米寬。他看見她陷入沉思，他輕輕地劃槳，不想打破大地山河在此刻的靜寂。小艇的逆流而上，彷彿正在帶她回放她的全部歲月。那些久已擱下的往事，又在她迷濛的眼神中泛起漣漪……

三、

　　每個人生命之河的起源都是父親。我一直覺得他並未遠去，他始終站在高處，凝視著我們兄妹的成長。他的血質決定了我們一家的悲劇命運，但也註定讓我們孤高於世。

　　岫的敘述從悲劇開始，這兩個字讓談雲有點心驚肉跳。

　　他從鄰省的深山小鎮，徒步來到長江邊上的萬縣時，那還是 1967 年。他在碼頭上邂逅了我身懷六甲的母親，他們彼此都震驚於這樣的亂世重逢，像失散多年的兄妹一般瞠目結舌。他原本要去他們的省城武漢，探尋所謂文革的方向。然而這意外的邂逅，使他決定留下來暗自守護我的母親——那時母親身體中孕育的不是我，是我異父同母的哥哥。

　　母親那時借住在她的舅舅家，就在萬縣江邊二馬路一個碼頭工的宿舍裡。在沒有戶口就沒有糧票的時代，她即便身懷六甲，還得在客運碼頭邊，支一個爐子賣茶葉蛋，才能勉強維持她的賃居生活。單身的父親，還要很多年之後才會成為我父親的這個青年，僅僅因為對我母親的暗戀，或者因為某個自賦的使命，決定在這個碼頭停下來。他在旁邊貧民窟租了一間小房，找來一根結實的竹竿，就在碼頭當起了挑夫。

　　在那個還算熱鬧繁華的江城，除開我父親外，還沒有

人知道我母親懷中的孩子究竟是誰的，甚至連她的舅舅舅媽也不甚清楚。父親雖然幹著粗活，卻是個十分內秀的人。他每天來幫母親生火，搬運物品，照顧生意，像貧賤夫妻一樣默契地打理著鍋碗盆灶。但他們彼此卻從未表達過什麼，那時，更沒有任何親密行為。

這一年的初夏，母親在勞碌中開始早產的陣痛，父親抱著她趕到了臨近的醫院。血肉模糊的哥哥脫胎而出，婦產醫生想當然地直接給他命名了我父親的姓氏。我的母親乃至於她的舅舅，在那個無法接受非婚生子的年代，默契地接受了這樣的命定。而我父親，對這個孩子完全視同己出，內心欣喜地從此擔起了父親的名義和責任。

父親和母親在外人看來完全是恩愛夫妻，而他們自己卻堅守著這個巨大的祕密，君子之交一般地執禮如儀。父親像傳說中古代江湖的俠士，為老幫主守護遺孤一樣不離不棄，卻又完全不肯染指半分。儘管很多次舅舅舅媽都希望他們搬到一起，但他們依舊舉案齊眉卻一塵不染。我的哥哥在他成長的全部歲月裡，一直以為他就是我父親的親生骨肉。這個祕密直到我的父兄都消失之後，母親在最悲傷的時光裡才告訴了我。

你聽懂了我的複雜身世嗎？岫抬眼望著陡峭的山崖，輕輕問談雲。他當然聽懂了，他看見她的眸中閃爍著波光雲影，忽然意識到，最後的敘述中暴露了她只有母女唇齒相依。她的血親父兄都已經離她而去，母親之外，她對這個世

界幾乎一絲不掛了。他的心驟然被揉搓得緊縮疼痛，這還只是她人生敘事的開始，接下來，他還要面對怎樣的殘酷……

四、

　　在既無漲潮也不退潮的時候，這條河與海平面等高，完全是一片死寂。

　　談雲被這個故事的離奇開場深深震撼，就像這高深莫測的峽谷之流，他深知這背後還有更多的隱祕遠未展開。他不知不覺地停止了划槳，一點點挪移到小艇尾部，將岫環抱在懷裡。小艇被微風緩緩送到一片林蔭下，他們恍惚消融在熱帶雨林的濃綠之中。

　　往事才掀開序幕，在這個時段裡，她還遠未誕生。他摟抱著略顯虛脫的她，一如捧著一片落葉般輕飄。他生怕過於沉重的回憶，將她拽進黑暗的深谷，不得不緊緊攬住她，將嘴唇貼近她氣若遊絲的唇縫。就像遠古的涸轍之鮒，彼此在此刻需要這樣的相濡以沫，才足以讓生命重新獲得輸氧和水分。

　　她入夢似的閉眼癱軟，喃喃微吟，一任他的蠶食。裂谷之河，孤島上這一道永不癒合的傷口，襯托著他們此際的孤

懸、漂泊和哀傷。真正的空山啞水，他們如被扔到外星的兩個人，在一無所依的曠野放肆地狂歡。

短艇橫波，任意東西，不期而至的熱帶驟雨，驀然淋濕了酣臥的他們。談雲想要急轉回舟之時，那朵攜帶陣雨的濃雲又被天風吹過了峽谷。陽光重新灑滿河面，璀璨的波光像一直默默追隨他們的奇異恩典。岫掛滿雨滴的頭髮如綴珠玉，半濕的衣裙一片狼藉，隱約透出身體的山水原形。重新回到槳手位置的談雲，貪看一株雨後花朵般癡傻地盯著她。岫含慍帶羞地嗔道：還沒看夠？討厭，你還聽不聽我的故事了啊？

談雲頓時嚴肅起來說，當然要聽，我很好奇妳的父親，他究竟是怎樣一個人。

岫扯起衣襟在陽光下晾曬，撅起嘴吹了一下額前的亂髮，平靜地說：如果說這個國家的罪惡需要一個見證者，那就是我的父親。

他是一個讀書很多的老三屆高中生 (註10) ，因為文革取消了高考，又因為我母親而滯留萬縣。以一個盲流挑夫的身分，陪伴著我哥哥的童年。1971年林彪事件之後，瘋狂的文革轉入低潮。各個工廠恢復正常生產，因為我母親的舅舅的關係，他得以被招工到萬縣的玻璃廠。在那裡，他結識了當時萬縣地區最愛讀書的幾個青年。

我前些年看朱學勤老師寫的《思想史上的失蹤者》，才知道我父親就是這一類人。他們即便在最黑暗艱危的時代，

依舊在祕密閱讀和思考。最奇特的是，這些純屬底層草根的人，卻一直在關注整個國家的未來走向，對1949年以來的中國道路，懷抱深沉的憂慮和懷疑。父親他們四五個人，因為互相借閱而相識，因為私下的探討而相契，很快成為那個小城最前衛也最私密的一個小圈子。

其中一個後來名滿天下的人，叫穆繼忠，年齡略長於我父親。他膽大妄為地率先提出成立一個組織，名為「馬克思主義研究會」。應該說，這樣的取名原本就是想要規避政治的風險。而事實上他們也確實是在研讀馬列原著，只是他們的探討發現，中國道路實際上是背離了馬克思主義的原教旨。我的父親對此用功很深，寫了一篇後來轟動全國的長文——〈中國的道路和未來〉。穆繼忠他們幾個同仁傳閱之後，極為震驚和佩服，決定以研究會共同署名的方式在世間傳播。那還是刻蠟紙油印的時代，他們偷偷借助廠辦的設備，刻印了這份萬言書，並私下在一些同好之間傳閱。（註11）

1974年夏天，我哥哥七歲生日未久，我父親和他的同仁被定性為現行反革命集團，全部被捕，並作為轟動全國的大案，很快就要宣判死刑。據我母親說，直到那時，我父親和母親還只是默默愛著，從無任何實質行為。但社會早已認定他們就是夫妻，父親被捕之後則堅決否認這一關係，他想保護我母親和哥哥，以免成為「反革命家屬」受到無盡的迫害。公安調查也確實發現他們並無任何登記，但我母親則堅

決認定自己是妻子，要求以家屬的名義去見最後一面，並希望由她收屍。

　　說來也算是人世間的奇跡，那時，我母親的舅舅——那個在文革初被下放到碼頭勞動改造的老頭，正好恢復了他原有的工作。他原本是黃埔三期的投誠將領，後來是所謂民主黨派「國民黨革命委員會」萬縣地區的主委之一。他把我父親的那篇文章，以及他的救命懇請，寄到了民革中央主席宋慶齡的手中。宋慶齡轉給了周恩來，周辦的指示下來——所有死刑改判死緩，死緩改無期。我父親和穆繼忠他們，這才算是刀下留人了。

　　在宣判會之後的家屬見面時，我母親才第一次給我父親哭訴——你對我們母子的愛，已經足夠。從現在開始，你必須承認我是你的妻子，我一定要等到你歸來，正式成為你的女人。但願那時，我還能為你生兒育女。

　　歷史就像是我父親此前的預言一般，在他入獄兩年多之後的 1976 年急轉。毛澤東死去，他的夫人以及忠實追隨者被捕。文革結束，我母親開始為父親到處伸冤，但一直拖到 1979 年，此案才得到正式平反；父親和他的同案犯，全部脫罪歸來。那一年，我的父母才終於歷盡苦難走到一起，這才有了次年出生的我。

五、

　　槳聲劃起的點點淪漪，細密的波紋一圈圈擴散到岸邊。靜寂中恍若雷鳴的傾訴，每一句都似乎能讓他心潮激蕩。談雲的年齡和閱歷，讓他非常熟知岫的故事背景。甚至她提到的人名和文章，都是他在一些野史中早就接觸過的。他從未想到，眼前這個文弱的女子，竟然就是這個故事的配角之一。

　　多麼哀婉慘烈的愛啊，這還只是故事的開始。那背後還有許多祕辛遠未打開，他們的小舟卻已經不知不覺地抵達河流的盡頭。在那幽深的峽谷裡，夕照還停留在朝西的懸崖上。河水來自於一條陡峭的山澗，蜿蜒於半山的密林中。世上所有的河都來自於高山，世間所有的人都要逐水而居。只有這條河，島上唯一的淡水巨流，竟然沿岸全無人家。

　　他們在源頭的沙洲上漫步小憩，鬆展一下倦曲的四肢。衣衫早已風乾，岫露出的肩背被烈日留下吻痕。多麼安靜啊，岫感歎，我喜歡這樣的空曠，我一直不眷戀人間。也許因為你，我才有了那麼一點不捨。她一邊說著，突然轉身抱住談雲，有些瘋張地狂吻他的唇舌。兩人像這世界走丟而重逢的孩子，自顧自沉湎於肆無忌憚的纏綿裡，開始有些難以自拔。

歸飛的鳥鳴如嘰嘰喳喳放學的群童，提醒他們的回程。河面上的微風已然浸透薄涼，他示意岫坐到他懷裡，他一邊划槳，一邊用熱汗包裹庇護著她。他終於意識到，這就像長江邊長大的一個孤兒，沒有他的保護，她可能真的無所歸依了。他已經很久沒有這樣愛過一個女人，他身體因划槳而俯仰屈伸，摩擦著她的腰臀，竟然有再次喚醒的敏感。

岫似乎能感受到他的膨脹慾望，時不時回頭咬一下他的頸項。他有點心虛地警告，妳別再惹我了，我們得趁天黑之前趕到出海口。

這是唯一的航道，反正我也不怕迷路。我不管，只要你在，飄到哪裡是哪裡。岫任性地說，乾脆斜滑下去，把頭枕在他的小腹上。她抬眼看見深藍漸暗的天空，珍稀的星子在擠眉弄眼。這些金紐扣般的遙遠星體，使天空換上晚禮服一般的華麗。一顆流星拖著尾光墜落遠方的海，她想起那些逝去的親人，忽然陷入難以言喻的哀傷。談雲發現了她眼中墜入的星星，加快了槳聲。那啪啪啪拍打水面的節奏，讓他對回家有了一種迫不及待。

繫纜還舟之後，他們才突然感到疲憊。碼頭不遠處正好有家酒店，餐廳和酒吧安置在河海交匯的沙灘上。他們找了一對沙灘椅斜躺下來，服務生很快為他們呈上點好的菜餚——烤豬頸肉，咖哩龍蝦，檸檬菠蘿魚，炸酸腸和涼拌木瓜。談雲今天是很想喝一杯了，他點了一瓶新西蘭（臺譯紐西蘭）白葡萄酒，給岫也倒上一些。

大年初一的第一杯酒，微黃如隔夜的眼淚。他們對視著碰杯，水晶發出清脆的回音。彼此囁嚅著想要說點什麼祝酒詞，卻又覺得所有的語言在此夜都顯得空洞。只好苦笑一下，各自飲盡。談雲再給彼此斟上酒，說我還想繼續聽妳父親的故事，隨著妳的降臨，對他來說妳是他第一個孩子，他是怎樣撫育你們的？

　　那時的平反出獄，只是恢復你的工作，也沒有國家賠償。我出生之後，因為父母的戶籍都不在萬縣，哥哥和我都上不了戶口。那時國家開始對人民一點點鬆綁，父親決定辭職，帶著我們全家回到了他和我母親從小生長的故鄉——國鎮。

　　他們已經離開那個小鎮十幾年，奶奶在父親出獄前去世。老宅裡除開大堆尚未紮完的花圈，空空蕩蕩如盲人的眼睛。所幸外婆還在，她終於熬到女兒歸來，還帶回了女婿和一對外孫。那時我還在襁褓之中，大我十三歲的哥哥，一直銘記著一家人劫後重逢的抱頭慟哭。

　　母親幫外婆做裁縫，足以養活我們兄妹。父親那時三十三歲，他本可以參加高考。但為了養家糊口，他只好放棄了大學夢，開始奔走在萬縣和國鎮之間，倒賣一些基本生活資料維生。他和他的同案難友，都是那個時代的先知先覺者。他們幾乎都成了最早的「個體戶」，然後又串聯在一起成立了中國最早的私營商店。

　　八○年代上半頁的中國，一方面開始改革開放，另一方

面還有很多過去的惡法沒被取締。普遍窮困的地方官民，自然看不慣他們這些很快脫貧的「暴發戶」，更不要說他們還是曾經的反革命。1983年全國「嚴打」運動，又把他們定為「投機倒把罪」而抓捕。當時的中央頂層，也在為改革與保守而交鋒。胡耀邦的改革路線終占上風時，他們這個特大冤案再次被平反釋放。父親歸來時我已四歲多，開始有了人生的最初記憶。

父親對我們兄妹的寵愛，使我們成了國鎮吃穿都最時尚的孩子。他總是風塵僕僕來往於萬縣、武漢，無數次穿越三峽。每次回來，都要給哥哥帶回各種書籍，給我的則是國鎮從未見過的糖果和玩具花衣。哥哥是懂得父親的兩次冤獄的，那時他已經上高中，特別清醒地認識到這個惡世。父親對他灌輸的是一種雄性教育，就是永遠要站著做人。

1986年我上小學，哥哥順利地考進了北京國防大學。經商對父親是一種浪費，他的思想和文章在武漢的學術圈開始嶄露頭角。那時胡耀邦的長子胡德平先生在武漢支持創辦了一個思想前衛的雜誌，叫做《青年論壇》。他們竟然破格聘請父親去做編輯，這個地方刊物，成了當時全國最早的自由言論和思想啟蒙的重要陣地。（註12）

談雲有些震驚，坐起來敬了一大口酒，歎息道：我熟知這本雜誌，那時可謂引領了思想解放的潮流，塑造了大批新型獨立人格的自由主義知識分子。可以說，沒有它就沒有後來的我輩。我真沒想到，原來是妳父親這一輩高手在背後操

刀。

　　那個冬天，最疼愛我的外婆，也是受盡凌辱苦了一生，守寡等待我外祖父消息一生的外婆，終於輾轉等到了她夫君的消息——已於前年以陸軍中將身分在臺灣去世。他托回鄉老兵捎回的信以及錢物，竟成為我外婆的催命書。她再也沒有興趣活了，一天天凋謝下去，在一個雪花漫天的黃昏悄逝於國鎮。

　　第二年，父親帶著媽媽和我，澈底地告別國鎮，搬家到了武昌。

　　國鎮，掩埋了我的外婆，以及我最留戀的童年時光。

　　岫看著黑暗浸泡的外海，無限感傷地喃喃自語。說完她忽然掩面慟哭起來，她瘦弱的雙肩在風中抖動，悲聲溢出了指縫。談雲深知逼問這些往事是殘忍的，但完全沒想到她家的往事竟會更為殘酷。但他又太想知道她的前塵夢影了，她們三代人都隱忍了那麼多悲苦的祕密。如果他不在這個冬天打開這一切，很擔心所有的痛史都將被變幻莫測的時代所冰封。他隱隱覺得彷彿神意安排了這樣的密約，他相信在接下

來的時間中，還會有更驚心動魄的故事將要被揭開。他覺得這家人的遭遇，就是此族的國史。他一生執著的寫實主義，就像是為她準備的。在此刻，她的身世遠比她的身體更要讓他入迷和感動。

他找服務生要了一襲浴巾，過去包裹住她的肩背；摟著她輕聲說對不起，大過年的，也許不該惹妳說這些往事。

不，是我想說。我約你來，正是為了說給你聽。在國鎮，那是我最好的時光，短暫的三代同堂的幸福時光。我是家裡唯一被嬌寵的孩子，任性驕橫，撒潑打滾；只有哥哥一走過來，我才會立即停止哭鬧，從地上趕緊爬起來，躲到外婆的懷裡，乖乖地聽話吃飯。那時父親經常遠出，你知道長兄如父嗎？我哥就有這樣的威嚴。他大我那麼多，但從不真正打我，只是不怒而威地那麼一站，我就乖順如兔子了。而真正見到父親，哪怕他也要對我發火，我只要往他小腿一抱，他就破顏大笑了。

我外婆是當年國軍一個少校的妻子，也算是山中曾經的大家閨秀。她懷上我媽媽之後，外公正要奉命撤退臺灣。他的職位完全無能帶走自己的妻小，只能把外婆委託給國鎮一位抗日烈屬的男人──也就是我媽媽名義上的父親。這個男人極為善待我外婆和媽媽，但卻很早就棄世了。外婆獨自養大了我媽媽，讓她成為了那個小鎮上最美最有教養的女孩。

我媽很早就輟學工作，幫外婆分擔生活。她年華最好時，全鎮卻沒有一個男孩敢於追她。而她芳心所屬的卻是小

鎮邊上高中的一個老師，一個來自省城的下放右派。你看，這就是我們家三代女人的宿命，真像是被一個咒語鎖定的命運。那個老師極為善良，我的父親是他最鍾愛的學生。文革爆發時，那個老師和我媽媽的婚姻不被批准，我媽決絕勇毅地將自己身心都託付給他。然而就在那個早上，他們的私情被紅衛兵學生抓住。老師掩護送走了我媽，他自己卻被那些暴徒打傷溺死。懷上我哥哥的媽媽，最後只好送到萬縣她舅舅家寄居，以躲避那接下來的侮辱和迫害。

我的父親和媽媽，都是國鎮一起長大的孩子。他們早就互相熟悉，只是青春忌諱而疏於來往。父親要為他的老師復仇，組織了新的紅衛兵組織，也算狠狠地報復了那些迫害他老師的人。他為了迴避接下來可能爆發的更大武鬥，只好獨自出山。哪知道在萬縣的碼頭，他偶然邂逅了我身懷六甲的媽媽。

最初也許只是為了照顧老師的遺孀和遺孤，而選擇留守，默默無語地施以援手。但天長日久，畢竟也是青梅竹馬的街坊故舊，更是郎才女貌的青春兒女，無法遏制的愛逐漸萌生。媽媽一直懷念那位老師，也就是我哥哥的親生父親，她想為他守節終身。但我父親的好和高潔的愛，無法不讓她惻然心動。如果沒有父親的死刑冤獄，也許我母親還是不會坦陳積年的隱忍之愛。正是在囚窗下的那一誓言，以及文革結束父親的提前出獄，這才有了我的誕生。

在國鎮，我從小就被哥哥帶著走鄉串戶到處撒歡。在我

還完全懵懂之時，他把我臉上用墨水畫成一隻萌貓。然後把花枝招展的我頂在肩背上，四處炫耀他的傑作、我的醜態。所有的老街坊都喜歡我們兄妹的滑稽可愛，我回家後對著鏡子才看清我汙髒的臉蛋，頓時嗚哇大哭。我媽媽狠狠地訓斥他，外婆恨不得用了幾盆水，才洗乾淨我嬌嫩皮膚上的墨汁。爸爸回來，我牙牙學語地投訴告狀，爸爸卻哈哈大笑。並給哥哥說——妹妹假設被你毀容了，以後嫁不出去，那你可要一輩子伺候這個小姑奶奶啊。

談雲聽得也哈哈大笑起來，他掰過她的臉來，在燈光下裝模作樣仔細地端詳。故意打趣地說：一直以為妳是煤礦長大的，原來長得這麼黑，是被哥哥給害了的啊。

岫生氣地說：哪兒黑了啊，哪兒黑了啊？早都洗乾淨了的。哼，你才黑呢。

他嘿嘿笑著把她按進懷裡，親吻著她的臉蛋說：全靠我，親到哪裡，哪裡才變白了。喂，我還想知道，妳七歲搬進大城市，喜歡且接受它嗎？那之後，妳是怎樣成長的？

那一年，是我生命中的一個分水嶺。外婆的離去，讓我童年的世界瞬間坍塌了。我第一次朦朧認識到死亡，就是無情奪走你最愛的生命，且一去不回的殘酷。而作為大玩伴的哥哥，也隻身去了遙遠的北方，我再也沒有靠山一樣的失落。父親聯繫了一個順路的貨車朋友，搬家那天我們仁先是去給那個葉老師掃墓，很多年之後，我才知道那就是哥哥的父親。然後又去外婆的墳前告別，我撲倒在墳前大哭大鬧，

堅決不肯跟父母遠走他鄉。我哭喊著不要丟下外婆，最後父親不得不把我硬扛下山。

《青年論壇》就在水果湖去東湖的路上，那時那一帶還很荒涼。雜誌社為我們租了附近的一處農舍，賢惠的母親很快就整理出一個新的家園。母親被安排到社裡做發行，父親也很少外出遠門了。我那麼小，已經懂得獨自每天坐14路公交，去水果湖小學上學。對這個省城，我既沒有特別的親近，也沒有格外的敬畏。父親的江湖性格，使得他的編輯組稿工作，弄得像是組黨結社的氣氛。我們一個小小的農家院落，每週都有四面八方的俊傑名士前來聚會，縱論天下。在我成長之後，我才知道原來我打小熟知的叔叔伯伯，竟然就是那一輩的時代英雄。幾年之後，他們中的多數人，幾乎都走進了共和國的悲劇史。

談雲頜首感歎：那是這個國家唯一充滿希望的一個年代，也是我在珞珈山滿懷理想的時代。真沒想到，那時妳竟然就在我邊上的小學，沒準我們還坐過同一輛公交。你父親當年約稿的那些作者，很多年之後又成了我的好友。冥冥中似乎總有一根弦索，把我們祕密串聯在一起。以妳父親的傳奇經歷，我相信他在那個年代必有更出奇的行為。妳瞭解他嗎？

七、

　　1986 年寒假時，哥哥第一次從北京回家，竟然還用省下的飯菜票，給我買了一個玩具熊貓。他那時已經完全像一個大人了，而我還是一個懵懂的孩子。他一口標準的普通話，身材挺拔，說話行事都像是一個風度翩翩的都市青年。媽媽親手給他裁製的衣服，總是特別合身，使他看上去就像一個時尚的影星。

　　我那時雖然小，卻非常喜歡旁聽哥哥和爸爸談話。那是真正的圍爐高談，媽媽在外面忙活，我騎在爸爸的腿上，在書房的爐火邊分享家的溫暖。那個冬天發生了一件大事，我是在以後的成長中才弄清楚——總書記胡耀邦被元老政治轟下臺了。原因是 1986 年十月的第一次學潮，引起了中共高層對所謂資產階級自由化的過敏反應。 (註13)

　　我隱約記得那是父親第一次那麼嚴肅地對哥哥說話，他大意是說——年輕人的血氣方剛和輕身躁進，看上去像是美好品質。但對中國的政治體制改革而言，卻是致命的錯誤。一場以食堂伙食為藉口的罷課和遊行，即便最後臨時延伸到打倒「官倒」這些貌似正確的口號上，都完全像是一場烏合之眾的街頭鬧劇。沒有組織，沒有主張，沒有紀律和策略，沒有方法和方向，兒戲一般的所謂民主遊戲，最後革掉的卻

是最有可能把中國帶向民主時代的領袖。你們今天還沒意識到這一惡果的歷史代價，總有一天當你們陷入更深的黑暗之後，才會明白人民因此而錯失了多麼珍稀的機會。

哥哥似乎還想有所狡辯，但父親的疾言厲色讓他陷入了沉思。父親語重心長地告訴哥哥——你現在大概也知道，我未能在你的少年時代陪伴你的原因。我關心中國政治的走向，已經被他們奪走了我的大半青春。眼前我們所從事的媒體，原本希望一點一點撬動體制的堅冰，讓更多人醒來，逐步帶領這個國家的溫和轉型。但是，這一場只有激情沒有謀略的鬧劇，卻終結了中國的啟蒙和改革之路。我可以肯定地說，我的工作也到了盡頭，這個雜誌必將很快被封殺。在可以預見的不久之將來，必有一場更大更血腥的鎮壓。因為所有溫和的努力，從此都被堵塞了出路。你是我的兒子，你的生命還有更多的使命和價值。僅僅從親情之愛的角度，我也不希望你重蹈我的覆轍。也許當我不存在之後，你才會體悟我此刻的深意。

談雲肅然起敬，回看後來發生的一切，無不兌現了這個前輩的警告。他看著岫說：妳的父親真是一個了不起的男人，睿智又理性。而且他對你哥哥的疼愛，是遠比親生之子還要愛護的那種，這其中必有某種更深的使命所在。我知道那一年，《青年論壇》終於停刊，妳的父母都將再一次失業。那時你們已經無法返回故鄉小鎮，那妳家是怎樣度過那些歲月的啊？

岫苦笑了一下，平靜地說：我爸是那種一生都難以打趴的人，他的足智多謀和頑強生命力，足以讓他養家糊口。那時的武漢，正是一個風起雲湧的時代。他和幾個朋友一起，成立了一個文化公司。然後找了一家文學期刊合作，辦了一個全省性的文學函授班。那正是全國的文學熱潮席捲之時，輕而易舉就能招收海量的生源。他們請來講座的老師，也都是那個時代的自由派作家和學者。文學培訓依舊變成了實質上的思想啟蒙，他們所到之處都有無數的覺悟青年追隨。無形之中，他在全省乃至全國，都擁有了一個志同道合的龐大網絡。（註14）

　　我知道這一段歷史，那時我在武大，曾經去旁聽過在古樓洞那邊的文學講座。記得其中一次請的是後來名滿天下的王軍濤，我還記得他在那裡誇妳父親那撥人，是在從事播火種的偉大事業。在某種意義上來看，我就是其中之一。談雲被她的講述帶進了熟悉的往事，他接著感歎：命運真是有趣，原來我以為跟妳毫無交集，沒想到三十年前已經埋下了伏筆。

　　我也沒想到，你竟然瞭解這些。岫有些羞澀地接著說：那時，我的媽媽還是一個謹小慎微的人。她已經失去過一個愛人——我哥哥的父親；她生怕再一次失去我的父親。她從小的被欺侮的命運，讓她對這個危險的社會隨時都提心吊膽。她深愛並崇拜著我的父親，也可以說這是她在世間唯一的依靠了。她無力阻攔我父親的一切社會活動，只是總要讓

父親帶著我一起去參加。在她內心深處，她想讓我父親隨時看著我，意識到父愛的責任。所以很早開始，我接觸到的都是那個時代，最奔放和勇敢的一個群體。

談雲招手叫來服務生買完單之後，牽起她的手說：親愛的，我們該回去了。回去慢慢地講，我越來越好奇妳的成長故事了。

海上的風開始從波面上搖曳而來，高瘦的椰子樹亂髮飄飛。岫主動依偎著談雲走向摩托，他發動好機車之後，將繫在腰間的襯衣解下來，加穿在她身上。車滑動起來，他高聲說：夜裡涼，風大，把我抱緊一些。

夜色中的島，沒有路燈，山峰的脊背在紫黑的天空畫出剪影。摩托沿著曲折起伏的山路狂奔，那微弱的前燈勉強可以照亮來路。岫緊貼在談雲的背上，雙手緊緊地箍著他的腰，閉眼聽著耳邊的呼嘯風聲。這些陡上陡下的山路，使得摩托在急速翻過山脊時，產生一種騰空的失重感。這樣的飄忽，身體在那一刻泛出高潮似的快意和暈眩。她在此刻有種不管不顧豁出去的率性，即便前方是懸崖深海，她也情願與他一起墜落了。

八、

　　他像背負著一段沉重的歷史在前行，其中還有許多他未盡的祕辛，需要在這短暫的兩天之內釐清。這些年來，他一直致力於「民間修史」這一自賦的使命。通過對許多家史的發掘，他得以窺見這個怪獸之國的暗黑來歷。但他完全沒有想到，在這場最初暗懷遐想的豔遇裡，竟然藏有那麼多他隱約聽聞的轟烈。

　　摩托螢火般起伏於叢林山坡，遙遠的星光微弱如祖國殘破的希望，遠遠不足以照亮此世的夜路。他不得不小心翼翼地馱著這個緊箍著他的女人，努力在回憶中找到正確的來路。他開始如負千斤地意識到，這是一個將身家性命都要託付給他的人，他不得有任何的閃失。在他行經的一些山崖邊，那些清晰可聞的驚濤拍岸，讓他肅然明白──無論人間還是大海，真不知道埋葬了多少駭人聽聞的往事。

　　回到旅舍時，已經快22點了，海灘上的焰火酒會還正熱烈。岫先去室內洗漱，談雲此刻才感到有些疲倦。他坐在廊下抽菸，酸疼的四肢提示著很久沒有運動的他。他忽然發現自己是不是開始老了，在菸頭的時明時暗中，他恍惚看見自己節節寸斷的青春。

　　在他剛要再點一支菸時，岫裹著浴巾出來拍拍他，輕聲

說不要抽了，快來沖洗吧。

他只好起身進屋，脫好衣服，再進洗浴室時，訝然看見充滿泡沫的浴缸裡休眠的她。他在淋浴下沖刷了滿身汗塵，也翻身擠進了浴缸。他們對坐著，他將她的腳抱在腹上揉搓。他的腳正好必須墊在她的臀下，水的浮力使她更加顯得身輕如燕。暖熱的水在此刻使他們如歸母腹的怡然，只剩下頭顱在泡沫之上，他們對視著傻笑，竟有孩子般的單純。

他專注地看著她端莊中內含嫵媚的臉，猜想她父親可能的形神。是怎樣的基因合成了這樣一個絕塵的人物，並似乎為他在塵世隱身至今。他依舊好奇地問：妳父親他……

此刻，好像不是談我父親的恰當時候。岫略有悒然地說。

他立刻意識到了，急忙說：是，是，我們說說妳吧！妳認為最完美的快樂是怎樣的？

她閉眼沉思了一會，低語道：親眼見證我父兄參與努力的事業終於完成——國家融入世界文明社會之林，子孫後代永不再經歷他們，以及我們還有的那種恐懼的生活。然後和自己愛的人一起，在黃昏的某個孤島上，低調回顧我們曾經掙扎的一生。

嗯，應該能看到的，我們只像是提前進入了後半段。妳最希望擁有哪種才華？

比起我哥哥來，我好像什麼才華也不具備。如果有可能，我多麼希望上帝給我一個本領，讓我為人間找到一種百

毒不侵的良藥。也許再給我一點時間，就會成功的……

他有些疑惑地看著她，不明所以地接著問：妳最恐懼的是什麼？

這一次她沒有任何猶豫，有點切齒地說：無論自己或親友，突然失蹤。

他還不清楚她父兄的結局，突然覺得這個問題有些殘忍。看著她眸中涸染的水光，急忙說抱歉，我非常理解，我的家人也曾經面對這樣的恐懼。

他們陷入了沉默，她把他的腳抽出來，抱在胸前如捧嬰孩。她撫摸他腳上的傷痕，把他每個腳趾的關節拔響。那種脆斷的聲音，恍如某些正在被打破的往事。她從腳上的老繭知道，這是一雙曾經長路的腳，那種踏過荊谷棘野而來的人，才有這樣的堅硬和厚重。她突然有些心疼這雙腳，幾番摩挲，甚至拿到鼻尖細嗅一下。

他忍不住笑了，急忙縮回說：別熏著妳了。妳此刻的心境怎樣啊？看上去真乖。

屾調皮地笑道：你啊，還真不臭。今早我才辨認出你的體香，老酒的味道。

說完她仰臉長長地歎息一聲，說：此刻的心情，怎麼說呢？我覺得這是我一生最忘乎所以的時刻，也可能是短暫而珍稀的狂歡。這樣的避世自樂，是愧對這個苦難逼近的人間的。我不看新聞也可以想像，在我們離開的那個城市，被封鎖隔絕的民眾，該有著怎樣的無助和哀嚎。我無法確定已經

有多少人沒能看見新年初一的陽光，更難以預料接下來整個世界將為此怎樣被顛覆。此刻這個小島，還像是海外孤懸的傳說中的伊甸園。我更悲劇地預見到，在未來的許多年裡，它都可能成為一個再也沒有訪客的荒村。包含我們，也許一生只此一次踏入這裡，也許一生，在離開它之後，再也沒有未來……

　　他被她感染上某種沉痛，一時失語地望著她悲傷的臉。他屈身過去抓住她的手，將她拉到了自己的懷中。水中的沐浴液讓他們彼此滑膩如糾纏的海豚，她仰頭用雙手勾搭在他的頸項上，閉眸默享他的唇在額頭眼瞼上撫弄。她的呼吸有些急促起來，熱水泡紅的臉色明豔如花，她低語呢喃：你還不累啊！我們接著說話好嗎？我覺得好多話，再不說就沒時間了。

　　也許我還沒有妳如此悲觀，我猜想這可能是烈度更高的又一次非典。十七年前，那時我正好在北京，我經歷過那場危機，我還是相信人類應該有辦法對付。談雲寬慰道。

　　她苦笑搖頭道：今晚我不想說這個，明天吧，明天告訴你一切。你還想問我什麼其他的嗎？因為你對我一無所知，所以今夜我為你展開一切，沒有什麼比這樣裸裎相對更澈底的了。

　　在世間妳最欽佩的是誰？最愛的是誰——我不是僅僅指男女之愛。我可以知道嗎？他遲疑問。

　　最欽佩的，毫無疑問，是我哥哥。總有一天，我相信整

個人類，都會和我一樣欽佩他。

　　她斜躺在他懷裡，完全無需回顧他略有疑惑的表情，自信滿滿地繼續說：其實，我相信你是知道他的。算了，明天再說吧。至於男女之愛，你知道嗎？有這樣一個大我很多的哥哥的存在，那就是橫亙在所有男人面前的一座山。我打小是從對他的崇拜開始認識男人的，我完全無法接受我的同齡人。我也曾有過類似愛的經歷，但內心只要和我哥哥一比，就會突然失去持久牽手的信心。雖然他已經很多年不曾出現在我的身邊，但是他那最後的背影，遮蔽了我的全部生活，我一直無法從他消失的影子裡走出來。直到……你出現，也許是我依舊潛伏的愛，在賦予你哥哥的品質。

　　談雲扳過她的頭來，深吻了一口。他有點不敢觸碰她的乳房，在如此莊敬的話題面前，他生怕身體燃起的愛慾，褻瀆了此刻的語境。他到此時依舊不清楚她的哥哥，究竟是怎樣一個人物。她的崇敬似乎不像是簡單的親情，他覺得自己就像是摟著一棵嬌嫩的春筍，正在層層剝去那嚴密的筍殼，最後品嘗那潔白爽脆的心。

　　她被他的深吻，弄得有些細微的萌動。她乾脆轉過身來，俯身在他的胸膛，好看的肩背和翹臀從泡沫中浮出。他輕輕地撫弄著她的腰背，任憑她的雙乳在胸肋上綿軟地擠壓。洗浴液的泡沫正一點點消散，水復歸清澈，她的柔美曲線美人魚一般鮮活呈現。他傷痕密布的身體，在她完美無瑕的肌膚參照下顯得粗糙如老樹。他的手指搭在她的腰窩上，

似乎從這裡才可以探清她血肉撕裂的內傷。

親愛的，妳最喜歡自己身上的哪個特點？最痛苦或者最痛恨的又是什麼？

她咬著嘴唇想了一下，低語說：我很感謝我的父母賦予給我的一切，無論身體髮膚還是心靈人格。他們是小鎮裡成長的尊者，卑微卻擁有堅守人類美德的力量。相比於他們而言，我痛恨我不時偶有的妥協和猶豫。我對自己青春生命的某種珍惜和留戀，以及對這個強大帝國的恐懼，讓我始終難以澈底戰勝自己的怯懦。這也許是我需要另一個肩膀的原因，我這幾天一直在內心質問，我對你的召喚，完全有可能是在轉移我的孤獨，甚至危險。

不要這樣說。他拍打著她的後背，安撫道：這是多麼好的分享和分擔啊，我未能更早地品嘗妳的淚水，已經算是人生憾事。假設未來還能陪妳終老，與妳共同迎接我們期待的日子，那才是不枉此生。

她眼神中暈染著某種絕望，搖頭歎息：有此一行，我已經非常盡興了。我看不見未來，已經沒有能力去預算歸程。在我完成我的託付之後，永別也許就這樣開始了。

他到此刻，還是未能清晰她究竟有什麼託付。他能感受她時而流露的絕望，相信在接下來的兩天，他還有足夠的時間來打開這個月光寶盒。浴盆的水已經有些失溫，他把她扶起來說：別著涼了，我們再去海灘走走吧。

九、

　　海水總是在夜裡躡手躡腳地退出去很遠，像一群不辭
而別的孩子。儘管很早就知道潮汐是因為月亮的引力，但事
實上談雲還是無法理喻這一自然現象。那些凌晨蜂擁而至的
水，究竟在黑夜躲藏去了哪裡？浪花的悄然退幕，廣闊的沙
灘一覽無餘。魚蝦貝蟹隨之而去，彷彿誰也不曾來過。只有
一些殘破的海草和失去肉身的空殼，零星地遺留在灘塗上。
恍如生命中曾經到訪的過客，一去無跡，卻在空氣中留下了
一縷唇香或菸味。

　　海岸上的夜酒還未闌珊，他們穿過換妻俱樂部那夥人
群時，依舊有一些男女，各自向他們擠眉弄眼，熱情好意地
挑逗著他們。岫還是有些羞澀，低頭碎步儘快想要從各種調
情中突圍。談雲傻呵呵地禮節性揮手，他從這些沉醉的男女
身上，一點也沒感到惡意。在他看來，成年人之間的自願行
為，對社會無傷大雅，沒有什麼是不可寬容的。他喜歡泰國
的另一個原因是，這樣一個佛系的國家，對兩性的態度卻是
相當的寬鬆。

　　今夜的他們，已經像老情人一樣互相摟著，緩步晃蕩在
新露出的沙灘上。歌聲儷影在他們背後很遠了，整個人間悲
歡都近乎消退。此刻的談雲似乎才真正感受詩人海子說過的

那種──今夜，我不關心人類，我只想關心你──那種一往情深，不由自主的撕心裂肺。涼風撫平了他們浴後焚身的些微心火，她的頭斜依在他肩上；細軟的沙粒在赤腳下磨皮擦癢，一望無垠的夜色瀰漫淹沒了他們飄飛的衣袂。他突然意識到，他們就像是轉瞬走進了自己暮年的兩個愛侶，在最後的餘光中相依為命，牽手走向沒有盡頭的長夜。

　　他為這個內心的比喻暗自心驚──愛的起點難道就是終點嗎？從此刻開始，他們剩餘共處的時間，還不到七十個小時。而他翻閱她的人生，還僅僅像是序篇。那漫長的正文呢？會有一個怎樣的尾聲等著他。他幾乎不想再休息了，特別擔心她從他的睡夢中錯過；還沒來得及好好愛和疼，就從此翩若驚鴻，滿世界只剩下翅膀掠過的陰影，他何以面對這樣的結局。

　　他把她更貼緊地摟進懷裡，生怕失手她就重新滑進了海中。他輕輕問：妳喜歡這次的旅行嗎？妳記憶中還有哪一次，讓妳印象深刻？

　　這正是我想像中的，也許，還高於我的預期。她斜臉抬眼看了一眼他，接著感歎說：我以前的出行，似乎都是差旅，還有就是絕望的尋找。只有這次，是我自己為自己安排的……她搖頭苦笑了一下，咬唇擠出那幾個字──或者是結局之旅吧。

　　他內心打了一個寒顫，有些不解地駐足，凝望著她問道：為什麼妳總是這樣暗示，事實上，人的願力往往是能改

變一些命運的。假設我們真的想，一直這樣走下去，想要抵達的任何前方，應該也是能夠達到的。

岫暫時不想深說這個話題，她覺得就這樣在夜海之涯漫無目的地行走就好。此刻，哪怕是暫時的相依取暖，其中的美善，已經足夠幻化為她今生所有的良夜。在她心中那個最高使命之外，兩人一切的最終結果皆不重要。生命中的七天七夜，造物主創世的時間，如此美好甜蜜地相愛，遠勝七十年的光陰虛度。她心懷感恩地緊摟了一下他的腰，低聲問：這個世界，你最痛恨什麼？你覺得愛是萬能的嗎？愛真的能改造或代替恨嗎？

我最痛恨的當然是那些竊國為私的獨裁者，他們無論在哪個國家，都能為了朋黨利益，而置整個國民生命福利於不顧。為了世世代代掌握權柄，他們隨時不惜把國家帶入血海深淵。他們需要所有的臣民愛戴，但幾乎絕少有獨裁者能被任何一種愛所改變。至少在此世的經驗裡，我是還沒看到上帝之愛的力量。相反，我看到的都是恨在改變這個世界。即便偉大如小蔣，經國先生，如果沒有當初臺灣留學生射給他的那一發子彈，他也難有最後的反省和改變。那顆子彈是人類一切憎恨的表達，我在其中才看見匹夫之怒的力量。談雲堅硬地說。

這正是我一直喜歡你的地方，三十二年來，你是不多的始終堅持當年選擇的人。我知道恨會摧毀敵人，也會毀傷你自己。但是我依舊願意看見這個男人，是那個一直站在懸崖

上還在生氣的人。當滿世界都在俯首低眉甜言蜜語的時候，你是那個懷恨在心如鯁在喉的人。每當我也想和這個世界握手言歡之際，都是你的岩石般存在鼓勵了我的堅持。

談雲說：妳關注我很多年了，我卻幾乎才開始認識妳。初初打開的一頁，妳就把我驚著了。我知道邪惡帝國之下，埋藏著無數不為世人所知的悲劇。但沒想到單薄纖弱的妳身上，竟然承載了這麼多的痛史。我多麼想神靈給我足夠的時間，讓我逐字逐句來翻閱妳的每一行，細讀妳的每一道淚痕和溝壑。

她苦笑了一下，低語道：真的還只是開始，也許後面的更殘忍。我也不想在今天說完，這才是新年第一天啊，難以承受那麼多的回憶。哎，該我問你了，說點輕鬆的。你最珍惜的財富是什麼啊？

愛人、朋友和書。他說。

你擁有最奢侈的東西是什麼？

他想了想感歎：被朋友和陌生人信任。

你程度最淺的痛苦是什麼？最深的痛苦又是什麼？

愛而不得。最深的是……恨而無力，最終還無果。如果今生都看不見時代的轉型，我無法面對臨終前的絕望和虛無。談雲說這個話時，似乎當下就感到了那種痛。

她接著問：你認為你哪種品德是被人過高評估了的？

勇敢。其實我沒有我心中嚮往的那麼勇敢，尤其是現在，我也不願再次失去自由。這不是貪生怕死那種怯懦，是

覺得自己尚有使命未完的那種不甘。妳知道嗎？

我懂的。你最喜歡的工作是什麼？她問。

還是寫作。就像每次聽到妳父輩這類的故事，就有一種非要把它記錄下來的衝動。否則，道義和善良不被表彰，邪惡就會更加肆無忌憚。文字的使命就是弔民伐罪，是令鬼神夜哭，讓亂臣賊子畏懼。寫作使我輩在此惡世還能活得稍有尊嚴和意義，我很幸運選擇了它。

岫彷彿是在考察她的愛人一般，最後更加嚴肅地問道──假設一直回不去中國，你會想家鄉嗎？我知道你是有鄉愁的人，但我可能希望你留下來，我要你安全地度過這場劫難。

這個問題似乎涉及到餘生的安排和命運，談雲一時有點恍惚。他低頭思忖了良久，緩慢地低語：所有的植物也都是有故鄉的，在故鄉風情萬種，一不小心就蹦出花來。就像這些熱帶滿眼燦爛的三角梅，就無法移種到我家鄉──因為沒有充足的陽光，她的葉片就難以點燃出火焰般的顏色。人，也像是一種植物，遷徙和流亡多被視為是一場劫難。我算貌似見過大世界的人，我早就意識到，所謂的故鄉從來只是王土中的一角附庸，是極權霸業裡最瑣屑的粉塵。漢語的造詞自有它的隱喻──故居，是指那些主人逝去的房屋。記憶中的故鄉，其實也已經死去多年。每一個還想回鄉的遊子，只不過像是祭奠心底的祖墳。我這一代男女還能撫碑哭墳時，兒女早已淡漠了這種傷逝的情懷。此前，我沒想過我會成為

流民，我的鄉愁不是懷念，更多的反而是一種意難平，一種憤怨。大好河山，竟至於此？但我可能血脈中還有候鳥的基因，還會時不時惦念心中那北方家鄉……

突然天光一閃，背後傳來巨大的轟鳴。他們回頭看見海濱酒吧區開始燃放煙花，無數朵焰火在夜空爆裂。又是零點時刻了，每一個新的一天的降臨，都如此讓談雲膽戰心驚——這意味著離別的時刻越來越近。他的情愛正在登頂時，就要面對斷崖般的墜落；尤其是在這樣一個正在釀就的大凶之年，他開始意識到少有的生命慌張。

那些迅疾升空轟然爆破瞬間燦爛又瞬間消逝的花朵，多麼像這一場不期而遇的愛啊。他為自己的情感找到了這樣一個象徵，並為此油然而生某種難以言喻的傷感。他把她臉貼臉拉進自己的懷抱，在爆炸聲中吼道——我們都不回國了吧，退票，我要妳退票。

第六天 永劫不復

（二〇二〇年一月二十五日）

一、

　　黎明前的至暗時刻，談雲隱約感到床在晃動，是那種湖上蕩舟的暈眩。他努力想要睜開眼，但眼瞼如鐵幕一般難以推開。他似乎看見屋裡的拖鞋，像浮標船一樣飄蕩。房裡進水了，水越來越深，他想開燈，發現已經斷電。他拿起電話想要瞭解發生了什麼，一點信號也沒有。他那種對死亡的預感，忽然再一次湧現——這是那次車禍之後，再也沒有過的恐慌。

　　他趕緊抱起岫，呼喊她醒來，她卻像是一個貪戀酣夢的孩子，呢喃幾聲，又翻身熟睡。他起身穿衣推門，發現門已經被外面的水堵住，海水正從門縫中倒灌，他完全無法推開。他爬上窗戶，終於隱隱看見黑暗中的海浪，正一波一波地湧來，整個度假村已經有大半的房子，淹沒在水底。

　　他聯想到曾經的印尼海嘯，趕緊找出應急電筒和一個應急手斧，迅疾撬開廁所的吊頂，爬上去掀開上面的茅草，露出旁邊臥室上的水泥澆築屋頂。他看見烏央烏央的海水包圍了整個陸地，急忙下去抱起半夢半醒的岫，托著她爬上屋頂。屋內的水馬上就要淹沒床鋪了，他拖起被子遞給岫。在

渾濁腥鹹如血的海水就要破門湧入的一瞬間，他也登上了房頂。

岫披著被子在風暴中顫慄，一語不發，絕望地看著無邊無際突然擴張的海。她不知道發生了什麼，又像是如期而至的密約，她彷彿為這一天已經等待了半生。遠處臨海的一些房屋，正多米諾骨牌一樣依次垮塌。水依舊層層疊疊地撲來，完全沒有休止的意思。

他清楚她完全不會游泳，如果一旦滅頂，她將再無生機。他冷靜地打量四周，發現門邊有棵椰子樹，高高地挺立在水中，上面還結滿了椰子。他用手斧將被子切割，撕開搓成一條條繩索，連接在一起，緊緊地捆在她的腰間。他想好了，一旦水漫上來時，他就可以把她和自己綁在一起，迅速靠近那棵樹。然後把她和樹環繞起來，海水的浮力，就可以將他們一點點升高。他們只要抱著這棵樹，就能等到海水退去之時。

他們看見換妻俱樂部的一些男女的屍體，正被波濤推湧著沉浮在木板雜草中。除開濤聲，世界一片死寂，只有房屋框架的折斷聲，就像是他青春期的車禍。他們腳下的房屋也開始搖晃，這時他看見了二十米外，一個漂浮的救生圈。他對岫說：妳安靜地坐著別動，我去把它撈上來，我們一定會獲救。

岫突然抱著他吼道：我不要你離開我，片刻也不可以。我不要那個救生圈，那是致命的誘惑，為了它，我只可能失

去你。

　　他安撫道：聽話，親愛的，我的水性很好，我馬上就能拿到它，我很快就回來。

　　岫固執地搖頭，沉靜地低語道：雲哥，我似乎等待這一時刻已經很久。如果能與你一起完成今生的死亡，我不想再去抵抗。這就是神意，與其無謂的掙扎，還不如讓我多擁有一會你。來，抱著我，覆蓋我，占據我，碾壓我，最後讓海水掩埋我們⋯⋯

　　岫平靜地將棉絮鋪在屋頂上，褪去自己的睡衣底褲，仰面盛開如曇花，如橫臥的十字架。她眼角的淚水各自流向自己的耳際，嘴角泛起恬淡的微笑。

　　他似乎明白了她的意志，頓時跪在她的腳前，俯身抓起她的足尖，一寸寸親吻上去。他的唇舌徘徊在她的芳叢中，那剛剛出海的北極貝一般的花瓣，有著深海的浪花之芳。她的身體在風中顫慄瑟縮，如春櫻在雨夜搖落滿地芳馨。她捧起他的頭顱，示弱求饒般地拉到她的額上。她雙腿纏繞在他的腰背，迎合著那同歸於盡般的滑入⋯⋯

　　彷彿有無數的海浪列隊殺入，無數種海底的魚乘風浮出，不可阻遏的水漫延而來，從他們的腳跟開始，一層層掩蓋他們的身體。似乎整個海岸線都被浸淫酥軟，土地和砂礫開始漸次滑落，他們體下的屋基被巨浪動搖，與他們的節奏共振。忽然嘩啦一聲垮塌，他慘叫一聲啊啊啊！岫。他只抓住了她一隻手指，眼看著她的身體沉陷下去，那一刻，他難

以自拔……

他的驚叫和緊抓，把岫從夢中疼醒。岫抱著他的頭顱喊道：你怎麼了？怎麼了？

他睜開眼怔怔地看著岫，聽見自己的心跳還在轟隆巨響。他打量了一下臥室，彷彿潮水瞬間一去無跡。他鬆了一口氣，歎息道：妳在就好。我夢見我差點失去了妳……

岫看著他驚魂未定的樣子，親了一下他的眼睛笑道：在這個島上，我們再也不會離散。

他摟緊她，抓起她的一隻手放在自己的下體上，調笑道：妳看，我已經醒來，它還在夢中，還在那驚濤駭浪中挺拔。

她立馬抽出手刮著他的鼻子說：你真是沒皮沒臊，竟然還會做春夢。呵呵呵。

不，我夢見了死亡。談雲正色說。

二、

我九歲那一年的春夏之交，也是你們那一代命運巨變的時刻，全國的城市街面，突然蜂擁而出無數的青年。

我們水果湖小學都因交通堵塞而停課，父母時常帶著我

逡巡於街頭。他們的憂心忡忡，一點也沒影響到我的興高采烈。我只知道大學生帶頭，從紀念胡耀邦到反對官僚特權，再到要求民主自由和人權，一個月左右，就點燃了各地青春的怒火。

不斷有各種活躍人士，來家裡拜訪和邀約我的父親，希望他參與這場偉大的革命。最初還只是活躍在武漢的知識精英和學生領袖，漸漸有北京和香港的來客，激情澎湃地前來分析運動的走向和國家的未來。

五月下旬，北京的學生開始了廣場絕食運動，電視等媒體都傾向於同情學生，全國人民陷入一片悲情。各地有影響力的各路人士，開始聯署呼籲，希望官方回應民間籲求，打開對話之門；同時也希望學生不要自傷自殘，不要以這種性命相搏的方式來推進民運。

武漢的民運領袖，是我父親那一輩就開始反抗體制的武鋼工人夏鐵。武漢的「高自聯」主席木子濤在夏鐵的帶領下，來找我父親共商大事。他們知道父親《青年論壇》的讀者網絡，依舊是很大的一個隱形的群體，是那個時代分布各地的有思想和號召力的人群。他們希望借重父親的召喚，讓整個社會從關心到真正投入這場學生運動。

在我家初夏之夜的庭院裡，我第一次才發現，我父親竟然是這場運動的反對者。

他聽完他們慷慨激昂的陳述和鼓動，給大家敬茶之後冷靜地說——老夏，我們都是文革群眾運動的過來人，我們年

輕時就經歷了各種陰謀和暗算，也親眼見證了無數理想主義者的無辜犧牲。我不想再一次把人們帶進一場盲目的毫無準備的革命。子濤他們都是我心中的好青年，是未來中國的希望，我不願意他們因為簡單的激情，而葬送一代真正的有生力量。你們仔細想一想，從北京的廣場紀念走到今天，每一步都是自發的熱情驅使，沒有任何真正的組織和力量能夠左右運動的走勢。圍觀的群眾實際上遠遠大於參與的孩子，他們是靠不住的看客。他們今天的送水送乾糧，一點也不影響他們對交通不便的抱怨。古話說：殺君馬者路旁兒。不關痛癢的吆喝和鼓勵，只會讓奔馬累死。

夏鐵是那種職業革命家一樣的人物，他也曾經牢獄和各種迫害，自始至終都是一個堅定的鬥士。他嘲弄父親說：老吳，你不會是被改造得喪失鬥志了吧？眼前這場運動，就差臨門一腳了。年輕人衝鋒在前，我們怎能坐視不顧。只要各地真正地發動工農，一起罷工罷市，最後的勝利就指日可待。我們一生的努力，難道不正是為了這一天的降臨嗎？

我和你們一樣相信，中國必須也必定將有一場真正的光榮革命。但不是此刻，更不是這樣的倉促學運。今日之社會，是改革開放以來相對寬鬆和飽暖的時代。除開部分知識精英，多數國人還在感恩戴德之中。他們對價值觀層面的人權、自由和法制，還沒有切膚之痛。對「官倒」腐敗的不滿，甚至遠遠低於羨慕。這種民意背景下，學運本質上是孤立的。我注意到我們這個城市，多數人心依舊是冷漠的。你

們學生幾次徒步幾十公里，去武鋼堵門，希望工人階級罷工配合，事實上沒有絲毫可能。市民和農夫更不可能因此罷市，各家各戶都還有一日三餐的正常需求。這一切的根本原因，是因為他們對當局，還遠沒有你們的憤恨。而學生的憤怒，恕我直言，也只是一種淺薄的青春火焰。你們只是對張三李四的厭惡，而不是對整個體制的清醒認識。你們甚至根本不瞭解執政黨的來歷，更不知道他們為捍衛江山而毫無底線的決心。做烈士是簡單且容易的一件事，固然名垂青史讓人敬佩；但是對於改造國運的事功如果毫無建樹，那這樣的批量犧牲，只可能延緩黎明的到來。

父親的冷靜建言，讓來客們短暫陷入沉默。木子濤遲疑想說什麼，父親打斷了他並接著陳述——你已經是博士在讀，你現在領導的武漢高校自治聯盟，至少也有幾十個代表。你坦誠告訴我，你能一言九鼎嗎？大家能按你或者按多數人的決議，執行每一個步驟嗎？你們甚至連民主議程和規矩都不懂，更不懂革命的實操。我知道每個省會都有一個類似的組織，你們形成全國聯盟了嗎？泛泛的學生們會真的隨時響應你們的號召和決策嗎？今天的廣場已經進退維谷，依我看，此刻最關鍵的事情，是發揮你們的能力，把所有的人先撤出來。你能傳達我的建議到北京你們的同道那裡嗎？不能，即使你被我說服，你也無法說服他們。

這才是真正的悲劇，殘酷地說，這是另一種層面的烏合之眾。街頭革命給了大家宣洩激情和表演個人魅力的機會，

你們根本從未想過澈底改造這個政體和國運。所有那些打倒誰誰的口號，都還只是膚淺的個體鄙視。那些被鄙視的人，他們也只是這架殺人機器上的螺母和刀片而已。我支持所有年輕人善意的努力，但是反對任何毫無成效的犧牲。眼前，我已經聞見腥風四起，冷血的對手正在密謀屠刀，而你們還在寄希望於他們的分裂和嘩變。這是你們對執政黨的妄念，即便那其中有你們多數人的父輩，但他們從來不吝於吃掉自己的孩子。

我無須跟你們表白，我並非一個機會主義者，更不是一個投降主義者。我只是堅信，任何革命和運動，要有組織，有主義，有主張。還要有策略，有計劃，有真正的志士。革命永遠不是浪漫主義者的事業，它是需要漫長的準備，有進退有妥協的行動。今日的革命，首先要告別的是流血，無論人我，都要放棄那種你死我活的傳統革命觀念。你們應該看看甘地當年領導的獨立運動，在人我力量完全沒有勢均力敵的時候，該怎樣才能讓對手放下武器。更不要說，我們今天面對的，還遠遠不是英國的殖民者。從歷史的經驗來看，獨裁者對本族的殖民，其殘酷程度甚至遠高於外族。

夏鐵略顯失望地說：我部分同意你的觀念，老吳。但我沒想到你對這場運動如此悲觀，你應該明白，九十九度的水，只需要再添一把火，就能變成沸騰的開水。歷史的轉折往往是從偶然事件爆發的，並非嚴密策劃的結果。就像打倒四人幫，結束文革，也都是轉瞬間的事情。我相信黨內健康

的政改力量已經蓄勢待發，他們也需要得到民間的呼應，才有行動的合法性和正當性。青年學生固然缺乏政治鬥爭的經驗，這正是需要我們成年人參與的關鍵時刻。整個知識分子精英在運動之初，已經因為膽怯和猶疑，缺席了在第一線的參與和引導。那麼此刻還來得及，否則我們這一代必將因為我們的怯懦，而後悔終生。

我父親將手邊的剩茶潑在草地上，長歎一聲說：你低估了他們的狠勁，他們對於一切可能讓他們喪失特權的人事，是絕不手軟的。我們面對的是有史以來最自私也最無忌憚的一個群體，他們對這個運動的定性已經昭然若揭，他們必將所謂旗幟鮮明地鎮壓。他們已經在調兵遣將，如果現在趕緊撤出孩子們，至少還能避免大的血腥。子濤他們算是我的子侄輩，我不願眼睜睜看著他們去送死。當你們還在輕身躁進的時候，我如果勸阻不了，我只能為你們準備可能的退路和逃生之路。這不是我的危言聳聽，你們很快將會見證……魯迅先生說——我們從古以來，就有埋頭苦幹的人，有拚命硬幹的人，有為民請命的人，有捨身求法的人……但他也曾說，中國一向就少有失敗的英雄，少有韌性的反抗，少有敢單身鏖戰的武人，少有敢撫哭叛徒的弔客；見勝兆則紛紛聚集，見敗兆則紛紛逃亡。迅翁的話是非常深刻的，眼前我也許讓你們失望，但我不會是無動於衷的旁觀者。接下來，再看何謂韌性的反抗吧！

他們要是敢大開殺戒，那我們也可以以血洗血啊！夏鐵

叔叔站起來吼道。

　　我父親仰頭望天，一聲長歎，搖頭低聲說：老夏，我們這一代是經過文革武鬥過來的人，那個時候甚至槍枝在手，除開民間互相射殺之外，請問有誰動搖過這個黨國？當一紙通告下來全國繳槍的時候，你見過幾人敢於開槍反抗？你以為暴力革命是那麼容易簡單的事情嗎？我從來不否定在暴政之下，自衛的必要性和革命的正當性。但是，革命是需要組織，更需要嚴正甚至殘酷的紀律的。你只要看看眼前廣場上，以及廣場背後我們這些自由主義者，成天的紛爭吵架，各種小人陰人的互相詆毀攻訐，連一個基本的革命目標都達不成共識，還遑論什麼集體以命相搏。子濤，我現在就問你──假設此刻就有人把你同學射殺了，我給你一把槍，你敢於殺死那個兇手嗎？老夏，毛澤東當年早就說過──革命是暴動，是一個階級推翻一個階級的暴烈的行動。所以他們當年成功了，而我現在只能勸你們，趕緊撤人。

　　夏叔叔和木子濤頓時面面相覷，無話可說。

三、

　　談雲陷入深深的沉默，他注目著岫波光隱隱的秀眸，點

燃一支菸彷彿為那個悲壯的時代獻上一瓣心香。那是他躬與其盛的烈血歲月啊！他在那之後的顛沛流離，所有的煎迫和加害，無不是那場悲劇的延續。三十幾年來，不義的審判一直在開庭。碾死過孩子的大街，還要將一代代孩子釘上古老的刑具。

陰霾的天空，星月沉淪。這是怎樣的黑，才能如此令路人和骨灰都死不瞑目。那些無法賦予名字的兄弟，黃絲帶也難以接他們回家；他們的故事被時代抹殺，最終只能被歲月留存在這個荒遠的孤島，傳唱在他們鷹犬暫時還未覆蓋的海上。

這是多麼冰冷無救的民族，主在哪裡？祖國的兒子們始終在列隊走向絞架。他時常閉眼就能看見，長街上那些陳年的血突然滲透出方磚，從過往輪轍下發出慘笑。可是血都活了，心靈怎麼可能再次死去？你沃血的土地都能擠出腥味，血腥依舊覆蓋廣場，依舊讓活著的人艱於呼吸，讓煙塵遮蔽了哭聲。直到眼前邪惡的病毒再次被釋放，所有人幾乎無聲無息，在無聲中被活埋。要等到哪一天滿地長出眼睛，才會睜眼恐怖地看見──那些被肢解被焚化的無數生命，再也不會冒出芽來。

妳的父親確實是一個智者，少有的很早就看穿該集團黑暗內心的人。談雲拿起酒杯碰了一下妯面前的杯子，感歎道：很少有人在那個時刻，還能保有妳父親的冷靜和深刻。從今天來看，那一場運動確實還有太多需要檢討的地方。但

在當時當事的情況下，事實上是無人可以改變那場災難的。群體的盲目意志形不成統一的行動，而屠伯的決心卻在陰謀家的鼓動下集合。以鄧小平為首的那個中顧委集體，是一群從來不在乎他人生命的團夥。他們從青春時代就投身革命和殺戮，失去對刀把子的掌控，對他們而言是致命的威脅。無論他在屠城之後，有過多少所謂深化改革的功勞，我一生都不會原諒他——正是他在那一刻的決定，導致了今日中國社會的一切邪惡和潰敗，那就是萬惡之源。

岫品了一口涼爽的冰啤，望著遠方的天際線，沉重地歎息道：不要想說服他人，在那個激情憤怒的年代，就是要改變自己的孩子，都是一件困難的事情。

這個海灣一處巨礁邊的酒吧，設置成加勒比海盜窟穴的風格。破爛的椅子，炮車輪轂改裝的酒桌，鏽蝕的船板，張揚的黑帆。礁石縫裡頑強伸張出來的仙人掌，陽光炫耀著它們蛋黃的花朵。門前的棕櫚樹，如海邊筆立的女人亂髮飄飛。那些從海上刮來的風，夾雜著魚鱗的鹹腥和潮潤。岫拿著的細腰杯輕微晃蕩，琥珀般的酒色氤氳著午後的慵懶。

吧臺的酒保，竟然是一對白人男女。那個雙手紋身的中年男人，端著一杯酒過來坐下。微笑著用生硬的中文問道：你們，從中國來？

他們端起酒敬了一下，點頭說是的。

紋身男皺眉苦笑說：你們很可憐，你們國家，瘟疫，回不去了吧！

談雲撇嘴說是啊，非常抱歉，也許整個世界，都回不到過去的時光了。

　　紋身男笑道：又不是你們製造的，你抱歉什麼？你們也是受害者。

　　談雲沉痛地說：因為我們所有沉默的人，構成了這樣一個國家。你的漢語怎麼這麼好？

　　紋身男得意地說：我在臺灣上過學。這個島很少有中國人來，我都快忘記中文了。

　　岫好奇地插嘴說：你們倆，為什麼選擇了在這裡？

　　紋身男苦笑道：我們和你們一樣，有一個不那麼好的祖國。我們來自聖彼得堡，因為渴望熱帶陽光和海洋，就選擇了這裡。其實，你們也可以像我們一樣，自由流浪。

　　岫苦澀地羨慕，一笑道：也許，我們還有一些牽掛。

　　紋身男似懂非懂，同情地點頭離開。談雲輕聲叫他再加兩支啤酒，他過去打開瓶蓋，再拿來冰桶添上一些冰塊。

　　談雲看著岫，小心翼翼問道：親愛的，妳還有哪些牽掛？

　　我的哥哥，還沒有消息。三十一年了，我和媽媽還在等他奇跡般歸來……

　　談雲目瞪口呆，如被重創一般一時無語。他也許隱約有過一點猜測，但還是不敢相信，那一年的慘案，就在身邊人的心中一直滲血。他有點害怕打開這個塵封的話題，看見岫的眼睛彷彿醞釀著風暴。他將她拉進自己的懷中，將她的頭

枕在自己的腿上，像安撫一個嬰兒般輕輕拍著她的手臂。

仰面的她淚如泉眼，無聲地湧出，滿盈在眼角。他感覺她的身體在顫抖，有著窒息一般的緊張和壓抑。午後的酒吧一片清寂，吧臺上那對男女，也坐在門外去陽光浴了。他們凝佇在角落的陰影中，似乎和身後沉默的礁石混為一體。

過了許久，岫才緩過氣來，儘量平靜地說：你，還有什麼牽掛嗎？

在見到妳之前，似乎早已一絲不掛了。談雲舒了一口長氣，緩緩說道。

岫起身坐直，強顏一笑說：也許真不該，讓你多了一份牽掛。來，喝酒。

他們喝了大口，岫的情緒略有穩定。她主動轉移話題說：雲哥，你今生有什麼後悔的事嗎？就是每一想起，就會肚子絞疼那種。

談雲苦笑道：或許每個人都有。我有個朋友寫詩說——想起一生中後悔的事，梅花就落滿了南山。妳最後悔的是什麼？

那一年，我是有可能把哥哥留下的……岫儘量雲淡風輕地說。

四、

通向密林深處的山徑，兩邊開滿了六種顏色的三角梅。它們燦爛鮮豔的模樣，彷彿大群嬉笑逃學的兒童。全世界的鳥鳴似乎不分國籍的腔調，尖利或悠揚，又或者像是聒噪的農婦。略有涼意的海風穿越枝葉而來，星星點點的有著葉綠素的舒適。

明天之後就將離別了，剩下一天半的時間，每過去一秒就像是揮霍。岫挽著談雲的手臂，不聲不響地漫步林蔭其中，沉浸在往事裡彷彿無路可逃。

很多年之後，她才知道和意識到，父母對哥哥的偏愛，並非出於重男輕女。哥哥是葉老師的遺腹子，是那個善良無辜生命的唯一遺子。他們埋存著這個祕密，像要保護一個王室的遺孤一樣，暗自珍愛著哥哥的成長。在那個動盪時刻，母親寄給哥哥的信，父親都要認真地附言，希望他能回家一趟——他覺得他們父子之間，應該認真討論時局了。

那一年的五月二十五日，哥哥終於滿面風塵地回家了。那個亂世的黃昏是如此的溫馨，媽媽精心烹製的筒骨藕湯，讓哥哥大飽口福。飯後，爸爸牽著我，帶著哥哥去東湖散步。經過的湖北醫學院，大門外人流如織，圍觀著各種大字報。隔湖遠望，武漢大學和武漢水電學院，依舊有穿梭的自

行車隊。路邊的法國梧桐，零落的飛絮迷濛；整個世界都像是在一片迷幻之中，一眼看不見未來的模樣。

哥哥說：我們學校也停課了，一部分學生也上街了。

爸爸說我看見電視報導了，幸好沒有看見你的影子。

哥哥說：公安大學，警官學院甚至中央黨校，都打著旗子上街了。我覺得這一場運動已經無法逆轉，您為什麼還如此悲觀呢？您沒有看見我，並不等於我不在其中，我相信勝利在即。中國也到了非改不可的時候了，歷史潮流，勢不可擋的。

爸爸搖頭說：你們這些孩子太單純幼稚了，根本不足以瞭解這部國家機器的邪惡能量。眼前這貌似的熱鬧中，充滿著盲目的行動和青春的狂歡。民運或者學運，本質上是有組織有綱領的革命行動。僅有信仰的熱情，沒有成熟的應對，只會造成毫無勝算的犧牲。現在廣場上那些學生領袖，既沒有清晰的目標——需要爭取到哪一步為止；也沒有說一不二的定力和號召力——那些越激進越革命的群體，足以耗散他們的能量。

我一直也在旁觀，這點我很認同，高自聯的領導不斷地更新換代，說明自身的危機。我看不出有任何人可以駕馭這場運動，但是人民的意志，往往也就是歷史的方向啊。哥哥說。

不要相信所謂人民。爸爸皺眉說：毛澤東認為人民是推動歷史的唯一動力，我從不這樣看。我堅信，整個世界史，

都是英雄史詩，是每個民族真正的精英在推動。現在廣場上的多數學生，都是這個民族未來的精英。他們如果真正懂得智慧和韌性地戰鬥，就要知道策略地進退，千萬不要將這些珍貴的火種付之一炬——他們太低估對手的殺機了。

爸爸，他們雖然已經開始調兵遣將，您覺得真的敢對著手無寸鐵的學生和平民開槍嗎？毛不是還說過——凡是鎮壓學生的都沒有好下場。

你怎麼還能相信他的話？可以說，他沒有任何一句話是真實的，他一生都在欺世盜名。你雖然學的軍事，但你還根本不瞭解這支軍隊。他們本質上只是黨衛軍，出於最大的善意估計，也許他們其中有委婉抗命的將士，但絕對不會產生反戈一擊的英雄。七十八年前，就在我們腳下這片土地發生的辛亥革命，你應該知道，那是一群真正敢幹的新軍中低層軍官，密謀許久之後發動的革命。是他們的披肝瀝膽，才結束了兩千年的帝制。改變一個國家的政體，哪有那麼容易。

哥哥思忖一會，內心堅定說道：譚嗣同曾經說——各國變法，無不從流血而成。今中國未聞有流血而犧牲者，此國之所以不昌也。有之，請自嗣同始。 我相信，我的同輩人，這次有很多抱有這樣的矢志。

爸爸停下來，看著我哥哥，像是突然面對一個已經長大的青年。他有點動容地說：這正是我為之徹夜難眠的地方。血流進大地，生命化為青煙，如果真能喚起一場巨變，那也許犧牲確有價值。但這是文革後真正開始覺醒的一代人啊！

是沉澱下來必將引領和改變中國的一代人。如果現在成片地被屠戮，至少原本可以漸進的歷史，可能要被推延滯後幾十年。連帶黨內可能的改革力量，也將從此灰熄火盡。作為一個父親，最自私地說，我也不希望你無端地成為最沒有價值的犧牲品。這是我和你媽媽，一再要你回來的原因。你應該還記得，你的爸爸不是一個膽小鬼，你幾歲的時候，媽媽就帶你來探監。那時我就想，我們這一代，一定要給孩子留下一個再沒有恐怖的國家。可是今天，我卻再一次預感到最恐怖的時刻即將重現。我沒有力量勸阻這場運動的繼續，更沒有能力阻止他們的大開殺戒。我不想成為那個收屍人，這一次的絕望，遠勝於我在文革中曾經有過的絕望⋯⋯

　　哥哥第一次摟著爸爸的肩膀，像是拍打著一個老兄弟安慰道：爸，我知道你的苦心，這也是我並未積極參與的原因。很小的時候，你就給我講十二月黨人的故事 (註15)，我喜歡那樣的英雄教育，但同時也為他們未果的犧牲流放而惋惜。我之所以堅持報考軍校，正是相信只有軍人成為國家武裝而不是政黨武裝時，此國才有希望。我在你的引領下，也許比我的同齡人成熟。但我無論如何，還不可能成熟到世故圓滑的程度。當然到此為止，我還是不太相信他們真的敢開槍。我和同學們曾經打賭，如果真的開了殺戒，我一定不會視若無睹或者坐以待斃⋯⋯我相信到那一刻，一定會有無數的人起身抗暴。

　　爸爸警惕地看著哥哥，憂心忡忡地說：你想要幹嘛？

我不知道我會幹嘛，能幹什麼？我只是預感，不會到那一步。如果真的是開槍，那一定會血流成河。那樣的話，這個軍隊就得永遠背負罪名和血債了，我也無法再穿這身服裝了。

　　爸爸似乎鬆了一口氣，扭頭對他說：每個父親都希望孩子成為正直勇敢慈悲的人，但這樣的國度，這些品質只能給孩子帶來傷害。在眼前，作為父親的我，也難免是自私的。特別擔心我那些曾經的雄性教育，使你成為一個輕生忘死的人。出於血勇的赴死，是一件簡單的事；相反，忍辱負重地活，身懷使命韌性地戰鬥，反而是這個時代稀缺的品質。

　　我懂您的深意，爸爸。我也二十多歲了，我跟你見識過那麼多的傑出之人，我知道該怎樣有意義地生活。作為軍校生，臨陣脫逃是一生的恥辱，我還是要回校的。我回來就是想看看你們，也想讓你們放心，我已經長大了。畢業之後就是尉級軍官，將來還要帶兵的。嘿嘿。

　　爸爸將我的手交給哥哥牽著，語重心長地說：我和你媽，都有老去或者三長兩短的一天。妹妹比你小這麼多，長兄如父，你還要替我們帶著她長大的啊！記住這一點。

　　湖畔的夜色漸深，水岸邊的蛙鳴絮叨，濤聲拍打著石堤。我左右牽著父兄的手，蹦蹦跳跳還如一個幸福滿滿的少女。當時，誰也沒想到，這就是這個家最後的一段溫暖時光……

五、

　　也許已經開始惜別，午後就像是被神意拉長。太陽在西邊的海上流連忘返，散亂的雲霞牽扯了它墜落的腳步。談雲和岫各自躺在一架竹床上，斜暉正好打在他們下半身。這是一個半山上的茅棚小店，朝西對著浩蕩的海面，門口立著的牌子寫著「馬殺雞」的泰語英文和漢字。他倆已經享受了完整的泰式按摩，渾身洋溢著椰子油的滑膩和芳香。

　　泰式寬鬆的按摩服，隱約微露一些岫的肌膚在夕陽下泛出光芒。他小眠了一覺，怔怔地看著對面這個魔幻般的女人，有種不知今夕何夕的恍惚。按摩女給他們拿來泰國花茶，安靜地退出去。她也似乎剛醒來，慵懶而迷茫的視線，散漫在遙遠的海上。而那些看似遙遠的歸帆和鳥影，隨波逐流的起伏搖晃，才給了這個寂靜世界以動感，顯出地球還活著。

　　她想起幾十年前的家，那個可以遙看東湖一角的農舍，也曾滿眼都是波光。她打小就愛並敬畏著哥哥，父親多數不在家的日子裡，這個大她十三歲的哥哥，兼職著父愛的責任。她一直有著超人的記憶力，記得哥哥處處讓著她的各種好。那個五月的最後幾天，她時刻纏著哥哥，要他講故事，

輔導各科作業，要他幫她做各種服務，他都前所未有的耐心——今天她似乎才清醒地意識到，這都像是他在跟她做最後的訣別。

那個黃昏，哥哥燒好熱水，在院子裡幫她洗頭。他一杯一杯地盛水淋浴她的頭髮，彷彿是在澆灌一株名貴的花朵。他假模假式地在她頭上抓一點什麼，故意誇張地在她眼前用指甲做掐死的動作，嘴裡還發出砰的聲音，他嘲笑妹妹長了蝨子。她被他氣得咿唔亂叫，他便哈哈大笑，笑聲似乎從天空而來，像是在一片遠離塵囂的仙界。

他為她一遍遍編織髮辮，從抓抓鬆到羊角辮，每照一次鏡子都要把九歲的她氣哭一次。又從麻花辮到婆婆髻，父母歸來都大笑不止。即便是這樣惡作劇，她還是那麼喜歡哥哥在她的頭上耕耘實驗，那頎長的手指撓著她的頭皮，是那麼酥癢和快意。

一家人看著電視，天安門廣場上新立起來的民主女神雕像，聚集著更多的人群。學生的絕食團，不斷有人被拉去醫院急救，這讓父親更加惴惴不安。父親對哥哥說：悲情路線是無法打動執政黨的，他們是只講黨性不談人性的團夥。大饑荒餓死幾千萬人，對他們而言都只是一場共產主義實驗。文革無端打死那麼多無辜者，他們何曾有過一絲惻隱和歉疚？今天這些學生這樣的自傷方式，只可能給他們自己的未來，留下身體的巨大後遺症。

哥哥沉吟道：也是無計可施了。戒嚴令宣布了好些天

了，軍隊還沒有正式入城，也許是他們內部還擺不平吧？

從趙紫陽第一次去廣場看望學生的話語來分析，他已經完全失勢了。你們年輕人千萬不要幻想，以我的經驗來預測，也許這幾天軍隊就會強勢進城。在這個國家，最終還是那些軍頭決定一切。反正你們也停課了，你就在家輔導妹妹吧！暫時不要回校。父親叮囑道。

父母那時每天還是要去他們的函授班工作。六一那天，媽媽給哥哥一些錢，要他帶妹妹去磨山公園玩，也是想讓他迴避街上那些大學生的遊行。媽媽臨出門，似有什麼預感，又轉身叮囑哥哥說：你現在是大人了，你爸最不放心的就是你。妹妹是你一生一世都要保護的孩子，你千萬要記住，這是責任。

媽媽那時也就四十多歲，依舊是那麼乾淨的美。他們兄妹目送著父母各自騎車遠去，背影消失在人流中。哥哥背起雙肩包，裡面放進媽媽準備的茶水和麵包，牽起妹妹的手，出門去搭通往磨山的公汽。她似乎很久沒有和哥哥單獨出行去玩了，九歲的她非要和哥哥擠在同一個座位上。大巴沿著湖畔逶迤前行，她看著車窗像電影膠片一格格閃現出來的風景，不斷好奇地問這是什麼樹啊，那是什麼船啊。哥哥不厭其煩地告訴她，偶爾答不上來的時候，她就揪著哥哥的耳朵訓斥：原來也有你不知道的啊！

磨山不高，但要登頂她還是有些吃力。哥哥只好蹲下，讓她爬上後背，背著她走過最艱難的一段。她摟著哥哥的

頸項，細嗅著那熟悉的汗味。在山頂的亭子裡，他們俯瞰著四周的湖水，海一般無邊無際的遙遠。她問哥哥的大學在哪裡，哥哥指著北方說，北京，妳長大了就會去的地方，我在那邊等妳。

她記得那天的哥哥，帶她去梅苑餐廳午餐時，特別奢侈地為她點了她喜歡的好幾個菜。吃飽喝足，哥哥像爸爸一樣喊她岫兒，心事重重地說：岫兒，下午我們回家，妳好好在家待著。我有急事，還是要回學校去。我就不等爸媽了，他們回來妳幫我告訴他們一聲，就說不要操心我，到暑假時，我再回來看你們。

她嘟著小嘴不答應，說哥哥我捨不得你走，我還要你輔導我作業。她也不知道那天是怎樣的鬼使神差，她忽然信口冒出來一句——我怕我以後見不著哥了。說完她竟然毫無來由地哭了起來，她已經好久沒有這麼任性地慟哭了。

哥哥把她摟在懷裡，拍打著安慰她：我也要回校上課讀書啊！哈哈，妳這是怎麼了。這麼大了還好意思哭鼻子，妳看妳鼻涕都過河了啊！妳再哭，人家還以為我是拐賣孩子的，把我抓走了，妳自己回家吧！

哥哥拿紙巾給她擦乾淨涕泗，帶她輾轉回家。拿好自己的簡單行李，蹲下來難得地親親她的小臉蛋，然後揮手出門。她長這麼大，似乎還是第一次單獨告別親人。忽然有無限哀愁一樣，依門留下兩行清淚。

爸媽擠過滿街的人流回家時，天已擦黑。他們得知哥哥

的不辭而別，看手錶發現武昌南站的火車差不多馬上就要出發。他們無計可施，只能滿懷憂患。媽媽輕聲責備她——妳為什麼讓哥走了啊？她只能委屈地大哭，什麼也說不出來……

此刻在海邊的黃昏，又像是當年那樣的昏黃，斜暉脈脈掩映了離愁的憂傷。往事讓她再一次淚眼迷濛，哥哥的背影彷彿在晚霞中浮現。她克制多年的傷痛，忽然又把她帶回到九歲的時光，淚水串珠撲簌簌簌飄零在襟前。

他們斜靠在按摩床上，談雲起身過去抱著她，輕輕地吻乾她的淚。從櫃子裡取來衣服，給她換上，自己也換好衣服說：回憶總是讓人饑腸轆轆，我們去找美食吧！

六、

妳最喜歡男人身上的什麼品質？談雲放下刀叉，舉起酒杯問。

正直勇敢。這比起豪爽啊正派啊幽默啊等等一切，都要重要。男人來到這個世界，原本就應該是來做勇士的。真正的勇士，一定會為了人間的正義，九死而無悔。岫低語道。

捨生取義，殺身成仁。這是多數人崇敬，卻遠遠無法達

到的境界。談雲給岫盛滿一小碗冬陰功的湯，放到她面前；他想要換一個話題，接著說：妳使用過的最多的單詞是什麼？

沒統計過，也許是善良和邪惡吧！

這是妳對這個世界的基本定義嗎？談雲繼續問。

岫咬著嘴唇說：無數善良的人，被一個邪惡的政體綁架為人質。這是我對這個國家的結論性判斷，這在我九歲那年，就切身體會到這一切。

就在哥哥回京的次日——這是若干年之後，母親才告訴給我的巨大祕密——香港支持大陸學運聯合會，簡稱「港支聯」的組織，派人前來找到了父親。他們那時已經預知政府即將開始血腥鎮壓，因此開始派員到各個重點城市，聯絡那些與各種民運領袖有交往的人，希望能加入他們未來的營救行動。父親接受並承諾了這一絕密而危險的任務，完全沒有時間去顧及自己兒子的安危。當然，他也許認為兒子在他的影響下，不至於有太多問題。

六月四日的中午，父親才從外電確知北京從三號夜晚開始的屠城。他試圖聯繫過兒子的學校，但是電話無人接聽。在那個年代，父母只能如坐針氈地等待兒子的來信。到六月八號，華師的蕭遠老師，他也是父親的老友，前來拜訪父親。他告訴父親，他們的共同朋友，趙紫陽的智囊團成員，也是目前懸賞通緝的第一要犯王軍濤，已經潛逃到武漢。他和父親密議如何保護並護送王軍濤前往香港的計劃，決定先

將王先生安排到父親一個好友的養雞場隱居。

那個六月是那樣的兵荒馬亂，全世界都傳播著北京各種死亡的噩耗，無數人失蹤、逃亡和被捕。父親一邊設法聯繫著港支聯，急需他們派員前來接應和護送；一邊開始為音訊杳無的兒子提心吊膽。到了下旬，哥哥既沒有回家，也沒有來信。母親甚至找到了哥哥某個跑回武漢的同學，那個同學也說沒有哥哥的任何消息。父親只好讓母親去北京，到哥哥的學校去打聽兒子的下落。

母親在哥哥的寢室，找到了那個熟悉的雙肩包，證明他確實回到了學校。但是校方堅決否認，並找出哥哥早已回家的人證。母親承認兒子回過家，但二號早上又返校。校方說沒有任何人見過他返校，軍方和警方以及醫院都沒有他的名字，因此不能認定他在北京。校方追問有誰證明你兒子回到北京，母親只能說是女兒，九歲的女兒。校方說這簡直是玩笑，一個孩子的話，難道比我們一個軍級單位的證明還有效。

母親束手無策，只好拿著哥哥的照片，挨家挨戶去找那些醫院，派出所和公安局打聽，依舊毫無下落。憂心如焚的她，甚至斗膽去了戒嚴指揮部。那裡的軍人聽說哥哥是國防大學的學生，沒有太為難母親。最後一個上校單獨找我母親談話，他只能略帶同情地說妳回去等待，也可能妳的兒子還會回來。眼前，死亡和失蹤，都是難以統計的數字，而且是國家絕密。他如果只是被逮捕或逃亡，那他早晚必將歸來。

母親只能回家，父親心懷僥倖地相信，受過基本軍事訓練的兒子，應該不會橫死。也許他也參與了掩護其他同學或朋友，正在祕密潛逃。他們沒有告訴我關於哥哥的事，從那時開始，我們一家每天都在翹首等待哥哥的消息。最殘酷的是，父母在那時最希望的是——哥哥已經被逮捕，被軍事法庭審判——至少總有個準確的下落和歸期。但奇怪的是，一直沒有軍方和警方上門，他們為等待這樣的叩訪，都忽然一夜白髮。

父親依舊沒有停止他們的祕密救援行動，他平時的低調和在這場運動中一直以來的穩健，使得警方從未懷疑過他的參與。那時，這場後來史稱「黃雀行動」的偉大救援，已經從內地救出了上百人平安抵達香港（註16）。關於我父親參與的這個行動的詳細故事，你可以從海外的很多出版物中去檢索。也許等到某一天到來之時，這將是一部遠比《辛德勒名單》還要偉大的電影。而當時，公安部已經查獲，很多通緝犯是從武漢中轉再南下偷越國境的。

前來接應王軍濤的香港小組在廣東被捕，湖北尤其是武漢，成了公安部圍獵他的重點地區。凡是此前認識王軍濤的人，皆被祕密監控或者突擊提審。他們甚至把早就派駐美國的間諜錢某叫回來，因為他是王軍濤的同學，讓他以專程前來救援王出去的名義釣魚。最終一個姓費的朋友經不起威脅，供出了蕭遠等一圈人……

那個黃昏，我父親已經知道了蕭遠被捕的消息，他知

道馬上就會輪到自己。他跟媽媽平靜地安排後事，抱著我叮囑——也許爸爸要遠行幾年，希望我好好陪護媽媽，等待哥哥放假回來。那時，我依舊還不知道，哥哥竟然會一去無跡。門終於暴烈地叩響，整個小院圍滿了軍警。我在母親的懷裡瑟瑟顫抖，目送著父親被他們押上囚車……

談雲聽見廊外不遠處海浪拍岸之聲，內心早已潮音洶湧。他當然熟悉那些歷史，他當年的辭職、逃亡和被捕入獄，皆與這件大事相關。他知道「黃雀行動」曾經營救出兩百多民運人士到香港的壯舉，而今這些人多數還是海外民運的精英。但他完全沒想到，眼前這個溫婉的女人，他的父親就是其中的無名英雄。更難以想像，他的哥哥竟然就在那一年的北京，莫名其妙地失蹤至今。

在頓失父兄的家裡，那些年，妳和媽媽是怎樣度過的？

我其實很快就從電視和學校的訓話中，知道了北京的所謂「暴亂」。哥哥和父親的消失，一定與這一場運動相關，早熟的我已經大致明白這一點。只是我儘量裝著懵懂無知，不想讓母親再為我分憂。父親的很多朋友，都在默默地關心和幫助我們。父親在服刑兩年多之後，終於再次歸來。從那時開始，他為了尋找我的哥哥，幾乎傾盡了全部心力。

他再去北京的學校打探哥哥的消息時，最詭異的事情發生了——學校矢口否認有我哥哥這個學生，他們翻出學籍檔案作證，說是從未招收這樣一個人。我爸是那種經驗豐富的人，他也拿不出任何證據證明哥哥曾經是這裡的學生，

因為哥哥的錄取通知書，在上學報名的時候已經帶走交給了學校。哥哥沒有在家裡留下任何物證，他那一屆那個班的同學，早已畢業分配到各個部隊，校方不提供任何線索，說這是軍事機密。

爸爸一籌莫展，只能去北京市公安局報案。市局要他留下一個書面材料，回話說沒有任何依據說明此人在北京失蹤，不予立案調查。他又回到家鄉找哥哥的母校和當地教育局，想要索取哥哥曾經被國防大學錄取的證據。哪知道哥哥曾經的學籍檔案都神祕消失，唯一經手的幾個當事人，都說每年學生那麼多，根本記不得這件事。由於那時上學，戶籍都要轉到學校，派出所的戶籍檔案竟然也查不到哥哥的戶籍信息。就這樣，我的哥哥從此在人間蒸發了。由於我家一直在變動狀態，除開我們家人之外，幾乎沒有任何人可以旁證他曾經的存在。

爸爸非常清楚，哥哥一定是遭遇噩運了——甚至是遠比死亡還要兇險的噩運。因為中共也是承認在北京殺人了的，李鵬親口在大會上承認槍殺了二百三十幾名，我父親瞭解到的那些家庭都得到了通知。但是對這些犧牲者的名單，他們絕不公布。至於作為暴徒而被捕判刑的人，最後也都通知了家人。為什麼只有我的哥哥活不見人死不見屍呢？爸爸跟我媽媽說，這其中一定埋藏著關於六四的巨大祕密，甚至涉及到更多無數的無名犧牲者。他們都像我哥哥一樣，在自己的祖國莫名其妙地蒸發了……

岫盡力克制著說完這些，再也忍不住淚如雨下。她不敢正視談雲濕潤的眼睛，扭頭看著左前方的海，雙肩抖動如雨打芭蕉。他無法想像，她瘦弱的身肢裡，包藏著如此沉痛的往事。這肯定是她成長以來，無人可與訴說的內傷。只有在這個孤島，她選擇了他作為她的樹洞，她必須在這個可靠的樹洞裡，傾訴她一生一世的隱祕之痛。

七、

　　黃昏的海有如一望無際的蔚藍錦緞，漸漸沉入水底的夕陽，掙扎著拋灑大把金鱗在波面上。那些點點閃爍的晶瑩，宛若一張哭過的淚臉。

　　他們踏著餘暉走向這一片潟湖海灘時，遠遠就聽見馬達的轟鳴和男女的尖叫。只見幾片五彩的滑翔傘，被快艇拖曳著，迅疾從海灘上升起。傘下掛著的人，被風箏一樣放飛在空中。他們的歡笑和驚叫，誇張地張貼在雲下。

　　岫看見那些在空中飛翔的男女，忽然頓生羨慕。她搖著雲哥的手臂說：我們也去這樣放飛自己吧！我想和你在天上相逢，看看我們離開大地時的樣子。

　　談雲有些疑懼地說：我也沒這樣玩過，但我擔心妳，妳

不會游泳，萬一下降時掉在水裡，我怕妳被海水嗆到。

岫忽然一臉頑皮的樣子，笑道：不怕啦，他們都是要穿上救生衣的。你看他們那些降落的人，都基本能保證落在沙灘或者淺海上。地面上那麼多專門護送飛升和接應下降的小夥，不會有問題的。

妳沒有恐高症嗎？滑翔傘會在空中旋轉，妳不擔心暈眩嗎？談雲說。

我有恐高症，但一想到可以和你比翼齊飛，就覺得不那麼害怕了。我一直也想挑戰自己的，如果連死都不畏懼，我們為什麼要恐懼高度呢？我一定要戰勝自己一次。走吧。

岫的決意讓談雲不再好推脫，只好帶著她去到那些泰國小夥子面前。很快弄清楚，每個人飛一次只要兩百泰銖，可以在空中轉悠十五分鐘。岫用標準的英語告訴那幾個黑漆般的遊戲管家，他們需要兩具傘，一前一後差不多同時起飛。他們想要在空中彼此看見，還要不被傘索糾纏在一起。

泰國小夥們拖來兩具傘，分別牽掛在海水中的兩艘快艇上。他們認真仔細地給岫套上救生衣，再用各種繩具掛鎖把她綁好。談雲不放心，又去檢查了一遍，再接受對自己的捆綁。快艇開始發出呼嘯，小夥子們分頭去把他們身後的傘展開；兩個領跑的老大各自站在他們身邊，對著快艇打了個手勢。快艇開始加速，帶動著他們往海水裡跑，後面的傘葉被空氣鼓脹，牽著他們向空中冉冉升騰。

岫大聲尖叫如突然放假的孩子，她第一次被這樣放飛

在五十米的空中，彷彿自己真的變成了海鷗。她除開在飛機上曾經俯瞰過遙遠的海，這還是第一次在低空鳥瞰這大片的藍。如此豐富的顏色，淺藍深藍靛藍墨綠，沙灘邊沿的浪線如白色的蕾絲裙擺，遠處的深海又如黑色的淵藪。在這樣的視角，可以清晰看見劃著各種弧線的魚群，不明所以地自由穿梭。牠們為什麼會如此整齊劃一，像大型集體舞蹈操典一樣變換著方陣和隊形，一絲不苟並有條不紊。甚至還能看見孤獨的鯊魚，虎視眈眈老謀深算地游曳，陰冷如帝國的密探，隨時等候著出擊。

鹹濕的海風尖利地刮過她的腮幫，長長的睫毛努力為她遮擋著眼珠的酸澀。她聽見呼呼的風在傘葉下鼓動，繩索發出掙扎之聲。地面上海水的喧嘩和人的歡笑皆恍若無聞，遠處的山露出更遠更高的山脊。這個孤島第一次呈現其高深莫測，原來它竟然還有那麼高的海拔，以及那一望無盡的密林。多麼像是侏羅紀公園的外景地啊，也許在它的腹心深處真的還有遠古的生物悄然無息地存在。

這些無邊無際的苦澀鹹腥的水，是萬億年來地球鹽分的流失和匯聚，是億萬年烈日的蒸發和提純，更像是芸芸眾生有史以來的淚水之總和，才使得這汪洋浩瀚的水面分泌出如此憂傷的鏡像。那些依賴海水而低飛的各色羽翼，就是活躍飄舞在這個巨大音箱上的黑白琴鍵。海是牠們的糧倉和溫床，包容了牠們全部的愛慾、生機和繁衍。

她感覺目光剛觸到水皮，日潮便洶湧而來了。彷彿一

萬支箭使他們同時感到衝動，感到被釘死在往事那揉皺的歲月上。這個黃昏，為了這片亙古的海，她似乎終於艱難地認清了創世者的血。可能有個先知預言過這個結局，為了親近水，他們竟等過了那麼久。而此刻又這般輕易地相識於島邊，一道讓目光接受這永恆之流的叩擊。而這一切又暗示什麼呢？島深深地植進海底，他們被孤植在岸邊；註定還要隨潮峰長大和老去，註定還要增生擴血的年輪。

她在虛空中自問——我們還將踏浪而來嗎？除非海枯石崩於今歲，除非眼瞳再也承受不起這日日泛起的初潮。除此之外，她必定還要約他重返這災年中的福地。

想到這裡，她再也止不住腥風逼出的眼淚。她看見他的傘一直追隨著她，他一直在雲下向她揮手。她甚至看見了他性感的口型在蠕動，隱約辨認出他的唇語一直在呢喃，在附耳傾訴如西西里島的情歌。她在驟然地飛升中，身體忽有高潮般的暈眩，小腹一陣墜脹。那幾乎是她在這幾天的狂歡中才有的虛脫感，一種終於擺脫土地的羈絆，擺脫世俗和極權之後才有的放縱和輕鬆。她讓淚水盡興暢流，騰出自己的纖手回應他的召喚，聲嘶力竭地終於喊出來一聲——雲哥，我愛你……

就像末日將至，快艇放慢了腳步。他們像熬過了一個季節的花朵，最終在暮色中緩緩沉降，飄飄然墜落到水岸邊。那些負責任的焦炭般的泰國小夥們，一起用手高捧著她，像迎接一個仙女似的放下她。鬆綁之後，她從未有過如此開心

的笑，放浪地撲進談雲的懷中。她興奮地說：我在空中看清了死，就像是這樣飄然而去。我看見了你會一直在我身邊，我似乎為這一刻等候了很久……

他們像玩累的孩子，駕駛摩托往自己的酒店回去。夜色瀰漫在前方，車燈只能照亮有限的未來。晚風裏挾來海面的潮潤和薄寒，岫主動緊緊地箍住談雲的腰肢，將自己的臉緊貼在他的後背。這個還算寬厚的後背，忽然讓她想起了父親和哥哥，也曾這樣騎車帶著她前行。眼前卻只剩下雲哥，還能讓他短暫地依靠了。

談雲很享受著她的小鳥依人般的緊箍，那雙細手纏繞在他的腰腹間，似有從此被緊鎖的快感。他突然發現後背一陣暖熱之流，意識到是她在無聲的啜泣。他想起剛才在空中時，她像鳥一樣掙脫大地之後那種自由飛翔，那樣的開心和奔放。這個從很小開始就面對各種悲劇的孩子，真不知道她內心埋藏著如此巨大的沉重。他有那麼一刻，擔心她從空中墜落深海，他一閃念便決定，他將毫不猶豫地解開繩扣跳下去，他一定要將她打撈起來，或者同歸於盡。當他隱約聽見她的喊聲——我愛你，他意識到他們這一場密約，完全從豔遇的僥倖走向了靈命的相托了。

八、

　　澳普勞酒店忽然變得清靜了，大堂和酒吧只有很少的幾個客人閑坐。

　　酒店經理看見他倆倦倦歸來，熱情地用英語告訴他們，那個白人團今天已經離開了，酒店空出來很多海景大套房。他說他可以免費為他們升級客房，建議他們搬去那個臨海的套房。他用誇張的手勢比劃說──那個很大的陽臺，直接面朝大海，從那裡下去，可以自由享受沙灘和星光了。

　　談雲看看岫，立即答應說好。經理高興地說，我讓服務生去幫你們搬運行李，希望你們在這裡的最後兩個夜晚，留下永遠的浪漫回憶。他做了一個曖昧的鬼臉，讓岫頓時滿面潮紅。談雲拿起吧臺的餐單，順便點了一支葡萄酒，一個牛油果沙拉，一份檸檬烤魷魚，請經理安排人送到陽臺上。他想要珍惜現在每一寸時光，一點點翻閱岫每一年的成長。

　　很快一切都安排好，經理親自帶著他們走向那一棟臨海的小樓。由於這裡地勢偏低，房屋是挑空架在二樓上的，下面鋪展著各種鮮花和仙人掌。進門先看見開放的小廚房，簡潔漂亮的餐具和廚具，兩個人的餐桌和吧臺。很大的臥室，靠窗安放著一張圓形的水床。從臥室直接步入寬敞的陽臺，左手是幾乎透明的洗浴室；右邊的太陽傘之下，兩個人的桌

椅，已經擺好了談雲點好的酒菜。這是在一個凸出的礁石上建造的小屋，周邊沒有人家，進屋之後幾乎可以在任何角落都裸體活動。

經理介紹完各種設施的使用，便禮貌地退出了。岫高興地將談雲推倒在水床上，自己也匍匐上去。床體中灌滿的水頓時蕩漾起來，他們像是在微風細浪中晃悠。岫起身幫他褪去衣褲，說趕緊先去沖浴白天的勞塵。他直接就裸身去了淋浴房，在那看著夜海沖洗。岫把行李箱打開，把衣服又掛好在衣櫥。他洗好進屋，催她快去。

儘管是絕對安全的浴室，她還是不習慣那種三面透明的空曠。她把各種簾子展開之後，才敢褪去自己的衣衫。沖浴之後，又將自己和他換下的衣服，在臉盆裡手洗乾淨，拿到陽臺上晾曬。在這個高聳的陽臺上，她終於可以穿著寬鬆的睡袍，裡面不著內衣內褲了。

談雲將醒酒器裡面的葡萄酒，給各自的杯子斟上一點。他們並排坐在吊椅上，杯中的微金淡紅應和著前方不遠處的潮線，無聲地晃蕩著。他拿起酒瓶看了一下，就這支酒而言，看來相遇並非總是猝不及防的。能想像幾天前飛奔這片泰東灣的情景麼？此刻藍海拼貼在星空之上，杯底鱗鱗傳來鼠尾花乾玫瑰的香氛。這款來自意大利普麗亞酒莊的作品，正好也出自於一片蔥蘢的地中海邊。嬌柔的酒體，直取森林的植物灌木岩石中的礦物氣息，仿如赤子初生的體香，又有豆蔻年華女子的清新以及恰當的酸度。談雲說：我喜歡它的

純真和餘韻。就像回憶在瓶子裡，人會在酒液的火焰中重返少年。這是這款 San Marzano 桃紅葡萄酒最能相配的夜晚，一片深海依偎一支桃紅，讓我看見妳一點一點的綻放。

雲哥，我在你面前，不像是瓣瓣綻放的桃花，更接近層層剝落的魚鱗。每一片都在疼痛，都是生命逐漸泛白的過程。岫碰了一下談雲的杯子，水晶發出空曠的迴響。她飲乾了第一杯，繼續望著外海說道：這是我想要傾訴的往事，這世界幸虧有你，值得讓我第一次也將是最後一次，把他們說出來。也許只有你，能讓他們的故事不朽。

他們的故事還遠未結束，也註定將永垂不朽。我還想知道妳父親歸來後，妳是怎樣一歲歲成為今天的妳的。

那時我剛上初中，整個中國又在屠夫的南巡之後，進入歌功頌德的狂歡季。這個民族是如此輕易就淡忘了血仇，劊子手眨眼之間就能洗手成為恩公。我的父母都失業了，那時漢口的武勝路，終於有了中國最早的民營圖書批發市場。他們借錢租賃了一個亭子，在那裡開始了最初的書商生涯。

書商的職業決定了父親必須全國奔走，他的能力和能量，很快讓我們家搬進了漢口的新房。我也考進了著名的外語中學，但哥哥的失蹤，依舊是我們全家唯一的痛與牽掛。父親一直在通過各種渠道查訪哥哥的下落，他從對學生運動的理性反對，開始變成這場偉大而殘酷的悲劇的研究者。他祕密地搜集各種官方和民間的資料，想要查清哪些人是真正的兇手，究竟有多少人為此獻身，以及還有多少人因此而至

今失蹤。

他接觸了很多體制內的被清洗者，更多地交往了那些陸續出獄的所謂「黑手和暴徒」，但始終沒有找到哥哥的任何信息。他知道自己的兒子在自己的勸告下，應該沒有太激進地走向前線；然而他從小形成的道義精神和激情，也有可能為救援他人而付出自己的生命。他推算我哥六月二號早晨抵達北京，回校放下行李之後，可能轉身就去了廣場。六月三號晚上十點開始的屠殺，那一刻他究竟在哪裡，發生了什麼，為何當局要完全抹殺他曾經的存在，這成了我父親心頭永遠的疑團。

從初中到高中那六年，父母並未詳細告訴我關於哥哥的事情。我知道那一場鎮壓，多少也能猜出哥哥可能的危險，但我不願讓父母看出我的悲傷。對於哥哥一直未能回家的話題，我們彼此一直諱莫如深。後來我才知道，父親一直給母親強化他的判斷——哥哥一定是因為在軍校知道一些絕密，而被當局一直祕密拘押著。他肯定還在世，早晚總有一天一定會突然找到回家的路。母親正是被這樣的信念支撐，才沒有因絕望而倒下。

1996年之前，多數六四被判刑的英雄皆陸續刑滿釋放。一部分人意志消磨，從此告別革命。但依舊還有一批人耿耿於懷，絕不跟這個邪惡的時代握手言歡。父親在尋找哥哥以及營銷他的圖書的途中，結識了杭州的王有才、吳義龍、毛慶祥、朱虞夫等人，聯繫上神交已久的北京徐文立、查建

國，四川的劉賢斌，長沙的謝長發等兄弟。武漢的老民運秦永敏和夏鐵，也在這前後出獄，前來找到了父親。

這都是那個年代絕不屈服的一代理想主義者，他們開始密謀組黨，要正式成立民間的反對黨組織，以期推進中國的政治體制變革。他們反對且絕不謀劃暴力革命的道路，只是想利用現行憲法書面上給與公民組黨結社的權力，試圖在全國範圍內發起一場申請註冊組黨的運動，倒逼極權政府民主改革。（註17）他們在多次祕密會議之後，達成的基本綱領是──

還政於憲，結束中共一黨政治。
開放黨禁，歸還人民結社自由。
解除報禁，保障人民言論開放。
還產於民，私有財產不得侵犯。
民選政府，各級官員公民直選。
司法獨立，權勢金錢杜絕干預。
軍隊國有，軍人不得介入政治。
土地改革，歸還農民私有耕田。
取消戶籍，公民身分一律平等。
義務教育，中小學生完全免費。
社會福利，男女老少一視同仁。
民族自治，尊重宗教信仰自由。

談雲感歎：這些良善的願望和主義，都是世界各國民主化的基本方向，但是在我們這裡無異於是與虎謀皮。我知道這個轟動世界的世紀大案，在 1998 年前後抓捕判刑了上百人，真沒想到你爸爸又在其中。

很多年之後，我從釋放出來的爸爸的同案朋友那，才知道更多的一些詳情。在最初的密謀中，他們也是有分歧的。一派主張大張旗鼓公開宣稱並註冊，認為這樣是對人民的鼓舞和宣示；即使中共不予批准，那也是對他們不尊重憲法的最好揭露。他們曾經樂觀地認為，這樣的光明正大，即便治罪也不至於太重，但對民間的反對力量是一種勇敢的示範。我父親是少數派，他依舊那麼冷靜地判斷，中共必將重懲這一行動，因為他們更不會允許這樣公開的挑戰。他認為六四已經犧牲了太多覺悟的民眾和青年，眼前再集體性地犧牲這一批各地的領袖，只可能讓民主運動再度流產。

我父親更像是務實派，他主張要在民間發展黨員，還是採取祕密結社的方式。他覺得十多年前王軍濤他們提出的播火種的行為，依舊是長遠且有效的。民主革命絕不可能一蹴而就，更不是宣示一種姿態就能廣泛喚起民心的。對普羅大眾的民心，他甚至一樣有著魯迅式的絕望。但同樣，他願意服從集體的決策，如果大家認為公開宣示去註冊組黨更有力量，那他依舊願意和秦永敏成為湖北的主委，親自去申請註冊。

現在來回憶，我發現那時的父親已經準備了赴死的決

心。他把我託付給武漢大學的一些朋友，他希望我高考就選擇武大，這樣可以更多地陪伴媽媽。他把我們家從圖書批發市場撤出來，處理掉大批的庫存，然後在民主路開了一家小小的學術書店。他讓媽媽掌握了所有的進貨渠道，守好這個書店，足以養活我們母女。

1998年的夏天，正是我在準備高考的日子。那時，美國總統克林頓（臺譯柯林頓）正要來訪華，父親的同仁們決定開始正式去各地民政局申請註冊。當然，各地都備案了，不予登記，但是一時轟動頂層和海外。父親默默地做著這些危險的事，依舊每天儘量陪我複習功課。七月九號高考結束之後，他和我有過一次長談。他說月底克林頓訪華結束之後，他也許就要失去自由很長一段時間。他相信我的成績一定能讀武大，希望我畢業之後，一定要去美國留學。無論家裡發生什麼大事，都不要回來。他說我們這一代既然沒有能力給你們創造一個不再恐懼的國家，那你們就澈底遠離吧！

我那時並不詳知父親究竟做了什麼，只能抱著他的手臂慟哭。他告訴我，他也是很小就失去了父親，一樣可以成長為一個爭氣的人。他說妳從現在開始已經成年，一定要幫我陪護好妳的媽媽，她是真正苦命的人。關於她的成長故事，她以後會自己告訴妳。他還說，哥哥只是失蹤，他的推測是一定還在某種祕密關押中。這個世界早晚會變，妳一定要陪媽媽等待他的歸來。妳和哥哥，是父母生存的唯一信念，千萬要堅守這樣的信念。

那一年的八月底，就在我拿到武大通知書的次日，江澤民終於發話要嚴懲這批民主黨人了。各地立即動手，父親坦然無畏地走向了他們的囚車。他們沒有一個人屈服認罪，堅持他們的訴求。這是這個民族真正求仁得仁的一個英雄群體，每個主要的參與者都以「煽動顛覆國家政權罪」，重判了十年以上徒刑。

　　岫說完這些，彷彿大病初癒一樣虛脫無力。她拿起醒酒器想要自斟一點，桃紅的酒液竟然抖索著灑出一些在茶几的桌布上。談雲接過來幫她倒上，看著白布上的紅點漬痕，像是陳年的血癡，依舊在歲月中泛出刺目的顏色。

九、

　　她醉了，蜷曲在吊椅上，斜靠著椅背睡去。她的眼角還有殘餘的淚光，夜露般晶瑩。他在她克制的敘述中，看見她十八歲開始奔波在他曾經熟悉的珞珈山。在那青春怒放的櫻花大道上，其他女生都在爭豔撒歡的日子裡，她每個週末都要回去幫媽媽看店，每個月中還要陪媽媽去洪山監獄探望父親。

　　書店，大學和監獄，構成了她人生最初的三點一線。這

是命運給她提前規定的路徑，她無法拒絕，只能從這裡開始深刻地認識這個祖國，以及祖輩相傳的厄運。

哀傷的媽媽一絲不亂地打理著她們母女的日子，為了等待丈夫和兒子的歸來，她似乎蓄積了三生的力量。對岫而言，探監成了她每個月的祕密節日，這種私密的歡樂，是她的世界無人可以分享的。那時的洪山監獄，還沒有隔著玻璃牆打電話的探監設備。他們一家的團圓，可以在看守的監視下促膝談心。久而久之，看守覺得他們一家每月像是開讀書會似的，只是分享最新的書籍，漸漸也就懶得貼近監督了。

父親希望她畢業後趕緊出國留學，他說再不能讓妳走失在這個國家。她是那種很早就有主意的孩子，她絕不會在這樣的時刻再離開父母。父親因為從不認罪，毫無減刑的可能，他寵辱不驚地安心要熬過他的十一年。她也想就這樣在國內陪著母親，每個月還能見到父親，某一天甚至還能等到哥哥的歸來。

2005 年，她已經在武大完成了她的碩士學業。再過四年，父親也將滿刑出獄。父親多次勸說她必須去美國留學，讀完博士回來，正好可以父女團聚。最後真正說服她的理由是，也許在海外可以打聽到哥哥的一些下落。她順利地拿到了美國紐約州立大學的獎學金，在那裡將要開始她的博士學業。

行前最後一次探監，她才突然意識到，不到六十歲的父親已經滿頭霜雪了。她從來不肯流露出的哀傷，這一次決

堤奔湧。她有點擔心再也見不到父親了，心中有種莫名的預感，那是一種對家族命運的絕望感，對這個國家和時代的深深恐懼。她無聲地吞淚，拉著父親的手臂緊緊不放。

父親也像是遺囑一般跟她說——岫兒，很抱歉，因為父親的信念和選擇，從你們兄妹出生之後，就沒有完整地陪伴過你們。原本以為我們這一代的犧牲和努力，可以給你們換一個清明美好的國家。但是我們都失敗了，我甚至可以預言，接下來的時代可能更壞。我只能要求妳遠遠離開，古人說的逝將去汝，適彼樂土，這一點希望妳能答應父親，從此爭取不要回來。我希望妳在那邊安居樂業生兒育女，永遠不要讓妳的孩子再成為此國的奴隸。妳是一個女孩，不要碰政治，好好地去做妳的科研，那是真正造福於人類的事業。我對妳哥哥的教育，在某種程度上已經讓我驕傲而又深深懊悔，也許是我害了他。我不許妳再關心這些，這個國家的生死興衰，自有它自己的命數。即便再有怎樣的浩劫和磨難，也是這個民族的共業，活該由每個人來分擔。前人說雪崩之時，沒有一朵雪花是無辜的。我每天面對的這些人和事，更讓我深信末日審判必將來臨。

她的媽媽是那種外柔內剛的典型，幾輩子的苦難埋存在心，卻一直看不出她的悲苦。她為女兒收拾行裝，對那個她完全陌生的遙遠國度，她似乎天然地充滿信任。她希望25歲的女兒該要戀愛了，等博士畢業也許就能帶著外孫回國。她滿心嚮往地說：也許妳爸爸到了含飴弄孫的時候，就再也無

心那些國家大事了。

她問媽媽，妳有過後悔嗎？爸爸的大半生都沒有擺脫牢獄之災。

媽媽無限滿足地感歎：妳不知道我有多麼幸運，能在今生遇見妳爸這樣的好人。等妳當了媽媽之後，我再來慢慢告訴妳，關於妳爸和我的故事……

媽媽在她的箱子內層，存了一張放大的哥哥的照片。那是哥哥考上大學時唯一的一張照片，以前家裡困窘，僅有的幾張都還是孩提時代的，看不出成人後的樣子。媽媽直到在機場時才忍不住哭了，她抽搐著嘴角叮嚀：岫兒，妳哥的照片妳一定要存好，現在只有我們一家，自己知道他的存在。這個冷漠的世界，已經無人可以旁證他曾經來過了。如果在海外，能夠看到關於六四的各種照片和電視，妳留心多看看清楚，看看那裡面有沒有妳的哥哥……

她讀的是紐約州立大學布法羅分校，又叫水牛城大學，就在著名的尼亞加拉大瀑布邊上，河對面就是加拿大。那裡的冬天來得很早，記憶中總是白雪茫茫。獎學金足夠她的簡單生活，然後就是開支她給母親的長途電話。她沒有足夠的錢可以每年回家，只能通過媽媽瞭解父親的消息，並每月傳遞那些問候。

她的專業是那種非常冷門和前沿的學科，多數時間都在實驗室度過。2008年的冬天，她在瀑布邊認識了一個華人移民二代的博士，開始了她的初戀和短暫同居生活。2009年她

提前答辯獲得博士學位，就在她要決定去留之際，第一次參加了當地華人召集的「六四慘案」二十週年紀念會。那個會上播放的一個紀錄片，她在其中看見了哥哥的身影。她不能公開指認這就是她的哥哥，只能掩面慟哭。她找召集人拷貝了幾份這個紀錄片，秘藏在自己的各種行李中。還有三個月父親就要出獄，她決定立即回國，必須當面讓父母看到哥哥的消息。

當她趕回家時，母親再也繃不住，抱著她放聲大哭。原來監獄剛剛派人來通知她，她的丈夫已經肝癌晚期，現正在監獄醫院救治。由於他是特殊罪犯，是否允許保外就醫或者允許家人陪護，還需要報公安部決定。一向堅強的母親，忽然變得衰弱無助了。

這個家，突然就到了該她來頂天立地的時候了。她隱忍著一切悲憤，出面通過武大校友會找到律師和各個相關部門工作的校友。她據理力爭，如果不給父親保外或允許她們母女陪護，她一定要將這一違背基本人道的惡行，通報到全世界的媒體上去。各種力爭之後，唯一批准她們可以去監獄醫院守護。父親必須在九月刑滿之後，才能回家。

父親在病床上已經瘦若枯柴，四年時光沒見，她無法想像父親經歷了怎樣的煎熬。她讀完了父親的醫學報告，也找到了醫學院的教授朋友，非常清楚的結論是已經無法手術，也不能放療和化療。唯有鎮痛的藥物，可以緩解一下她父親的難眠。

她不能告訴母親，父親來日無多了，父親還一如既往地理性和冷靜。她在警察的監護下，推開父親病房門那一刻，看著完全脫型躺臥的父親，她扶著門的手再也支撐不住身體的重量。她雙膝一軟，突然就跪倒在水泥地板上。她低聲叫了一句爸爸，喉嚨就被哽咽住了，無論如何克制，淚水還是滔滔不絕。她明顯感到臉上的肌肉在扭曲撕裂，心臟劇烈的揪疼，一口氣就是無法呼出。那位女警看她臉色蒼白失血，幾乎就要暈厥的樣子，趕緊狠狠地拍打了幾下她的背部。她終於哇的一聲哭了出來，又不想讓父親看見她悲痛欲絕的樣子，只好用牙齒拼命地咬住右手的食指。

　　她跪著膝行到病床前，緊握住父親伸出的一隻手。微微睜開眼睛的父親，微笑著告訴她：我知道自己的宿命，還能活著看見妳學成歸來，我已經非常滿足了。但丁在《神曲》中說：地獄的門前寫著一句話——凡是到此之人，應該放棄一切希望。我其實早就明白，他們是不想我出去的。回想我年輕時第一次走出家鄉國鎮，一個叫段孃孃的修女跟我說，愛是永無止息的，總有一天，你會回來，回到故鄉，回到神的懷抱。現在看來就是我將回到神懷的時候了，我很慶倖在我出走的路上，遇見了妳的媽媽，有了你們這一對兒女，這已經是神的無限眷顧。我的一生努力，都是想用愛來改造這個世道人心；那些美好的仗我已經打過，我也見證了這個時代真正勇敢和高尚的心靈。對於凡人來說，我已經活出了生命的意義。如果還有什麼讓我死不瞑目的話，那就是未能等

到妳哥哥的歸來。

　　監視的獄警看見他們一家三口最後時光的相依為命，內心也有些不忍，挨個都迴避而出門。岫哭著低聲告訴父母：爸爸，我找到哥哥的消息了，他應該還活著。現在全世界的義人們都在尋找他的下落，他總有一天必將出現。

　　生命正在萎縮的父親忽然起身坐起，睜大眼睛抓住她問道：妳哥哥什麼消息，妳從哪裡得知他的消息的？妳確定是他嗎？他在哪裡？

　　她悄悄地拿出手機，給父母打開一段視頻——一隊坦克在長安街野蠻轟隆地行駛，大街上四處無人。忽然一個拎著手袋的青年，衝向狂奔的坦克。他在坦克的正面攔截，坦克也許被他的豪氣和勇敢震懾，也許不願大白天直接就這樣碾壓，只好停下，並一再扭動方向想要規避他的阻攔。他依舊張開大手左右攔截，坦克只好停住，他竟然爬上坦克，想要揭開蓋子和其中的士兵說話。只看見他大聲訓斥著什麼，然後又下來堵住坦克，整整一大隊坦克就這樣被他一個人壓制在長街上。這時，從鏡頭外衝出來兩個便衣者，將他拉扯到道路對面的樹叢中，看得出他們在訓斥他，並東張西望在聯繫其他人。視頻結束時，悲壯的音樂還殘留在空中。

　　父母流淚看完，雖然視頻模糊，多數都是背面，只有最後一個側臉。他們還是緊握著對方說：這就是林兒，就是他，這個背影就足夠認出了。岫兒，這個片子肯定是外國記者拍攝的，他們有他的消息嗎？

她說：哥哥這個視頻傳遍了全世界，他們給他的命名就是——Tank man。但中文圈的網民盛傳這個人叫王維林，但至今沒有王維林這個人的任何家人背景信息和下落。我哥叫吳慰林，我判斷最初一定是某個他的難友，出來後口頭誤傳的名字。然後以訛傳訛，就這樣變成了王維林。如果有王維林這個人，他肯定也有親人朋友，怎麼可能二十年來，依舊沒有人透露他的一點信息呢？

　　是他，是我們的孩子。那背影，那身形，那種寧死不屈的性格，都是他。他還沒有死，至少他沒有死在天安門的屠場上。我無法想像，他們會如何處置他，尤其他也算軍人……父親閉目低聲念叨著，他的老淚第一次從眼縫中汩汩流淌。

　　岫低聲盡力克制的回憶，早已掀起了談雲心底的血潮。他輕輕地安撫著她，讓她在微醺中小眠，自己獨自斟滿了瓶中的殘酒。他太熟悉這個坦克男的畫面了，每年六四，他都要回放這個偉大壯烈的視頻。這是那一場學運最經典最不朽的畫面，也是讓全世界所有的觀者，最肅然起敬最驚心動魄的畫面。是這個男人，還能讓人類高看這個族群。也是這個男人，讓那些列國的獨裁屠夫們望而生畏膽戰心驚。

　　他也背負使命一直在尋訪這個男人的下落，萬萬沒想到，竟然就是她的哥哥。他看著這個噙淚入睡的女人，身心如被凌遲般無法止疼。他也有些薄醉了，風從海上拂過，烜乾了他的殘淚。一顆流星從遙遠的天際而來，閃亮著砸進似

乎不遠處的夜海。天地復歸平靜，彷彿一切悲劇都從未發生，一切的災難都還遠未到來一樣。

第七天　致命託付（二〇二〇年一月二十六日）

一、

最後一天的黎明從陰雨開始。那些不知從何處吹來的雲，在小島的上空聚集，裹挾著海上蒸騰而起的水分，難以抑制地飄零為珠淚。雨滴從茅簷下滑落墜地，以及滴答在各種闊葉和花瓣的聲音，都有著完全不一樣的迴響。

談雲被雨聲驚醒時，朦朧中還有殘醉。怔忪之際，有那麼一刻甚至恍然不知身在何處。直到側身看見那個還在熟睡的女人，小臉上猶有昨夜的餘暈，他才一點點想起，他們間關千里如約而來的幽會，眨眼就到了告別的時分。他靜靜地端詳著這一張已經被他愛上的臉，深陷的眼窩裡似乎還儲存著積年的悲傷。恬然抿住的嘴唇氳氳著酒痕的桃紅，微微翕張的唇縫保留著深吻後的定型。在經歷了那麼多的殘忍往事之後，還有一張如此純淨如嬰兒的臉，這讓他有種撞見沙漠甘泉的迷戀。

他想讓她儘量流連在夢中，自己悄然起床，洗漱完畢，獨坐在陽臺的傘蓬下點燃一根菸。海水就像在他夢中那樣，早潮漫延到了他們的廊下。陽臺外是霧濛濛的灰色天空，密雨在其中編織著濕滑的髮辮。他的視線只能看見近海的波

瀾，那些曾經熟悉的帆影和燈塔，都被雨簾和層雲隔離在昨夜。「昨夜星辰昨夜風，畫樓西畔桂堂東。」他忽然想起古老的詩句，那些身無彩鳳而心有靈犀的絕望和感動，忽然充塞在此刻的心底。

他意識到這就是離別的開始，明天的此刻，他們就將要奔赴在亂離的路上。這個危機四伏的世界，也許再不會給他們重新聚首的機會。那意味著，永別正從現在開始；這個不為世人所知的孤島，這平生僅有的七日之會，此後就像根本不曾存在一樣。只有他的心海，將永恆地矗立著這個島子，是他耿耿於懷的砥柱，會一直在每個夜晚硬挺而疼痛。

他能讓她改變行程嗎？留下來，在這個島上男耕女織，或者像那對俄羅斯男女一樣相依為命？至少躲過這一場病毒之亂，也不是沒有可能。今天是中國農曆新年的正月初三，他打開手機查看昨天的疫情，官方對外公布的新增病例才一千多人，湖北的武漢和黃岡依舊是重災區。港澳臺都有了被傳染者，歐美也都有了新的發現數據。這只是官方的說法，他在微信、微博以及推特和臉書上，看見的卻是哀鴻遍野，死亡的數字一定遠遠高於官方公布的幾十例。全國的口罩已經脫銷，藥店的口罩每一只漲價到30多元。各地都開始了封城封村，許多恰好奔波在路上的旅人，無家可歸，只能在寒風中乞討。

他通過一些視頻，看見了那些病危的感染者，已經輪不到氧氣和呼吸機，只能在病床上艱於呼吸直至窒息而死。他

甚至能聽見他們肺泡的乾澀咕嚕，臉色被憋脹到青紫。還有更多的病人無處送醫，所有的車輛禁行，他們只能拖著死亡的腳步盲目地移動，最後突然跌倒暴斃在風雪中。

　　這究竟是怎樣一種病毒？從何而來，想要怎樣荼毒這個世界？他清晰地記得，去年九月在武漢舉辦世界軍運會時，官方新聞中就提到要在武漢做預防新冠病毒的演練。難道那時他們就知道有這種劇毒了嗎？是無意洩露還是有意釋放？他想到這一點頓時不寒而慄。直到此刻，整個世界還拿不出一個準確治療這種病毒的藥方，唯一可以緩解的辦法只是輸氧，依靠自身的免疫力來爭奪一線生機。而這狡猾的病毒，卻像是沿著設計好的路線，悄無聲息地攻城略地，一路迅疾地將要占領整個世界。

　　比起他曾經的九死一生，這一次的危機更讓他預感到生離死別的抵近。原本他一個人無牽無掛的自由飄蕩，對生死存亡的隨遇而安心態，卻因為這意外的相約而打破。就像此刻那被雨絲切割的天空，亂雲飛縱，忽然就有了沉沉欲墜的凌亂。兵荒馬亂的相逢之狂歡，更加重了眼前不得不各奔歧路的內傷。命途究竟是否可以改變呢？命若懸絲，一念生死，他忽然也有了那些病毒患者的窒息感。儘管從前兩天的態度中，他已經知道她要隻身歸去的決絕。但他還是想要在這最後一天，努力牽絆住她的行足。實在不行，那他也寧可跟她一起回去，一起去面對今生存歿的考驗。

　　他很早開始就算是一個世界主義者，從浩渺的宇宙視角

來看，地球確實也就是個小小村落而已。祖國、民族這些催情的大詞，在他心中往往只是一個冷笑。在這一點上，他算是認同馬克思的。馬克思說——無產階級沒有國界。他在他的祖國，可謂一個澈底的無產者。沒有一寸土地，沒有家庭和產業，現在甚至淪落到失去職業。文化意義上的祖國早已淪陷為一個黨國，而整個所謂炎黃子孫，早已淪落為這個紅色帝國的奴工。在他去意已決時，是從未想過再次踏進那一塊被詛咒的土地的。他情願埋骨他鄉，從此澈底忘懷曾經的愛戀和迫害。但是今天，這個女人的出現，她的奇特身世和祕密，她未來的方向和歸宿，都驟然成了他無法剪斷的懸望。也許為了她，他不得不與子攜手，共赴地獄。

這才是迷茫的海，無邊的灰色，天地與山水都攪合成同一個色調，陽臺上獨坐的他，像是這個世界的孤兒。所有的浩渺、蒼茫、無涯、浩瀚，在此際彙集而呈現的只是他的迷惘。這個世界再也回不到從前的秩序和樣子了，一切都將被打亂，重建是遙遙無期的。他深刻而絕望地意識到，從此開始，每一個明天都是動亂不安和未知的。死神將要隨機選擇帶走哪些生命，病毒將要如何攻佔每一個孤島，這都已經超越了人所可以預計和預防的範圍。人類似乎只能坐以待斃，只能目瞪口呆地看著那個紅色惡魔，一點點吞噬原本不錯的人世間。

雲哥，雲哥。他聽見後面室內傳來岫的輕輕叫喚，起身進去看見她慵懶地依偎在枕頭上。他看見她的笑意略帶一

點羞慚，鬆開的領口下，乳溝間蕩漾著微瀾。她向他伸出雙手，做出一個要抱抱的樣子。他壞壞地笑著撲上去，斜靠著床頭將她緊摟在懷裡。

我昨晚是不是有點喝多了啊？她問。

他說沒有吧，還好啦，妳睡得很香啊！多麼希望妳一直這樣熟睡。

我最後的記憶好像是我哭了，一直在對著大海哭，好像是夜海給了我水量。後來我就不記得了，我是怎樣回到床上的啊？她喃喃低語道。

嗯，妳說了很多，累了睏了，是我把妳抱進房的。妳微醺的樣子特別乖，妳在夢囈中呢喃，不許我走，妳說妳不許把我放逐到夜海上，妳抱緊我絕不鬆手。他輕拍著她的背，一點點告訴她。

很久沒這麼哭了，哎，也許是壓抑太久了。我都講到哪裡了？她側臉看著他問。

講到妳告訴父母，關於哥哥的下落。

岫突然翻身俯臥在他的小腹上一動不動，他能感到她呼吸的暖流，直接升溫在他的丹田上。他伸手進她的睡衣，在她背上輕輕地撫摸，以平息她的悲傷。可憐的孩子，有著如此傑出的父兄，在希望和絕望的交互絞殺中頑強地活著。似乎人間所有的愛情，都配不上她的高潔和孤絕。他一時真的不知道，該如何來面對明天的抉擇。

二、

　　你經歷過太多的生離死別，你對死亡這件事視若無睹，彷彿你尋常的酒局上有人提前退席。你見慣不驚於死神的悄然去來，祂龐大的黑翼即便遮蔽眼前萬物，令所有苟且偷生的人戰戰兢兢，你依然是無動於衷的。我讀過你所有的能找到的文字，即便在最撕心裂肺的死亡面前，你的敘述都是克制和冷靜的。你像一棵不朽的老樹，屹立在村口目送了一代又一代人遠去。你只是在記錄他們短暫生命的愛與掙扎，他們被惡世和邪靈欺侮踐踏的苦命。你無法挽救更無力拯救任何人，你和我們一樣對所有人的厄運束手無策。你的憤怒被你根深蒂固的絕望所掩蔽，絕望是比死亡更讓你害怕和煩心的事物；你對死的超然，是因為你被絕望所糾纏，這種毫無前景的國族，早已讓你生無可戀。

　　我從你身上看見了父親對生死的超脫和坦蕩。在那最後的時光裡，他比我們更清楚他的生命正在一寸一寸消逝。我和母親輪流守候著他，親眼看著他像即將虹化的高僧一樣，一點一點地萎縮如一個嬰孩。透過他的薄脆的皮膚，我能清晰地看見那微細的血脈在他的枯骨上將停未停地蠕動。他開始氣若遊絲，根雕一般的五官慢慢團聚，目光卻更加深邃尖利，在黑夜中泛出殘雪似的寒光。

監獄醫院濃縮著這個世界的剪影——看似人道的救治中，又隱含著太多的陰謀、算計、迫害和殘忍。絕大多數病患都被不銹鋼的銬子緊鎖在病床的鐵欄上，呻吟呼叫喊冤以及憤怒的咒罵不絕於耳。我曾在走廊上，親眼看見一個拖著鐵鐐的犯人，乘人不備，一頭撞向玻璃窗欄，決絕地跳下一層樓梯。他腦漿四濺在牆道和扶欄上，血水沿著樓梯滴答如漫長的雨季。只有病情危重的犯人才會拖到這裡就醫，事實上這就像是一個地獄的入口，大家在此列隊點名，只有很少的人還能活著出去。

父親是即將滿刑的囚徒，他耗盡全部的生命力，只想熬到和我們回家。哪怕只有一天的自由，他也至少可以卸掉那些監控的眼睛，最後長眠在我母親的懷裡。在最深的疼痛中，他從不呻吟，頂多皺眉一瞬，然後又恢復他恬淡的微笑。在這樣寵辱皆忘的笑容中，他斷續如詩句一般的呢喃，輕輕地對我傾訴——

癌症隔著一個甲子才傳來死訊，這已經比童年的饑餓，少年的溺斃，青春的牢獄，甚至比逃亡比審判比死刑的可能消息，還要來得晚些。死神就像是最先進的內窺鏡，用一串數字和幾個鏡頭，就給人扣動了響指。這是多麼溫柔的提示啊！你聽見有什麼東西已經上膛，聽見暗夜的腳步，聽見樓梯間傳來恍若接頭暗號的乾笑……

相比起那些真正飲彈的男女，喋血於長街的孩子，還有猝死的醉亡的車禍的，死於一場莫名其妙鬥毆的生命，我忽

然覺得多麼幸運——我們一家竟然還有足夠多的時間來準備死亡，甚至我還能參與設計自己的葬禮。

每個人最終都將抵達的驛站，前仆後繼的人緊追慢趕的肉身，我的死訊顯得是多麼榮耀——我從容的赴死為自己贏得了休閒的時間，駐足瞭望那幕天席地黑暗的盡頭，我相信在天堂之上一定還會帶給我什麼驚喜。

在這個惡世，每個人原本可能胎死腹中，節育於血泊裡，又或者在饑餓的鍋底，父死孩烹為白骨。活到今天的人更像是一個意外，你竟然逃出了太多人的命數。思考這些必經的往事時，才忽然感謝人生是如此拖延的死啊！我像逃學的孩子欣聞延長的假期結束了。

妳不必打量指尖碎裂的時光至今餘幾，剩下的每一天都是我們一家在塵世的因緣俱足……我深信，我將遠去；而妳的哥哥，必將歸來。所有的義人必將被後世表彰，而所有的邪惡也終將收穫他的報應。

在沒有獄警監視的時候，父親會讓我一遍一遍地給他回放哥哥的視頻。他看見自己養大的兒子，在毅然走向坦克屠場時，是那樣果決無畏。一個肉身足以讓整個一列鋼鐵殺器畏葸不前，這是怎樣的大勇和力量啊！他似乎看見自己的血勇完整地被兒子繼承，就像一個農夫看見豐收的稻田所油然而生的欣喜。只有一次，我坐在他床邊的矮凳上，俯首在他的腿骨上疲憊地小憩時，我被他的抽搐驚醒。我看見我父親的老淚，從深陷的眼眶中撲簌簌地冒出。他有些不好意思地

拍著我說：我有你們這對兒女，真的多麼幸福和驕傲啊！

　　父親請求我原諒，他沒有把更多的時間留給我們家人，卻奉獻給了他心中的理想。他說是你們的媽媽支撐了這個家，你媽媽原本是故鄉小鎮上一個柔弱似水的女子，一個命運奇特苦寒的女人。我還沒有足夠的時間來愛她疼她，卻讓她從一開始就奔波在各種探監的路上。這個國家，犯屬對絕大多數人而言是奇恥大辱。妳媽媽卻矢志不渝地要認領這樣的荊冠，為我耗盡了她的紅顏。這個家，以後得靠妳頂著了，妳需要像照顧孩子一樣保護好妳的媽……

　　還有最後五天就是滿刑的日子，父親被骨縫中的疼痛折磨得難以合眼，冷血的警方依舊不同意提前放還他回家。獄醫以最大的人道方式努力，為他爭取了注射嗎啡止痛的權利，但這也只能暫時緩解一點父親的折磨。看著母親每天為他擠車奔忙送飯餵食的辛勞，父親的求生意志終於崩塌，看得出來他決定放棄這樣辛苦的活著了。在他拒絕進食的最後三天，我清晰地幾乎窺見他的每一個器官正在漸次衰竭，只有大腦還清醒地活著。看著我們母女，他多數時候已經無言相對，偶爾會自言自語地說：求仁得仁，我也算不負此生了，唯一愧對的是妳們。他的歎息是斷續的，微弱如蚊吟。趁母親不在的時候，他對我囑託——總有一天，妳媽媽會隨我而去。記住，無論發生什麼，妳一定要努力活下去，一定要等到妳的哥哥歸來。否則，他某天回來時，連一個親人都沒有了，四顧無人，他還怎麼活得下去啊……

最後一個夜晚，我和母親都隨侍在床前。母親血紅腫脹的眼睛，掩飾不了她在背後無數次的偷泣。她已經從我父親逐漸黯淡的慘白眼睛中，看見了最後一刻的臨近。她幾乎是跪在床邊拿著父親的手撫摸，似乎想要繼續推進那些血脈的湧動。她一生一世也難得地獨白說：群恩，在國鎮，你是我緊鄰的哥哥，是唯一能上高中的孩子。我從未想過在我逃難的異鄉，還能遇見你，還能被你呵護一生。我要等到林兒歸來，再去追陪你，你要原諒我……

　　父親身體中最後的水分化為一串淚珠，他已經無法握住我母親的手了。他的聲音如夢囈一般低沉遲疑，眼珠轉向我母親時都是那麼費力。但他的微笑卻是那麼青春，彷彿回到了古鎮老街坊的舊時光。他似乎再次看見了鄰家小妹，幫她母親縫補時的恬淡身影。他如釋重負地低語：岸茵，我等不到這個黎明了，幫我守護好兩個孩子，他們一定會見到天亮的。

　　這是他在這個惡世的最後言語，之後就開始陷入彌留時光。我拉著父親枯瘦的手腕，指尖連接著他的脈搏。就像枯雨時節的溪流，他的血管只剩下斷續的滴答。彷彿一個老人拖著沉重的步伐，正朝著遠山緩步而去。時而駐足，時而又艱難地邁出幾步。他的呼吸已經若有若無，眼睛緊閉如熟睡的嬰兒，指頭偶爾還在我的掌心跳動一下，像個捉迷藏的孩子。

　　我們母女圍坐在邊上一聲不響，生怕驚醒他的深睡。

我從未想到死亡原來是如此的親近，竟然就可以在我的手上發生。也未想到死亡原來可以這樣安詳，沒有驚恐也沒有仇恨。那時，窗外透出熹微的暗白，高牆外的民居，黑瓦白牆被鍍上宗教的灰色。一聲雁唳奇異地發生，蒼涼的聲音迴響在城市上空。彷彿它是來接引父親升天的，我的手指明顯地感覺到父親的脈動正在抽離出去，一步一步地縹緲消散在那個早晨⋯⋯

三、

海上的雨，像從舊時代綿延吹來，有著悼別之淚的鹹腥。只有在孤島上，雨是成霧狀的，一團一團濃淡各異，隨著迷路的風毫無目的地席捲而來，又飄瀟而去。近在咫尺的泰國灣，水天一色，都被氤氳成一片灰白。原本各種起舞飛揚的鳥群，此刻都銷聲匿跡了。

談雲坐在寬大陽臺的傘下，看著對面岬的裙袖，時不時被風所鼓吹，亂髮遮掩著她滿眼的雨痕。此情此景，他再次想起昨天清晨的夢，有那麼一刻，他暗中希望海嘯真的再次爆發；就讓那遮天蔽日的濁浪澈底掩埋這個世界吧！讓眼前這個女人，成為他最後的歸途。

服務生送來的午餐已經變涼了，薯條開始潮潤。他拈起一根蘸上奶油咀嚼著，他在思考如何才能挽留下這個來去匆匆的女人。雖然直線的航程不過四個小時，而那個他們出發的城市，此際正像地獄一般兇險。事實上她已經無法直接回到那個嚴密封閉的省會，他知道她預訂了曼谷飛長沙的航班。她明天大早就要從這個度假村乘車到碼頭，乘船到陸地，再坐車到達叻機場，從那裡飛到曼谷，再轉飛長沙。從長沙再怎樣突破重圍回到武漢，那是他此刻無法想像的難題。她信心滿滿地說：車到山前自有路，總是會有辦法的。

　　她說這句話的時候，最後抿緊的唇撇起了一絲沉靜的微笑。看得出來，她是那種從大江大河趟過來的人，內心對萬事萬物都有自己的主意，很難有人能夠改變她的步伐。從她大膽地約會一個陌生男人，預先安排好這趟美麗的行程，他就足以知道她有著怎樣的主見。但他仍然如一條垂死掙扎的魚一般，囁嚅著低語：妳非得現在就回去嗎？那座危城，接下來還不知道有著怎樣的兇險。

　　必須回去，因為我媽媽還在那裡。

　　這是一個他無法反駁的理由，他已經從前面的敘述中知道了那個母親的艱難平生。在這樣的時刻，她們母女的相依為命，顯然要遠比他們在一起的相濡以沫更為重要。他非常清楚，人生最大的痛苦莫過於選擇，而最淺薄的困苦僅僅只是你別無選擇。他頓時失語，想起古代那個叫做楊朱的人，面臨分岔的路口獨自悲泣的故事。因為楊朱深知，每一條

道路都通向一種迥異的命運，而人生沒有試錯的機會，只有一種選擇的結局在百年後等著你的悔悟或者慶倖。他和她此刻都站在了這樣的路口，挽臂還是揮手，一個簡單的動作背後，埋藏的可能卻是生與死的抉擇。這個病毒是一個無形的殺手，目前還看不出來人類是否最終有能力控制它的肆虐。萬一她回去之後遭遇不測，他如何來檢討今日的輕別？

他問：媽媽現在是什麼情況？她一個人被封在樓裡，生活咋辦？

我每天都有通話，武漢的封城，採取的幾乎是監獄式管理。每一個小區都封閉，每一個樓棟和單元，也都嚴格限制進出了。他們甚至將一些人的房門從外面釘上，有病也完全無法得到救治。生活必須品由物業公司從街道居委會申請配給，加價賣給住戶。不少感染病毒的人死在家中，殯儀館再統一派車前來收屍。家人不能前往送別，骨灰暫時存放。因為我出發前已經預感到今天這樣的困境，我為她儲備了足夠多的食材和必需品。但是這樣的管理還將持續多久，這是我現在無法預計的。現在武漢是許進不許出，所以我必須趁現在回去。

這樣的理由，我確實沒法勸說。妳應該知道，我一再想要表達的挽留，不僅僅是基於這七天來我已經萌生的愛。這種愛，相比起妳的母愛，妳父親對妳的囑託，妳該有的對母親的責任來說，都是膚淺的。但妳的身世，讓我意識到，妳就是這個國家的孤兒，是這幾十年惡政最真實殘酷的人證。

妳就像是傳說中某個武林大俠的一脈骨血，這個世界的一切義人都該要來保護妳的平安。這次的相逢對我而言就是一個意外，我完全沒有想到一場綺麗夢幻的約會，最後卻變成如此沉重撕心的考驗。我生怕我一鬆手，妳就會掉進深淵。我第一次看不清未來，看不到這個世界還會獲救。如果我在餘生中再也找不到妳，那剩下的歲月究竟還有什麼意義？如果我無力挽留妳，我希望妳同意我陪妳一起回去，好嗎？

談雲說這些話時，聲帶忽然有些哽咽。他喝了一口桌上的椰汁，強行把湧上的傷感又壓制下去。他有些猩紅的目光盯著妯，期待她來決定。

她抬眼看著他久久不能言語，她相信他此刻的表達是對愛的確認。在進行這一次冒險的預約之時，她當然預感過會有肌膚之親的發生——出於來自網絡的瞭解和好感，出於對他基本人格的信任，她都深知自己可能很難拒絕他的誘惑。但這樣如鵲橋之會的短暫相處，究竟將多大程度地陷入生死之戀，這是她行前並無預期的事情。她是成年人，唯一經歷過的男歡女愛，在回國時的淡然話別中並未體會到疼痛。但此刻，她像是第一次真正對愛有了切膚的認識；她似乎開始發現有一萬隻蟲子，正從她的毛孔鑽進心室，她有一種病入膏肓的難受。

但她非常理性地清楚意識到此行，她並非來赴一場災年的盛宴。彼此從肉身到心靈的愛慾被這樣喚醒，對她而言，是多少有些奢侈的意外。她發現自己也不可抑制地開始愛上

他，這個有著複雜經歷的老男人，他的正直和勇敢，他的堅定和良善，他的談吐和氣質，甚至他的油滑和色情，無疑都是她少女時代就已奠定的愛慾夢想。在這個輕薄的時代，靈肉之愛是如此珍稀，這樣的遭逢跡近傳奇，她一樣也難以割捨。但是她深知，自己涉險而來原本是為了更為重要的託付，而不是為了愛情而與之同歸於盡。

她有點不敢對應他的逼視，只能轉眼看著傘外的雨幕低語道：雲哥，我體會到了你的愛，那也是我自己被燃燒之後，從你那裡反射回來的體溫。我也意識到，在我成長的路上，任何時候你的出現都將是一場我的劫難，我永遠是在劫難逃的那一朵你足下的花草。萬幸的是我們在今天才邂逅相逢，在我成熟得最好的時候，我才懂得——愛的真諦不是為了牽手赴死，而是要讓對方替自己去更好地活。

他沿著嘰嘰喳喳的鳥語，注意到欄外的一棵柚樹上，有兩隻鳥在闊葉下彼此梳理著沾雨的羽毛。牠們的聒噪像一對日久生厭的夫妻，彼此饒舌著陰晴不定的天氣，但仍舊要整理對方日漸破舊的衣飾。這其實就是生活，也是千載以下歷久彌新的愛情。他曾經很討厭這樣的庸常，為什麼此際卻心生嚮往了呢？難道改變一個人大半生形成的生活觀，僅僅只需要遇見你內心設計好的那個幻影？

雨水看似正在消減，天邊初露的一縷藍色，隱約將要渲染到他們的頭頂。她的嘴角泛起一絲微笑，其中又有那麼一點苦澀的影子。她開始逐漸堅定地說：我之所以約你前來，

正是為了讓你留下。至少在黑雲散盡之前，要你暫時忘懷那個被邪靈控制的祖國。我不是為了要帶你回去而來的，那種攜手還家的世俗歡樂，至少暫時還不屬於我們。這個世界，你是第一個知道我家祕密的外人，我還有更多的事情將要託付給你。接下來的時代或許將無窮無盡地險象環生，我和母親都沒有把握還能等到哥哥的下落。我不能讓我父兄的故事湮沒無聞，不能讓他們消失得無影無蹤。你是這個時代少有的具有公信力的知識分子，只有你才能銘記他們的故事，並最終將之傳揚世界。我們要讓後世知道，在這個普遍被奴畜的國家，曾經還是有過那麼一批孤勇者，他們一直在捨身求法乃至殺身成仁。

傘蓬傳下的滴答聲一點點變弱，像一座年久失修的鐘錶，時間開始鬆弛了腳步。岫的每一句話都讓他驚心，他開始理解她的來意，並意識到所托的沉重。這些年來，他一直在網上呼籲民間修史，一直呼朋引類讓更多人踐行這一理念，並發掘出太多黑暗遮蔽的歷史。但是，「坦克男」卻是三十年來最大的祕案，至今沒有人知道這個人類英雄的前世今生。那個視頻所記錄的悲壯畫面，真實地揪痛天下義人的神經。面對整個世界的質問，中共卻至今置若罔聞，執意要將這個鮮活的生命，完全抹殺在時間之流裡，讓他彷彿從未經過這個惡世。

他看著她勇毅的樣子，低語道：我會記錄妳說的這一切，也一定會讓他們傳頌世界，並被巨碑銘刻。但這並不妨

礙我和妳一起回去，一起去看護妳的媽媽。在那個危機重重的城市，多一個幫手總是一件好事。我實在放不下妳，也無法阻攔妳，唯一可以讓自己心安的事情，只能是陪妳共度這一場劫難。

她搖頭苦笑道：塞林格（臺譯沙林傑）曾經說過——只有幼稚的人，會為了某個信念去死。真正成熟的人，反而要為了一個信念去忍辱負重地活。 (註18) 我給你的囑託還遠遠沒完，你對我最大的愛，莫過於把它視為是一種信念，我要你替我去保守並完成。

我守著妳，一樣可以完成我的記錄，甚至更好。談雲還想堅持地說。

岫嚴肅地看著他，輕言細語說：不討論這個話題了，你必須留下，這是我專程找你來的唯一原因。你可能還樂觀地認為這一次疫情，就像是一場大型流感會很快過去。我以我的專業知識正告你，你以及此刻整個世界，都低估了這個病毒的破壞性和毀滅性。也許人類是和平得太久了，他們已經基本淡忘了二戰的教訓，他們不相信惡魔的存在，隨時都可能顛覆每個人的歲月靜好。接下來你將很快看見，各國都將封閉邊境，人們再也難得自由旅行了。更重要的是，只要你回去，你將再也難以出境。失去自由，你也無法完成我接下來的囑託。古人說相濡以沫，莫若相忘於江湖；因為相濡以沫只是短暫的溫暖，最終只是同歸於盡。這不是我要的結局，這樣俗情的愛，只會辜負我們對時代的共同期許和責

任。

　　妳可以緩過這一段最危險的封城階段再回去嗎？

　　她低頭沉吟，半晌有些疲憊地低語：你不知道，我的媽媽一直還被他們嚴密監控著，我必須回去守護著她。

　　一陣風吹來，幾瓣殘花墜落到腳前，談雲忽然感到一陣寒噤。海上的雲開雲合，彷彿這個撲朔迷離的時代，他真的有些不可預知了。

四、

　　午後的陽光開始從雲縫中篩落下來，一束一束的像眾神的視線，分散著溫潤的暖意。各種鳥雀穿梭在驟雨初歇的晴光中，恢復了牠們驚喜般的聒噪。服務生過來收拾房間和餐桌，他們留下小費，決定出門去走走。這是在狗孤島的最後一個下午，談雲在想，明早離開之後，也許一生再也回不到這裡了。島依舊佇立在海心，雲樹還將如此蔥蘢，潮起潮落註定要顛覆他們在此留下的一切腳印。剩下的只是他，真正地像野狗一樣無盡的孤獨。

　　我們去灘塗上走走吧！再也難得來了。他挽著她，有些頹喪地提議道。

你會想念這兒嗎？你要是留下來，我們也許還有機會故地重遊。當然，如果我再也回不來了，我希望你還能邀請別的人再來。那至少表示，我和這個島，還種在你心裡。

她說這個話時，臉上有點促狹的笑意。他有些笑不起來，回身捧著她的雙頰，深深地吮吸了她的唇一口。她用手背擦了一下嘟起的嘴，嘀咕道：這幾天我都感到像滇金絲猴一樣，嘴唇都被你弄得腫大翻紅了。哎，世界上有無數個美麗的小島，就像還有無數個美善的女人，都值得你去逗留。雲哥，也許時間將最終淹沒關於這裡的一切回憶。

她捋了一下飄飛的亂髮，忽然也有了臨別的傷感。他們穿過一片椰樹林時，一顆熟透的椰子忽然被風刮下，滾落在他們前方。她嚇了一跳，他寬慰地笑道：妳不知道吧！椰子都是長眼睛的，從來沒有出現過墜落的椰子砸傷路人的事件。萬物有靈，都像是神意的安排。此刻，這裡的一草一木都讓我舊情復萌一樣的眷戀。佛經說浮屠不三宿桑下，意思是說即便是一棵樹，你在它下面睡了三天都會動情動念。而我們這樣的七天七夜，足夠上帝締造一個世界了。

這樣的好時光，對我而言也算奢侈。我越來越相信人的宿命，我們家族的女人彷彿都被這樣一根無形的命運之繩索捆綁著，註定我們一生都將被愛情所折磨。岫苦笑說道。

他們已經走到海灘的潮線邊上，那些吐著白沫的海水像頑皮的小狗，一會退得遠遠，很快又撲來舔舐他們的腳跟。岫的一隻拖鞋被浪花捲走，談雲追著退潮去把它撿回。他

說：我想追溯她們更多的故事。

　　我的外婆是民國一個鄉村私塾先生的女兒，她在國民政府已經開始敗退的時候，卻瘋狂地愛上了一個國軍軍官。他們可憐的溫暖時光不足兩年，就像在山河巨變的間隙裡苟且偷情。在生育了我的媽媽之後，外祖父不得不將外婆母女託付給國鎮的一個男人，自己隨軍去了臺灣。他原本計劃光復故地之後的團圓夢，卻最終化為泡影。那個受託的國軍烈屬，也就是我名義上的外祖父，在我母親很小時就被冤屈致死。外婆一生都在隱祕等待那個一去不歸的愛人，她為她短暫的愛情熬乾了她的全部生命。直到八〇年代得知外祖父的死訊之後，外婆才心碎而逝。

　　這世間太多類似的悲劇，妳外婆和媽媽能夠熬過來也真是不易。他感歎道。

　　我媽媽是小鎮上忍氣吞聲長大的美女，偏偏在她年華最好時，愛上了一個被發配到山裡來的右派老師。那時已經是文革前夜，他們的相愛低調而隱祕，只想在亂世中跪求一分賤民的平靜生活。但是文革爆發，組織上不批准他們的結婚申請，媽媽固執地將自己的初夜獻給了她的愛，也就是我哥哥的父親，那個叫葉老師的人。葉老師很快就被紅衛兵打死，我媽媽帶著還在腹中的哥哥，不得不避難逃到萬縣的親戚家。我的父親在那個碼頭重逢了她，這才有了後來的那些故事。她和我父親真正在一起的日子同樣是短暫的，她一直為了這份恩愛奔走在探監的路上，然後在中年，又永久地失

去了他。

岫儘量平淡地講述，讓眼角的水珠在風中洇乾，但是嘴角還是忍不住在顫動。談雲用右手去摟住她的肩膀，像是安撫一個楚楚可憐的孩子。她也伸出左手挽住他的腰，用右手撥開被風凌亂遮眼的髮梢，繼續克制地說：眼前我也快到中年了，我真的不是為了託付終身才來約你的。我熟讀過你的所有文字，我能判斷你就是我父兄一般的人物；為了實證，我才想要見你，想要確認你就是世界上那個足以讓我信託的人。

他有些忐忑地問：我沒有讓妳失望吧？

這個，你應該是能感覺到的，嘿嘿。她說：我知道你是個浪子，從未奢望過你一定要像我父親那樣終其一生的愛。身體的交付是簡單的，喜歡和相悅便已足夠，只當是在劫難逃的命定。但心與心喚起的交響以及愛慾，確實讓我自感心驚肉跳。這是此行的意外，是我在此刻才意識到，有可能我母系的血緣，決定了我也會那樣為愛而孤注一擲。我彷彿聽見宿命的巨鐘又在黃昏敲響，空中那些驅之不散的鷗影，就像是我家三代女人的劫緣。世間的兒女之愛，既成全我們又將毀滅我們。甚至連帶你，也將被這樣的夙世火焰所焚盡……

岫，如果說最瘋張的愛一場，就是毀滅的前奏，那也是我自願的。就像妳的意外一樣，對我而言則像是生命歷險後的驚喜。最初我只是抱著好奇而來，枯寂的異域漂泊，不免

也會幻想某種萍水相逢的豔遇。我曾經以為最好的可能，就是陪妳度過幾天泰式的「羅馬假日」；之後雖然也會有惆悵和懷念，但更多的是輕鬆的暖意。但現在看來，遇見妳和沒有遇見妳，對人生來說，完全是兩種截然不同的命運。我完全沒有想到，小小的妳為我打開的是一個國史祕檔，裡面儲存著幾代中國人的淚痕血癤。這都是我想要記錄和傳揚的，否則這個民族的全部苦難和抗爭，都會被這個紅色帝國抹殺得一乾二淨。

談雲的聲音有些激越起來，他想起若干年來，對他們這一批自由作家的迫害和打壓——封禁他們的著作，嚴禁出版和發表，剝奪工作的權利，甚至不許參與民間的講座和遊學活動，還有不少的人以「尋釁滋事」和「煽動顛覆」的罪名被捕下獄，判刑流放。所有的歷史被官方改寫，謊言掩蓋了他們的全部罪惡，越來越多的愚氓和小粉紅成為新的法西斯道路的擁躉。他一直不願屈從於這樣的恐怖社會，只好選擇了自我流放。但這不是為了怯懦的逃避，他一直想要書寫和發聲，想要讓世界知道——在這個盛裝包裹的帝國背後，遮蔽了太多血腥。

她完全理解他的憋屈和激憤，如果說過去十年來對他的網絡追隨，還只是一種仰慕、敬重和天然的信任；那麼這幾天的靈肉相悅，她確實被喚醒了從未體驗過的那種刻骨之愛。這和她曾經經歷過的被追求、暗戀甚至瀟灑的同居都不太一樣，這幾天的相聚，她忽然想起一個畫面——就像是

兩個遍體鱗傷的人，相依為命地擁抱在一起，之後傷口結痂癒合，但他們的血肉卻長在了一起，再也難以分開。想到馬上就要開始的囑託和分別，她忽然感到了某種皮開肉綻的撕裂之疼。她挽著他腰的手，痙攣一般地顫抖，摳進了他的腹肌。

她喃喃自語：相比起你的存在，我忽然覺得那些崇高的使命，我都該放棄了。我們為什麼不能只為自己活呢？這個連上帝都會放棄的族群，值得去徒勞地拯救嗎？我開始有點後悔，不該來約你，或者說不該來告訴你這些。我們只是輕輕鬆鬆地豔遇也很好啊，哪怕是那種露水姻緣一拍兩散，也足夠溫暖我們半生。我真的不想再說什麼了，剩下來的時間已經不多，遠遠不夠我來精心地愛你。我們回去吧，我們可以一遍遍做愛，直到黑夜籠罩，直到啟明星升起，直到分別開始⋯⋯

她夢囈一般的譫語，讓她眼神渙散，脖頸微紅。他再一次轉身直面她的眼睛，斬釘截鐵地說：親愛的，妳再三提及的託付，我知道一定還有更重要的事情。接下來，妳必須告訴我。

五、

隔著時間巨大的斷層，我依舊清晰如對鏡，依然怵目心驚於那驟然蒼老的額頭一般，突兀在和平歲月中的某年。就像是洪荒時代長河改道之缺口，一望無際皸裂的崖岸。在秋風落葉間片片崩潰的祈禱，被千萬雙手所掩埋，仍然茁生出沉痛的火焰。那一年，集全部不詳的意象，在永難改順的史書上嶄現。

一段無法跨越的地溝，全部翅膀重新年輕的一閃。十二個月被剪斷為兩個世紀，漫長的準備，命定的受創，遠東絕非最後一次的愚蠢蒙難。從那時開始，讖緯學家秉燭而書──

跨世紀的日蝕，必將成為史無前例的奇觀。

就這樣曙光擱淺，群鴉裏挾永不復現的寒夜而來，大地痙攣，於血肉橫飛的噩夢中，無數人浪跡街頭，尋找失去的器官。就像大群大群墜毀的風箏，被流火所曝曬，被履帶掀起的蟬翼的渴望布滿街頭。一些再也無人認領的房屋，在那夜大張如沒有聲音的喉嚨。琉璃瓦一片一片地震落，由艱難歲月醃熟的皮膚，這些成長的最後象徵被揭去，大地只剩下最險惡的胴體一覽無餘。那些風鈴最後的轟鳴顫然而去，一如幼稚的心突變為爛熟的果實，無風而隕，亂滾而成失重的

人頭。

河水凝重，無冰板結，世紀的傷口自此而為鴻溝，猶如不瞑之眸永難彌合。若干年之後我似乎依舊看見，一夜之間，水之皮膚剝蝕，蒼老的湖床裸露，風吹不皺；陽光如血雨，空氣氾濫著一種腥味。絕倫的屠殺總是在最美麗的早晨開始……

滿身殺器的野戰軍像大群大群的食魚鷗翔集，充血之眸嚇人如火。那些面孔如此年輕，他們也曾單純如一幅水彩。而此刻，震天殺聲如瘋子的浪笑，嗜殺亦可使之成為習慣，被淤血染上永難腿色的漆黑。而那些年輕人——眾魚之魚，曾經被水所嬌寵的一代，天地間最完美的造物。當獵殺者的天空也降落在頭頂時，最善良的願望像被剝走的衣服，詩一般的軀體在劫難逃。

自由相愛的歲月隨水而逝，卵化之初即被定刑的死，在整個成長的年代都不被確認。迷醉於溫和的世界表像，而突然要直面這種宿命時，驚愕失措，難以置信的嘴大張如臨難者不瞑的眼睛，所有的抗議都變為無聲的哀樂。為紀念死者而佇立的豐碑，那一刻變為全部生命唯一的高地。被集體驅趕向死，一條由惶恐到從容的結局旅行，他們漂亮地扭動如舞。青春的鱗衣在泥沙磨礪下如火如荼，如熬過漫長苦難的聖徒，在望見神的目光時，唇邊升起的最後一抹微笑。

整整幾代人都註定沖不出那些鐵堤，我們都是涸轍之鮒。曾經依賴賜予的水而生存，也必將以失去水而被謀殺。

確難想像悲烈的國歌，在那時竟作為喪鐘敲響；而最缺少攻擊性的柔弱之群，卻要作為犧牲被奉上祭壇。在毀滅的早上，血染的太陽依舊升起；這叫著什麼，誰能夠回答？那些無辜的亡靈啊，一切美好都已失去。因死亡驟臨而突然成熟的一群，留下的遺囑只是把純白的軀體翻向天空，向一切存在者質詢。倖存的人只有把苦難和恥辱的符號，公布在渺不可知的未來曙光之下⋯⋯

那時，你在哪裡？岫聽完他沉重的獨白，望著談雲小心翼翼地問道。

我是逃生者的一員。在那之後每一天的苟活，都讓我愧對那些逝者。

你無愧，你一直還在堅持，你的寫作就是還債。

不，西哲說，奧斯維辛之後，寫詩都是可恥的。 (註19)我們一生都難以迴避這一場屠殺。

你知道他們究竟殺了多少無辜者嗎？

這是這個國家最大的祕密。他們官方承認的只有二百一十八人，而且絕對不公布名單。我只能說肯定不止於此，我知道一些死亡和失蹤根本沒有登記在冊，但是也沒有足夠的依據來進行最終的指控。談雲低頭歎息。

岫領首平靜地說：對於極權主義的屠伯來說，他們永遠不會坦承他們的血債；他們隨時準備洗白自己的髒手，轉眼化身為人民的救星。

獨裁者都一樣。他接著說：在阿根廷，從1976年開始，

軍人獨裁統治者魏地拉政府（臺譯魏德拉），同樣以「國家安全」的名義，祕密綁架謀殺了大約3萬名反對者。1977年五月，一群女人出現在首都布宜諾斯艾利斯的五月廣場上。她們來自不同階層的家庭，但都有一個孩子「被失蹤」。她們開始環繞五月廣場堅持每週遊行，呼喚讓我們的孩子活著回家。軍政府甚至再次綁架並暗殺了「五月廣場母親運動」的創始者等幾位女人，但這些母親誓不妥協，一直在追尋真相。1983年，獨裁政權覆滅，民選政府終於開始對那些屠伯進行末日審判。

眼睛又開始有些濕潤的岫，起身去打開臥室對著陽臺的門，讓海風吹進來。她說：沒想到十幾年以後，中國也會開始「天安門母親運動」，而我的媽媽竟然就在其中。

他急切地問：我知道這個群體，她們都是「六四」死難者的母親或妻子，要求中共政權重新調查「六四」事件，公布死難者名單和人數，向每一位死者家屬依法給予賠償，追究大屠殺責任者刑責。那妳媽媽應該和丁子霖她們都是好友吧？

是的，父親去世後，為了打聽我哥哥的下落，我媽媽在北京的尋訪中結識了丁阿姨她們。那已經是千禧年的冬天，這群失去孩子和丈夫的女人，比十二月黨人的妻子們還要絕望。她們看見那場慘劇之後十年，整個社會的每個角落到處瀰漫著的晦暗、冷漠、絕望和墮落，沒有公平正義，沒有誠信廉恥，沒有敬畏懺悔，沒有寬容和責任，更沒有同情和

愛……她們抱團取暖，要求死難者家屬有權公開悼念在六四事件中遇難的親人，要求停止迫害六四事件的傷殘者和死難者家屬；要求釋放所有因八九民運被捕一直在押的政治犯，要求公開六四真相，追究事件責任。但這一切，最終帶來的卻是對她們更多的管控和迫害。

丁子霖是人民大學的教授，我知道她十七歲的高中生兒子，就在復外大街（註20）的長花壇後被射殺。她確實是一個偉大的母親，一直在追尋真相和追究罪責。他感歎。

你可能不瞭解的是，這群母親的偉大行動；她們不只是聚會祭奠和行文呼籲，她們一直在默默調查死難者的名單。2004 年三月，丁阿姨與失去了十九歲兒子的張先玲、失去了丈夫的黃金平同時被拘捕，當局指控她們「參與了外國勢力支持的非法活動」。後來在國內外的聲援之下雖然獲得釋放，但直到今天整個群體都受到嚴密監視。

調查全部死難者人數和名單，這確實是非常艱難且十分危險的事。讓一群女士衝在了最前列，這真是我們整個中國男人的羞恥。談雲雙手抱頭歎息。

是的，非常艱難。「天安門母親運動」的宗旨是說出真相，拒絕遺忘，尋求正義，呼喚良知。但是僅僅索求真相的第一步，關於死難者人數，便讓她們付出了太多。曾經中國紅十字會在 1989 年六月四日發布的消息，就死了兩千七百人，傷三萬人，這還只是統計到四日早上北京一批醫院的死亡數字。另外還有被打死後沒有送到醫院直接處理的，還有

從四日到九日被打死和被戒嚴部隊抓去刑訊打死的，所以死亡人數是一個巨大的黑幕。岫恨恨地說。

我非常清楚，還有很多像妳哥哥一樣的失蹤者，至今沒有任何下落。

天安門母親運動的核心成員已經有幾十人，但要在十幾億中國人中去尋找死亡和失蹤的六四英雄，無異於是大海撈針。我的媽媽她們被分為若干小組，各自負責一些大學和省分，根據那一代參與者提供的零星線索，分別去打聽尋訪。你要知道，這些年各地拆遷，地名都變換了，又不能找警方提供戶籍信息，可想而知她們有多麼艱難。

談雲說：很多人的視線多集中在北京的各個大學，其實，我瞭解到的一些情況，更多的死亡者是北京市民，以及外地趕來北京的那些學生和參與者。

她說是這樣的，北京還有很多體制內的幹部家庭也有失蹤者，他們被警告，不得公開，為了自己和家人的前途，也只能沉默。更多邊遠地方的死難和失蹤者家庭，三十年來被監控和壓制，已經淡忘了他們失去的孩子。即便被尋訪到，有的人也出於恐懼而不敢承認。這就是我們的國人，我聽媽媽講到這些悲涼的故事，內心更加絕望。

她們知道妳媽媽就是「坦克男」的母親嗎？他問。

我媽媽沒有說，只說了哥哥的名字和學校的情況，因為沒有旁證，她不願讓人們以為她冒充。她還擔心哥哥萬一還活著，這個消息一旦走漏，當局會澈底抹殺他的存在。現在

我們母女之外，只有你知道這個祕密。

我明白，妳要託付給我的就是這個？談雲神色凝重地說。

不，我要給你的是，截止到現在為止，她們所查詢到的死難者和失蹤者的名單。這是很多家庭在眼前還需要保密的事情，等到未來的那天，這個名單將是審判的鐵證。

妳從什麼時候開始想到，要把如此巨大的祕密和罪證託付給我？為什麼是我而不是別人？妳不擔心我這樣一個詩酒猖狂的人，辜負如此聖潔的使命嗎？甚至不擔心你們遭到背叛和出賣嗎？談雲逼視著岫的眼睛，忽然神色冷峻地發問。

雲哥，你在我面前就不要再裝了。岫神祕苦笑了一下，同樣緊盯著他的眼睛，毫不躲閃地接著說：你完全不知道，我用了漫長的時光，在研讀和瞭解你的一切。在這個網絡時代，你是更加透明的一個人，甚至像你故鄉那個山洞中的透明魚一樣，我一眼就能看清你的五臟六腑。你不要忘了，八年前你和你的同仁們發起的「送飯黨」運動──為中國的政治犯家屬募捐送飯──這在海外早有詳盡的報導。

慚愧，那個更像是一場行為藝術，很快就被打壓取締了，雖然我們發動了很多人，也確實救助了不少「良心犯」的家人孩子。可惜，難以為繼。談雲撇嘴歎息道。

你還有更重要的使命，難道真需要一直對我都保密嗎？你如果至此對我都還信不過，那我確實該要考慮是否所托非人了。岫有點譏刺地擠兌道。

談雲頓時有點臉紅，略顯局促不安地說：不不不，我對妳沒有任何掩藏的必要，我只是想知道，妳究竟對我有多少瞭解，乃至於才有如此深厚的信任。因為畢竟七天七夜，妳交給我的卻是千百個家庭的隱祕和命運，我可能有點……忐忑吧。

那我告訴你吧，我可能比這個國家的特工還要瞭解你。前幾年，我曾經從美國去荷蘭參加過一個國際學術會議。在那裡，因為我哥哥的原因，我專程去拜訪過「大赦國際」在阿姆斯特丹的荷蘭總部，順便還去看過你文章中曾經寫到的「安妮之家」（註21）——很多年前，你曾經被邀請去那裡寫作生活過……

是的，那是荷蘭國家文學基金會邀請的。妳竟然也去了這些地方？談雲笑道。

我以前完全沒有想到，這是世界上最大的一個「NGO」組織，上千萬人在為之工作，在七十幾個國家設有分會。我當然更沒有想到，你也在為其服務……在你謔浪風塵的外表之下，你一直深藏著你純潔勇敢的另一面。你不要以為我是輕浮前來約你度假的，所有的信任是基於各種深入的瞭解之後，我才決定來當面看看，你究竟是不是傳說中那個肝膽相照的男子。

談雲有點正色地問道：妳怎麼知道我服務其中？

呵呵，你不用擔心，大赦國際有嚴密的隱私保護。我怎麼知道的，你們文科男一般無法理解。我說完了我為什麼只

能託付你，現在你告訴我，你還願意從此受命嗎？

六、

　　雨後的黃昏薄雲散盡，天空嶄露出青瓷般的光芒。太陽在西海的天際線上懸浮，被水汽薰蒸的暖紅，像一個傳說中的飛碟一樣虛幻。

　　獨自到陽臺抽菸的談雲，目不轉睛地看著即將墜海的落日，怔怔地陷入迷茫。最美的夕陽往往是最殘酷的時光警示，是屢試不爽的讖謠，預言著世間萬事萬物的一去不返。古老的中國人曾經幻想「揮戈反日」，那是無數代人的夸父之夢，也是無數代人的永恆惆悵。狗孤島上的最後一輪紅日，此刻彷彿暫時被他釘死在天上，似乎一動不動冷嘲著他的無力。他深知，這一次沉沒之後，明天再見到的，已經不再是今日的歡顏。明天的此刻，人各西東，也許從此再也難得重溫這幾天的悲欣。

　　遠處的海面上，五彩的三角翼劃破他的視線，那是隔壁度假村的帆板愛好者在乘風破浪。多麼像一群年輕的翅膀啊，無憂無慮地任性飛翔在他們的青春裡。他忽然意識到自己開始老邁，這個下午之後，他或將整體老去，老得再也無

法自由穿梭在這樣的潮浪中了。

看完那些犧牲者的名單和詳細的家庭資料，從此將懷揣著這個偉大的祕密，等待那末日法庭的最後審判——他頓覺沉重和不安。這是一百多個天安門母親，長達三十年的危險努力，才一點一點搜集到的珍貴信息。雖然可以肯定仍舊不是完整的名錄，但幾百個從未露面的亡靈和失蹤者的姓名和家世，第一次列隊映入他的眼中，還是讓他雷擊般渾身顫慄。這是那個時代整個民族的真正脊樑啊，就這樣被殘酷地摧毀為煙塵；很多人連骨灰都無處尋覓，這個血沃的土地至今還虧欠他們一片巍峨的碑林。

這些逝者多數都算是他的同代人，他們的慷慨赴死，相對於自己的苟且偷生，令他第一次強烈地感覺到愧疚和自責——我們這些苟活的人，是否真正地繼承過當年廣場的遺志，可曾為這些先行者做過什麼？他想起很多年前讀過的韓瀚的詩：她把帶血的頭顱，放在生命的天平上，讓所有的苟活者，都失去了——重量……（註22）多麼簡單的兩句話，在這個黃昏海灘，讓他心靈如被鞭笞，隱隱地滲出陳年的積血。

許多年來，他為自己的不改初衷而自覺安慰，他已經算是這個邪惡時代的孤耿之士，始終堅持著批判的寫作和言說，絕不跟那些屠伯和幫凶握手言和。但是這又能怎樣呢？本質上是一種基於恐懼的潔身自好，頂多算是魏晉竹林人物式的不合作和憤世嫉俗。相比起那些捨身求法的先驅，終

究還是中國人特有的怯懦。看看這些失去丈夫和孩子的女人們，這才是一群偉大的母親。她們默默韌性地行動，不斷有人含恨離世，又不斷有新的覺醒的母親接棒參與，這才是這個民族殘存的自我救贖和希望啊。

他在岬的身上，開始看見她父兄和母親的影子，他第一次感覺到自卑起來。這是一個奇特的家庭，他們幾輩人的堅守，兩代人的抗爭，濃縮了整個中國半個世紀以來的殘酷和憤怒。到此刻，他才真正意識到她發起的這一次邀約的隱祕意義，意識到從此肩負的責任；他的心開始沉重起來，並為自己初始的輕浮豔想而偷偷臉紅。

岬從室內端著兩杯沖好的熱咖啡，影子一樣地飄了出來。她輕輕地放在茶几上，推到他面前低語說：他們房間配的泰國小種咖啡，還蠻香的，我沒有給你放糖，你以後也要少吃糖。

他慚愧一笑說：好吧，一直還沒問妳，妳是學醫的嗎？

說出來怕嚇著你，呵呵。她坐下品味了一口咖啡，看著越來越貼近海面的夕陽，輕聲問：你還記得我們母校有個最小的系嗎？過去也是全國高校唯一的一個專業。

他斜望著天空回憶，腦海中浮現當年全校運動會的入場式，只有在那個時候，他們才會看出哪些是大系，哪些是學生最少的小系。一支一支打著系名旗子的隊伍在音樂聲中開拔出來，整齊莊嚴，掌聲雷動。每次中間出來的一支隊伍，總要引起一陣喧嘩和笑聲——因為他們往往只有七、八個

人，紅旗上大書白色的字「病毒系」。大家都依稀記得，在櫻花大道的盡頭，一處小房子掛著病毒系的牌子。但只有開運動會，人們才知道竟然還會有如此學生稀少的一個奇特專業。

他笑道：原來妳就是病毒之一啊，哈哈。那時你們系一出場，儘管只有幾個人，但每個人都像趾高氣揚的小公雞，透著驕傲和不屑。因為你們是國家重點專業，有種格外的神祕。

我原本報考的是生物系，被調整到這個專業的。很多人望而生畏，所以我們在學校時，是很孤獨的。

那妳到美國之後，修的是什麼專業啊？

應該算是同一類吧，我繼續攻讀的是細胞和分子生物工程。妯淡淡地說。

喔，這個完全是我陌生的領域，我只知道分子生物學是這個時代最前沿的科學，你們是不是已經掌握了上帝造人的密碼啊？他有點調侃地問。

那倒不敢這麼說，只是越研究這些，越感到人的宿命——彷彿所有的命運都是DNA提前決定了的，除開現世的意外事故之外。

也就是說，你們通過對一個人遺傳基因的分析，就能解讀一個人大致的智愚貧富與壽夭。

呵呵，可以這樣理解吧。基因源自於人的父母和家族，智商、情商甚至財商，乃至疾病，多數都是先天帶來的。

三商都高且還健康的人，命運一定會好於不如他的人。但一個這樣好基因的人，出生在什麼時代和社會，將有怎樣的際遇，這些後天的因素也會改變他本應幸福的人生。比如你，就是這樣命運的一個坺本。

哈哈，我不算，或者說恰好相反，我依舊是宿命的坺本。因為性格也基本源自遺傳，而性格又必將改變命運。比如面對同樣的社會和時代，多數人隨遇而安，且安之若素，而只有我這類人會和妳父親一樣，不甘為奴而要勃然憤怒，那我們的選擇也必將決定我們在此世的安危禍福。究其根源，也算是所謂天註定的結局。談雲悻悻地說。

他們品呷著咖啡，推遲著最後的晚餐，似乎都想努力延長著此日的時間。牆外樹枝上的一朵黃色的大花，忽然被風吹到了他們面前的茶几上，發出沉悶的墜落之聲，像是某個跳樓人留給這個世界的最後迴響。岫拿起那朵花，在手心把玩，彷彿要撫平其創傷。她略有些傷感地說：就像這花一樣，它出生在怎樣的根莖之上，自己是無從選擇的。這個樹種的屬性，決定了它含苞盛開和飄零枯萎的大致季候和顏色。但是此刻的墜落又像是隨機的，比如今天的雨水讓它不堪承重，此刻的某一縷風偶然撕裂了花蒂與枝幹的連接。它註定要零落為泥，但並不註定要飄落在我們的面前——這樣的必然和偶然，是眼前任何科學都無法說透的。

她說完這些話，目光散落在遠海上，漫延著一種迷惘和傷感。初現的暮色昏黃之中夾雜著淡藍和青紫，像是她眼神

的投影。他凝視著深淵一般神祕的她，心想這個遠比他年輕的女孩，卻像是歷盡了遠遠超出她年齡的滄桑。她甚至比他更像一座礦山，埋藏著無數遠古的化石；每一塊被鑿開，都放射出冰種翡翠的寒光。

難怪妳對這一次疫情，有著強烈的危機感，原來妳就是專家啊！談雲感歎。

至少我遠比大眾更清楚它的來歷和危險。這場災難早晚都會降臨，它現在的提前爆發，才促使我想要早日見到你。我不知道我和媽媽是否還能僥倖逃過這一劫難，我實在沒有可以信託的人了。你是唯一讓我還沒見面，就已經先天信任的人。她扭頭看著他的眼睛說。

真的有那麼危險嗎？以前的薩斯病毒（SARS），不是也很快就過去了嗎？我的直覺是我們都會經受考驗和磨難，但我們終將熬過這一切。

呵呵，你這是典型的文科男的思維。這樣吧！我來為你預言一些事情，在明天之後的若干日子裡，你將逐一看見它的兌現。她苦澀的笑語，眼中盡顯悲涼。

他知道她不是虛言的人，凝重地看著她，一時失語。

七、

揭開第四印的時候，我聽見第四個活物說，你來。

見有一匹慘白的馬。騎在馬上的，名字叫作死。

陰府也隨著他。有權柄賜給他們，可以用刀劍，饑荒，瘟疫，野獸，殺害地上四分之一的人……

以上不是詩句，是來自於《聖經》的啟示錄。

你一定熟悉這個「四騎士」的畫面，那白色的奔馬，那猙獰的死神在馬背上邪惡地笑。

罪惡的人在這個世上造各種孽，他們也必將收穫最殘酷的報應。我很早就隱約看見了這一天的到來，只是沒想到會應驗到庚子歲這樣一個自古而然的災年。今天是 2020 年一月二十六日，他們公開報告的確診病例才四千多例，累計死亡還不到百人。現有四萬多人正在接受醫學觀察，港澳臺加起來才二十多例，境外只有十一個國家的三十多人確診。

我直覺認定這不是真實的數據，僅僅是我逃離的城市，都應該不止於這一點感染。你還記得三天前香港大學的病毒學家管軼教授，從武漢逃離後接受財新專訪時說的話嗎？他指出這就是一場戰爭，而且是熱核級別的戰爭。他似乎第一次感到了驚嚇和恐慌，從未見過如此精緻而詭異的病毒，遠

勝於當年的薩斯病毒百倍。

他甚至直接質問——當地政府有關部門為何急於抹去病毒發源地的證據，使得專家無法尋找樣本進行化驗研究，更難以找到根源對症研發解藥。是他第一個提出了封城的建議，他判斷如果沒有國境的區隔，這個「武漢肺炎」病毒很可能馬上成為第一種全球大爆發的疾病！他說他第一次當逃兵，驚魂未定地逃回了香港。我感到他受到的驚嚇，絕不僅僅來自於病毒。因為真正的病毒學家，都巴不得有機會近距離接觸和研究這樣的案例，為人類找到真正的解藥。這正是一個科學家可能彪炳歷史的時刻，他怎麼會選擇落荒而逃呢？

管軼先生還有很多的話欲言又止，我相信他和我一樣，窺見了這個病毒一些核心的祕密，和極其恐怖的未來。他所不敢言說的部分，我也只能在這個黃昏說給你聽。你是這個世界的見證者，也許上天造你，就是讓你來記錄你所處時代的罪與罰的。此刻，你所能感到的災難，和我所預感的浩劫絕不一致。一個文學家的想像力更多地來自於歷史的經驗，來自於列祖列宗的神話傳說和你盡可能放大的虛構。

但接下來你要知道，你此刻面對的已經不再是那個在母校操場上幼稚而趾高氣揚的小學妹，不再是你的懷中羞澀求憐的那個天降情人。我是從最基礎到最尖端的病毒專業嚴格訓練出來的學子，你可以在《柳葉刀》雜誌上不止一次地搜索到我的名字 (註23)。我可以輕易地用一棵樹來畫出這個病

毒此後的傳播圖，它不是來自於想像，而是來自於我們專業森嚴的邏輯和推理。我馬上開始的預言，絕不是危言聳聽的噩耗；你要用心來銘記，並將在接下來的日子裡，一件一件地印證我的實誠和遠見。

前幾天你憑藉你一個自由作家的直覺，對法國廣播電臺否定了病毒源於食用蝙蝠的傳言，你已經讓我刮目相看。但我現在要儘量用通俗的語言預告你的是，關於這個病毒來自於中國西南某個神祕岩洞的蝙蝠這一說法，有可能在很長的時間裡成為一種暫時的定論。因為人們既不能證實也無法證偽，他們也基本拿不出這樣一個宿主，來證明這個病毒有史以來的存在，更無法解釋它藉由什麼介媒而跨界傳染上人類。我注意到已經有幾個國內的良知專家，經由在國際學術期刊發表論文的方式，向世界公布了這個病毒的分子式，也有一些科學家發現了這個病毒有可能人為修改的蛛絲馬跡。如果在自然界的萬物中，再也找不到這個病毒的樣本，那麼關於病毒溯源的事，將有可能成為此後人類歷史的最大懸案和祕密。

到此刻，幾乎還很少有人知道，為什麼這次病毒會在武漢爆發。上一次薩斯病毒爆發在廣州，專家順藤摸瓜很快鎖定了果子狸，因此及時阻絕了病毒的擴散。這一次，我推測不久將有一個坐落於江夏的 P4 實驗室進入人們的視線。連你這個湖北佬都從未知曉的這個神祕所在，是國家唯一的最高等級生物安全實驗室，具備開展高致病性病原微生物實驗

活動的資格，是國家特許研究包括埃博拉（臺譯伊波拉）、尼巴病毒（臺譯亨尼巴）等在內的四級病原實驗活動的隱祕場所和技術平臺。所謂 P4，是根據傳染病的傳染性和危害性，以及生物安全環境的不同，國際上將其分為四個等級的最高級。這個建築和設備，都是與法國的合作產物，我們自身的科技水平還完全不足以建成這樣一個高危的平臺。

能夠獲准進入這個實驗室進行研究的，整個中國不會超過八個人。簡單地說，裡面的空氣和呼吸都是一個嚴密的自循環系統，完全與外面的世界隔絕。在其中工作的多是我的師兄妹，我可以肯定，很快就有一兩個人即將名揚世界，成為這場病毒風暴的一個熱議焦點，你到時也會熟知他們的名字。我曾經被美國一個資助冠狀病毒研究的基金會推薦，有可能進入其中工作。只是因為嚴格的家庭政審原因，我被中國政府排斥在外。此刻我可以向你預告，很大的可能，在最近將有軍方派出的生化戰專家，前來接管這個實驗室。我相信他們會公開報導，用以安定坐立不安的民心。

我可以斷言，整個中國各地，都將馬上進入封城封村狀態，所有的經濟和社交活動都將以戒嚴的方式叫停；這個時間大約需要兩到三個月，其間很多地方的醫療系統將因病毒擠兌而崩潰，很多其他危重病患將因得不到及時救治而死亡。而這個病毒本身，全人類幾乎在很長時間內都還找不到完全對症的解藥。無數人將因肺功能喪失而窒息，只有依靠自己的免疫力強大才能倖存。

現在所有的國際航班仍未叫停，攜帶病毒的隱性患者正在飛往世界各地。我基本可以推算，到今年三月開始，除開少數幾個很少與外界聯繫的島國，整個人類都將遭遇這一場噩運。那時每天的感染者將不計其數，全球因此而喪命的人，三年之內有可能超過一次世界大戰。

　　然後在相當長一段時間內，各國將要封閉邊境，國際旅行基本都會停止，許多航空公司不得不面臨倒閉。很多依賴旅遊資源和產業的國家，將會大面積地失業，經濟陷入極度的蕭條和困頓。就像我們眼前這個島，在未來若干年內，島民或將恢復捕魚為生。

　　在我看來，這不像是一場偶發的事件。你應該還記得，去年十月在武漢舉辦的世界軍運會期間，武漢竟然就進行過一次新冠病毒預防演習，這在當時的新聞裡還能查到。而我所在的一家生物製藥公司，更早的時候就在開始研發針對這個病毒的疫苗。按世衛組織的標準，病毒疫苗一般需要經過一年的臨床試驗，才能決定是否可以大面積推廣。接下來你會看見，中國可能很快推出它的疫苗，並變相強制全體國民注射。它甚至還會免費贈送給那些窮國，以提高自己的影響力。

　　歐美各發達國家都會迅疾開始疫苗研發，未來一年後，也許將有四、五種疫苗投放市場，並展開殘酷的競爭。但以我的專業觀點來看，每一種疫苗都有可能解決不了根本問題。病毒一定會在某些國家形成新的變異，這些變異的病毒

還將繼續傳播，並逃過疫苗的防備。甚至會有大量的人群，會掀起反對和抵制疫苗的爭論和運動。

　　整個世界將因此分裂為兩派，一派主張政府對社會防疫進行強力干預，以各種限制方式強制國民注射疫苗。其極端模式就是中國模式，以全民安全的理由犧牲個體人權和自由。這種模式短時間內會對病毒防控很有效，但依舊會被各種變異病毒的倒灌而弄得防不勝防。整個經濟和社會都將被這種動輒全民動員的方式搞得疲憊不堪，最終導致崩潰。而另外一派則會主張停止疫苗干預，讓人類通過染疫的方式獲得全體免疫力。這是社會達爾文主義的現實殘酷選擇，讓病毒淘汰生命，適者生存，從此讓人類與病毒共存。

　　我們會比較悲哀地看見，這一派可能成為多數國家的被動選擇。病毒比人類更早來到這個地球，我們並不一定能戰勝它。就像艾滋病毒（臺譯愛滋病毒），至今依舊沒有疫苗。就像病毒性流感，每年依舊還要奪走很多的生命。這個病毒的危險性在於它的傳染性強且潛伏期長，在醫療資源薄弱的國家，我們有可能階段性地看見成群結隊的死亡，醫療系統無計可施無藥可醫而陷入崩潰。它看上去像是一場有計劃的屠殺，主要針對的是六十歲以上的老者。

　　最後我想說的是——訣別的時代已經開始。我能預見到的是這場浩劫的各種可怕前景，但我卻無法預見到它的結束時間和方式。我甚至無法斷定，它是否會引發第三次世界大戰。不管是上帝還是魔鬼製造了它，它的出現一定有它內在

的邏輯和使命。我深信它會帶來人間的各種苦難，甚至讓我們一別就是終生；但它也會帶來一些深刻的改變，一些邪惡的政權有可能因之而傾覆。

此刻，我們唯一能做的，就是努力安全地活著，安靜地拭目以待。那些已經發生的和必將發生的，註定將要構成我們今生所見證的大歷史⋯⋯

八、

木板閣樓上的餐廳，已經只剩下兩三對男女，守著不同的角落，在那裡安享各自的良夜。桌上的電蠟燭很像是真的燭影搖紅，在微風中晃動它曖昧的光。這點光恰到好處地照亮杯中的葡萄酒，以及彼此氤氳的面龐。而整個餐廳都是昏暗的，夜色彷彿是從海面上延展而來，這幾桌燭火也像是海上的燈標，在隱約的潮浪中蕩漾。

談雲和岫都顯出微醺了，尤其是岫，從眼圈向外擴散的餘暈，似乎特意掃描的腮紅，在燈下透出平時被約束的萬種風情。她拿著細長的杯足輕輕地晃蕩，血紅的酒液掛在杯壁上恍若穿越傷口的淚珠。她像是說完了該說的一切，此刻有些倦意地耷拉著眼瞼，沉浸在自己的心事裡。偶爾抬眼看看

他，更多的時候她的視線茫然地漂浮在夜海上。

這個晚餐他們幾乎一直沒什麼言語，除開偶爾碰杯說一聲乾杯之外，都小心翼翼地迴避著話別之類的感傷話題。甚至彼此的視線也儘量躲著對方的視線，生怕一不小心交織上，崩的一聲電光石火，無端潰壩一般惹出喧嘩的眼淚。最後的晚餐，兵荒馬亂中的珍稀團聚，揮手就可能是一生的未蔔和懸望。萬千的離愁別緒，還不如化為此刻無聲的饕餮。靜靜地吃罷喝吧，不知饜足地貪戀這一刻的相對，在想像中將這樣的暖，定格在餘生的無涯荒寒裡。

泰國所有屋簷下，都是要脫鞋赤足進入的。即便在最窮困的鄉野人家，也都守著這樣的乾淨。他移動坐姿時無意中踩到了岫的腳，她沒有退縮；他觸碰著她萌娃般的腳趾，滑膩的腳背，忽然有種骨肉相連的脈動。他的酒意支配起他的頑心，乾脆用兩隻腳圍獵她，在她的腳弓上摩挲。那種酥麻和微癢令她的下肢觸電般顫慄，不時地躲閃，又忍不住要柔順地讓他踩躪。這幾日的歡愉，他才發現他似乎疏忽冷落了她如此美妙的一雙腳。此刻他用腳撫摸踩踏擠壓著她，甚至用腳指甲輕輕搔著她的腳心，他明顯感到了另外一種難以言說的快意。他看見她用手交叉抱著雙肩，嬌羞地斜眼恨著他，那眼神裡又有無限的嬌嗔和放浪。

他拿起酒杯示意要和她乾杯，她咬著嘴唇飄飄然地舉杯，輕輕地一碰，水晶在虛空中銀鈴般迴響。他們彼此盯著對方的瞳仁，打賭似的隱忍著絕不開腔，肆意放任著桌子下

的十趾在黑暗中交戰。他的腳拇指甚至擠進了她的趾縫，她盡力彎曲著她的腳趾想要躲避如此野蠻的騷擾，反而卻把他的拇指夾的更緊了。他們在這一刻，忽然化身為兩個促狹玩鬧的孩子，難捨難分地糾纏嬉鬧，誰都不願興盡回家一樣。

看著眼前這個從政治、迫害和危險中撤出來，在酒後更加嬌媚的女人，他的思緒穿越了大半生的時光。那些他愛過的女人，在燈影中列隊走來，在岫的面容中一次次重疊浮現；好像每一個人的一點好，都能在這個身影中找到蹤跡。難道若干年來或明或暗的愛與慾望，最終是要融匯在這樣一個集合體上，來終結他在女人身上的流浪嗎？這是一次多麼高危的愛啊，明天之後，也許面對的就是訣別和死亡。他覺得自己就像某個傳說中的雄蜂，在完成這樣一次愛與狂歡之後，剩下的活著毫無意義，最好的結局莫過於一死了之。

然而在這個孤島真正相識之後，為了她所託付的使命，他卻必須無比堅韌地活下去。他像是代表著八九那一代犧牲者在活，代表這三十年為自由而獻身的所有人在求生。直到某一天，他記錄並公開作證審判那些邪惡的黨徒時，他的使命才可以放下；而他的愛情，以及這個紅色帝國時代的漫天冤魂，才可以獲得真正的永生。

各種天賦和自賦的使命，構成了他們這一類人的命運。命運的戰車轟隆而來，呼嘯而去，沒有誰能真正改變令人絕望的走向。眼前的她，明天的歸途，無一不意味著臨淵履薄，意味著一去難返，但是他卻束手無策——沒有任何理由

可以超越她要回去的理由。這就叫別無選擇，他們都只能服從宿命的魔掌，在未來告訴他們結局。

她一直都想弄清楚——他從什麼時候因為什麼事件而開始，成為他這樣一個放縱生命和歲月的蕩子？他為什麼很長時間來如此固執地躲閃著婚姻和各種似是而非的愛情？她的如約而來，是基於對他人格的信任，而非對他情愛的自信。她並未奢望過前來鎖定他餘生的愛，或者說，她原本喜愛的就是他這樣一個徹頭徹尾有情有義的浪子，而不是想要來徵聘一個畏首畏尾無色無味的丈夫。

這樣的七天多麼美好，比《羅馬假日》（臺譯《羅馬假期》）和《廊橋遺夢》都要好。她想要囑託和付出的都已經交割，她未曾寄望的卻有些意外的得到。相見時難別亦難，這種古老的疼痛，在每一個兵荒馬亂的時代，都是那些愛侶們必須分擔的後果。動了心的愛，原本註定就是沉重的，相比這些讓人墜落的深淵來說，相愛的那一點歡情，真是多麼薄脆的一件事。

她從他這幾天一些閒言碎語的招供中，其實已經釐清了他「愛情人格」的來歷。對了，「愛情人格」這個詞，是她的發明。在她看來，這個絕對有別於一個人的處世人格。也就是說，一個在生活中處世為人都極端誠信賢良的人，他或她可能在愛情中卻是一個毫不靠譜的浮浪男女。她並不認為這是一種道德缺陷，而是某種有原由的心理痼疾。

就像他與白雁的那場愛慾狂歡，在某種意義上，澈底

改變了他一生的情感取向。因為他很久之後才知道，他認識白雁時，她已經有一個男人，是她和父親下放在沙洋農場時那個房東的兒子。那個房東一家對他們父女有恩，男人當兵升官之後，也一直在背後供養著她的讀書。說不上是被迫或者誘惑，總之，在認識他之前，白雁和那個男人已經很難分割。遇見他，可謂白雁的劫，他帶給白雁的是完全不同的一種愛，只有女人能釐清那種不一樣的感受。總之，白雁在情感和肉體上都迷戀了談雲，但卻在現實生活層面難以擺脫那個軍官。

白雁最初只能一遍遍警告他——不要去愛她——因為她知道最終的傷害結果。即使她還未婚，但名義上她已經是軍人的妻子，法律必將保護軍人而懲罰談雲。畢業時，她主動放棄那個十五軍的軍官在武漢給她安排好的職位，偏要遠去深圳，就是想同時離開這兩個男人，然後看命運最終將她交付到誰的手裡。當然後來的結果是，那個軍官有足夠的資源和能力，很快趕去了深圳索婚，白雁於是給他寄出了那封最後的訣別信。在那之後的災難六月，十五軍被抽調去北京鎮壓學生，白雁完全不知道丈夫的祕密使命。她作為特區的記者去天安門廣場採訪時，瘋狂的子彈瀰漫天地，她最後的遺像是橫臥在一個板車上，臉色蒼白如雪雕。他出獄很久之後，才弄清楚關於白雁的死訊。似乎就在他嚎啕大哭這一場之後，他從此像是變成了一個遊戲人間，再也難得正經的男人。

岫因為這次的深入，才有了對他這方面的瞭解和理解，由此更生出一些心疼。此刻，她用餘光看著他，清楚地看見了他的不捨，糾結，憂心忡忡，執念和絕望，這是比她還要難受的表現。她相信這都是真實的痛，連她自己也驚異地發現，他們正因這樣七天的相擁深吻揉搓交合和各種深聊，被上帝創世一樣，深深地詛咒和定格了他們的命運。

搖曳的燭光，廣大的深海和暗夜，他傷心欲絕的臉，在吞下最後一杯酒之後，忽然因抽搐而歪斜。他極力背身望向深不可測的遠方，那是他們來時的航路，也是他們明天離別時的去向。他的兩行熱淚悄悄地從眼角滲透出來，沿著鼻翼一點點下滑，到嘴角時又分流到唇齒間一部分，泛出海水一般的苦鹹。他隱隱聽見高天上的滾滾雷音，一個偉大蒼老的神在對他們宣告——

耶和華必按我的公義報答我，按我手中的清潔賞賜我。
因為我遵守耶和華的道，未曾作惡離開我的神。
祂的一切典章在我面前，祂的律令我也未曾丟棄。
我在祂面前做了完全人，我也持守自己遠離罪孽……

九、

離別的早晨如期而至，他們還熟睡在昨夜的瘋張和疲憊中。

晨曦的微茫白光從窗簾的縫隙中漏進來，讓談雲全裸的後背有了石雕般的立體感。他像一個S型一樣蜷曲在床上，薄被一團凌亂地踢落在地面。在他的左臂彎裡，岫同樣的S型裸體，依山取勢一般嚴絲合縫地背身側臥在他的懷裡，像兩個在冬天依偎取暖的企鵝。多麼動人而寓意複雜的造型，儼然生死肉搏之後的同歸於盡，又或者死別生離前的骨肉連體。性與死亡這兩個殘酷之美的人生主題，似乎都埋伏在這個黎明的色相畢露中。

預約叫早的電話鈴聲在床頭輕微地響起，她倏然一驚，就要從他的懷裡掙扎而起。他左手環抱著她的肩頸，右手拿起電話再放下，阻斷了鈴聲的催促。然後扣住她的小腹，緊緊地將她的芳臀進一步拉向自己的身體。他明顯感到她的股溝依然濕滑，自己某個春天分杈的肢體，也在柔風細雨中茁壯起來。

他們似乎都還在半夢半醒之間，她閉眼嘀咕道：別鬧了，快起來，不要誤了車船。

他任性地摩挲著她，竊笑道：我故意提前了一個小時預

約的 morning call。我不想在這個早晨，輕易地放過我們。

哎，你還不夠啊？岫嬌嗔著側轉身體為俯臥，像是要將自己深藏起來。

他順勢覆蓋上她的後背，雙手穿過她的腋下，捧起她右側著的頭顱，親吻起她的耳垂和頸窩。她觸電般繃緊而微弓的翹臀，難以阻遏地吸納了他的滑入。像滾燙的水注入一隻冬天的玻璃杯，他恍惚聽見一聲碎裂的呻吟來於身下。她早早就放棄了徒勞地掙扎，主動示降地求告：啊，壞人，就這樣，求你別動；讓我們安靜一會，讓我感知你的脈動。

這寬大的水床呼應著窗外早潮的微瀾，隨著他們急促的呼吸而輕悄蕩漾。他恍惚植根於柔弱的泥土，血肉的根系在無聲地吞嚥和擠壓中四處擴張，每一點縫隙和空間裡都注滿了他的隱忍和不捨。他覺得他像是在兵凶戰危的時代，為他抵禦著背後的萬箭穿心；他要用全部的身體為她遮蔽暗算，要在這黎明前的至暗中，傾聽她每一寸皮膚為他款款而歌。

她就這樣一動不動地包容著他的盤根錯節，默默忍受著他唇齒在背心肩頸的蠶食。她深知自己的身心都在被一種力量所洞穿，她感到了被占領的膨脹，即便是最輕微的叩動，彷彿也能讓她最精緻的房屋轟然垮塌。

窗外似有殘露在茅簷滴答，那死寂中的轟鳴，一如為這最後的時光讀秒，她感到魂飛魄散的死亡正在步步抵達。她喜歡這樣的重負，甚至是第一次獲得了如此縱深的籠罩。他此刻穹窿一般的遮天蔽日，她有著躲迷藏的孩子不被發現的

竊喜。他熾熱的呼吸、搏動的脈息和隱祕的跳動，由內至外地拆散著她的身體。她再也無法承受無聲之魚一樣的穿梭，在最深的壓迫下忽然難以抑制地抽泣起來。

她的身體隱隱地抽搐著，咬著枕頭的唇齒擠出斷續的嗚咽。他起身把她翻轉過來，驚訝地看著她泉眼般的美麗眼睛，在熹微中泛出絕望的寒光。她異常激烈地摟住他，正面索取他的覆蓋。他聽見她乞求般的呢喃像海妖的歌哭：不要出來，快給我，啊！快啊！我要死了……

他被這樣的軟語所刺激，再也無法克制的求死之心瞬間點燃。多麼美好的死，就像前天那樣帶著她在雲天下飛翔，那樣的波濤起伏，那樣的嘶喊升降。致命尋仇一樣的撞擊，與子偕亡一般的決絕。這個早晨之後，也許所有的餘生，都是遍地狼藉，都是一念不生的虛空。床墊隱含的波濤，承載了他們此刻的放縱，怒海孤舟似的顛簸，暈船般的眩惑。他的汗水融匯在她的眼淚中，他們彼此不管不顧地釋放著自己身體最大的水分，就像兩個臨淵殉情的少年，渴盼著今生最後的淹沒……

一切都早已被她安排得井井有條，歡聚和別離都在預期中，她努力想要沖淡分手時刻的感傷。接他們奔赴碼頭的車已經在大堂外等候，行李生前來協助搬運。她最後一次檢查室內和陽臺，看著還有些灰暗的天空，忽然抱著談雲親吻了一下。她輕聲說：人一輩子，很多地方到過經過，就是最後

一次，很難再有故地重遊的機會。就像很多人擦肩而過，回眸一笑，轉身就是一生。

　　小車在山道上飛奔，凌晨清涼的風拂亂了她的短髮，他將她摟在懷裡說：我來的時候，並未預料到這樣的奇遇。我沒有預訂回程，還想在泰國最南部的幾個府看看。過了這一片海域，就真的人各天涯了。妳還有千里萬里的行程，妳要抵達的城市應該是冰封雪飄。每一個中轉的地方，妳都要給我微信。我從此只能每天遙望著妳，我們再也不能失散了。

　　擺渡的船已經在峽灣恭候，從各個酒店民宿趕來的行客熙熙攘攘地登船。汽笛一聲，驚飛了幾隻水鳥。他們站在船尾，無限依戀地看著狗孤島在視線中一點一點地退遠，直至魔幻般完全消失在晨霧中。夢一般的七天就這樣結束了嗎？他有些恍惚，這個不為世人所知的小島真的存在嗎？他們真的在此相愛並從此修訂了各自的命途嗎？

　　他拿起手機，摟著她的肩膀，再次來了一個親密的自拍。他好像要為自己立此存照，如果有一天他要講給別人聽這一段故事時，他想證明這絕不是虛構。可是假設她真的一去無跡了，那這樣的證明有何意義。他想到這一種可能時，身體在風中打了一個寒顫。他把她環抱在懷裡，無限慌張地低語：我會在泰北的深山裡一直等妳，只要有機會，妳就帶著媽媽過來。我們沒有必要在那片骯髒的土地上和他們死磕了，詛咒和報應都不會太遠，我們該有我們健美平靜的餘生。

海風颳得她的眼睛盈盈欲淚，她閉目搖頭時，淚水就被甩到了他的臉上。她咬著嘴唇有些殘酷地說：親愛的雲哥，我要你在這裡安靜地寫作和等候，是堅信末日審判的最終到來。但我又不想要你懷抱對我的期望，因為我比你更清楚那種等待的殘酷。你必須在今天就要意識到，我們此別就可能是永訣——在有生之年，我們都可能再也難得重逢。我不能騙你，你只需明白，我的哥哥沒有下落時，我的媽媽是絕不會棄之不顧而遠走他鄉的。假設我哥回來卻找不到我們，那一代失蹤的孩子都找不到回家的路，那我們的苟且偷生還有什麼意義？同樣，我的媽媽不出來，我也不會放下她。請你原諒，也許當我終於能夠追隨你而來時，我們都已老得難以辨認了。

她伏在他胸前忍不住抽泣起來，他也似乎看見了那個絕望的前景，他絕對不甘地說：那我肯定要回去找妳。

她抬起頭來嚴肅地盯著他，有點堅硬地說：雲哥，我託付給你的一切，是我們之間真正重要的誓約。塵世間兒女情長的那點相守之歡，相比起這一件事來輕如鴻毛。我愛你，因為你是唯一可以不負我托的人。如果你執意回去，我們只可能同歸於盡在這個末世的邪惡和瘋狂中。這場病毒究竟還要屠戮多少生命，我現在還完全看不清結局。我要你活下去，記錄這一切，我父兄以及他們同袍曾經的犧牲才有意義，未來的審判才會具備正義。

他看著船舷外犁開的層層波浪，神情茫然地自問——我

們放棄自己原本可能幸福的人生，去與一個邪靈纏鬥，並最終被它摧毀和吞噬，究竟有無價值？我們的出生並不是來為它殉葬的，它的盛衰興亡自有上天的神判。我們如此短暫的生命，應該是用來分享愛與創造，去盡情欣賞今生沿途的風景。我們可不可以無視甚至蔑視它們的存在呢？它們比任何惡魔還要自私貪婪和殘暴，我們不是它的對手；我們何不冷眼旁觀它的自食其尾，坐觀它的自爆和覆滅呢？

我的父親曾經傷心地說過，因為他們那一代人的奮鬥失敗，才有我哥哥這一代孩子的被屠。每一個正常的父親，都不希望留給兒女這樣一個畸形和邪惡的世界。如果每一代人都像你所設想的那樣坐視旁觀，連上帝都會誤以為是這個民族滿足和臣服於這樣的暴政；那這就是真正被神詛咒的土地，而這裡的人民也就是永遠不配拯救的奴畜。岫傷感地說道。

談雲有些慚愧地撇嘴苦笑道：我也只是常有這樣的彷徨，想起魯迅兄弟倆當年都曾有過的絕望，他們甚至說這是一個亡有餘辜的民族。我其實很有同感，但我同時又非常敬重妳父親那一輩烈士的奮鬥和犧牲。很多時候，我都為我偶爾冒出的某些怯懦而羞恥，也為自己的國家給世界帶來的災禍而自卑。這次見到妳，深深地被妳所鼓舞，我忽然感到了一種使命的力量。我們一定要回去，一定要重逢，一定要看見曙光照臨我們自己的國家。妳務必保護好母親和妳自己，妳們是他們末日審判的證人，我們一定要活到出庭開審的那

一天。

　　他實在忍不住奪眶而出的眼淚，背身望向前方，不願讓岫看見他軟弱心碎的模樣。呼呼作響的晨風，把浪花的飛沫和他瞬間變涼的淚珠，颭飛在霧氣中；他的臉上留下了一些依稀可辨的痕跡，一如皴裂的鹽鹼地上乾涸的河道。

　　岫在那一刻也像是殘破的風箏，掙扎著從後面箍住他的腰身，將臉緊貼在他的背上。她完全可以體會到他微弱的心跳，體會到他骨子裡的絕望和哀傷。她故作歡顏地低語：雲哥，我還記得你當初發在微博上的一首詩——飲罷花雕又上鞍，抱拳一拱各千山。江湖兒女江湖見，寶馬香弓待客還。那時你多麼年輕，豪氣干雲，我希望你一直是那樣瀟灑，我們終將再見在也許並不遙遠的未來……

　　大海被渡船切割，那被劃破的波瀾在船尾展開如摺扇，如消逝的時間向看不見的遠方散去。他們忽然穿越了濃霧的迷牆，看見明亮的曙光在左後方豁然普照。紅日像脫胎而出完成洗禮的嬰孩，粉嫩粉嫩地飄升在東方。海岸線在前方若隱若現，恍若神的巨筆在藍天和碧海之間揮灑的一道分界。身後的狗孤島被迷霧吞噬，彷彿從未存在一樣。他們一如轉世而來的新生兒，帶著前世的胎記和肩頸上的齒痕，以便在今生還能相認。

　　海岸線越來越近了，七天七夜的悲歡註定將是那灘塗上的碎沙，在以後的無數個月夜悄然泛出石英的寒光。而眼前是他們不得不面對和登陸的此岸，在此岸，生離死別是千家

萬戶日夕相對的尋常，他們也只是這哀傷之河中的微瀾。此岸正在擴散的病毒，從某種角度看，正是文明社會長期綏靖和姑息養奸的後果之一。他們即便退守到孤島，最終一樣難免那赤色花冠的戕害。他從她的描述和預言中，似乎已經望見了未來——防疫帶來的封鎖和隔絕，將擊碎全球化的舊夢。倖存的人類半數以上可能重返貧困，饑荒又將威脅婦女和兒童。而戰爭的風險必將加劇，人類已經承平太久，完全有可能被那些瘋子帶向末日。

真是難以思議，孤島七日，世界已經巨變，正在滑向亙古未遇的深淵。雖然千百年來，地球上也曾爆發過霍亂、鼠疫、黑死病等等各種傳染病，但是，都不可能像今天的人口流動這樣，迅疾傳遍世界。他們現在就要停靠的碼頭，以及她接下來轉口的每一站，都可能早已病毒密布。他們明知如此，卻無計規避，她反而還必須重返那爆發的核心——談雲在這一刻深深地意識到這就叫命運。命運就是那些先於你的情感和意志，早已預設好且無法更改的旅程。

此岸越來越近，彼島就變得越來越虛幻。海峽就像是談雲心中撕裂的創口，他感到了平生未有的疼痛。他突然覺得心悸，聽得見自己的心跳如死神的叩門，咚咚咚凍，那是〈命運交響曲〉最暴烈的敲打。他拉起岫冰冷的小手壓在自己的胸口，想要借助她的力量來按捺那臟器的崩裂。所有的挽留和勸阻都是多餘的，重複毫無意義。剩下的歲月只是懸望，擔心和掛念，只能彼此在祈禱中追陪；隔著遙遠的陸地

無盡的山水，等待世界光復的那天⋯⋯

2020年一月開篇，2021年十月一稿於清邁
尾聲完稿於2024年八月八日臺北陽明山

註1　指法國導演亞倫‧雷奈執導電影《去年在馬倫巴》，1961 年上映。

註2　武漢大學校內著名一景。

註3　儲安平，中國知識分子，亦為報紙雜誌總編，敢於針砭時事，文化大革命時期失蹤命亡，被列為中共的五大右派之一。

註4　「七月」派詩人，1937 年九月胡風等在上海創建《七月》雜誌，胡風擔任主編。《七月》、《希望》等雜誌的的成立以及《七月》叢書的出版為中國現代詩歌的發展提供了刊載平臺，形成了以艾青、田間、牛漢等詩人為代表的詩人群。因該詩人群的作品大多數在《七月》等雜誌上發表，故被稱為七月派。
　　七月派詩人的作品思想性突出，詩歌的主題往往與社會現實有密切關係，充滿著政治態度鮮明的藝術激情。（取自維基百科）

註5　沙洋農場是文革時期湖北最大的勞改農場。

註6　中國在 1996 年之前，大學生畢業都要由國家統一隨機分配工作。很少一部分允許個人申請，希望被分配到邊疆或落後地區。

註7　上山下鄉運動（簡稱「上山下鄉」），又稱知青下鄉、下放插隊、下鄉插隊等，上千萬的城市知識青年（簡稱「知青」）到農村去定居和勞動、「接受貧下中農的再教育」，為中華人民共和國歷史上的一場政治運動，發生於 1950 年代至 1978 年，在文化大革命時期達到高潮。（取自維基百科）

註8　江竹筠，原名江竹君，人稱江姐，四川省自貢市大山鋪江家灣人，中國共產黨地下時期重慶川東地區組織的負責人之一，為中國共產黨追認的女烈士。（取自維基百科）

註9　　聖母軍，又譯聖母御侍團，是一個天主教教友團體，創立於1921年九月七日（聖母誕辰的前一天）晚八點鐘，愛爾蘭都柏林城方濟各街的邁拉大廈。創立者是杜輝（Frank Duff）。目前在全世界已經有超過三百萬的會員。（取自維基百科）

註10　老三屆特指在1966年至1968年間畢業的初、高中畢業生。這一時期由於文化大革命，停止高考，導致大量學生滯留學校，最後被強制下放農村。這三年畢業的學生被統稱為「老三屆」。

註11　這是真實發生過的類似大案之一，在中國當時，民間研究馬克思主義也是犯罪。

註12　這是1984年真實在武漢創刊的思想啟蒙雜誌，掛靠於湖北省社科院。當年的多數編輯和作者，都成了今天的著名學者。1987年胡耀邦下臺之後停刊。

註13　1986年底，中國的部分大學發起了一次學生運動，開始是部分學生對學校伙食和治安管理不滿；後來發展到將這些問題與民主自由聯繫起來遊行示威。很快被鄧小平為首的元老派平息，總書記胡耀邦被變相強制辭職。

註14　1980年代，中國出現大量的文學青年，各地的期刊雜誌開辦寫作培訓班，收費培訓文學寫作以及思想啟蒙，形成當年的一種時尚。

註15　十二月黨人起義是一場在1825年十二月二十六日發生，由俄國軍官率領三千士兵針對帝俄政府的起義。由於這場革命發生於十二月，因此有關的起義者都被稱為「十二月黨人」。（取自維基百科）

註16　黃雀行動是1989年六月下旬至1997年為止，以司徒華為首的香

港人士，為了祕密營救在六四事件中遭到中國政府通緝的政治異見者前往香港而發起的行動之代號。

註17　中國民主黨是中國民主運動中第一個公開宣布成立的政黨，謀劃成立於1998年六月。在中國民政部申請註冊未獲批准，國內全部參與人員被捕，並多被判刑十年以上。至今該黨依舊在海外多國存在並一直活動，以期推進中國的民主轉型。

註18　出自J‧D‧沙林傑小說《麥田捕手》。

註19　語出德國哲學家狄奧多‧阿多諾。奧斯威辛集中營為納粹德國殘殺猶太人的滅絕場所。

註20　復興門外大街，為北京市西城區的一條大街。

註21　安妮‧弗蘭克之家，簡稱安妮之家，是位於荷蘭阿姆斯特丹的傳記博物館，以紀念於因撰寫《安妮日記》而知名，第二次世界大戰納粹大屠殺中最著名的受害者之一的荷蘭猶太人安妮‧弗蘭克而成立。（取自維基百科）

註22　中國作家、詩人，下引之詩為〈重量〉。

註23　即《刺胳針》雜誌，是世界上最悠久及最受重視的同行評審醫學期刊之一。它與另外三份國際醫學期刊《新英格蘭醫學雜誌》、《美國醫學會雜誌》、《英國醫學雜誌》是一般公認的國際四大醫學期刊。（取自維基百科）

後記

絕望中的反抗

後記

絕望中的反抗

| 野夫

一、

　　此刻，我客居在臺北陽明山上，俯瞰全城如一座巨大的沙盤。淡水河就在視野中，像一道亙古不絕的淚痕，一點一滴地匯入太平洋。我打開地圖，沿著這一片海域繼續下滑，很快就能穿過海南島，被崎嶇的大陸架帶領著抵達泰國灣。在那一片安靜的蔚藍裡，還深藏著一個地圖無法顯現的小島。

　　在想像中，我混入任何一片浪花，都能漂流到我曾經居留的許多島嶼。這世上總有一些脈絡，神祕地將前世今生的我們，以各種完全意外的方式鏈接在一起。就像四年半之前的 2020 年一月，在武漢因為病毒而封城的那一刻，我在泰國那個孤島同時開始了這部小說的寫作。我完全沒有想到，我將為此經歷漫長的各種折磨，最後飄到這個更大的島上，才能完成其尾聲。

　　這像是幸運，我竟然僥倖地活過了人類這一劫難，並完整地記錄了其發生過程。但更加悲哀的是，那更大的病毒依舊存在，或者隱藏和繼續變異，始終在威脅著人類文明世界。而我在寫完這一長篇之後，也將開始進入自己的尾聲

了。

多數人的一生，都是帝國的殉葬。來過走過，或悲或喜，三代之後，一切都蕩然無存。整個疫情封控期內，黯然消逝的朋輩數不勝數；他們就這樣在平生的驚恐中，走失於自己的祖國。我也花甲之外，從少年開始的恐懼和仇恨，從未稍減。一生致力的自由人權，卻幾無寸進。我清晰地看見了我，以及我的很多同道，真正失敗的一生。我們迎風搏浪的精彩生命，最終卻被惡世的驚濤所反噬。我不得不在整個創作過程中，一再反問——這種以命相搏的反抗，究竟有無意義？

二、

眼前，我再次身處於又一個巨大的孤島上，面對著萬家燈火的和平市井，重新反思他們曾經的悲壯反抗。如果沒有他們那些前輩的奮爭，會有今日之憲政法治民主自由的臺灣嗎？獨裁者在沒有內外壓力的馴服社會，究竟有沒有可能天良發現，而兌現他們當初欺世盜名對人民的承諾？

加繆（Albert Camus，臺譯卡繆）一直是反抗的主張者。他認為人是唯一拒絕滿足於當下生活的生物——這意味著人絕

不像其它生物那樣安於命運。人之所以反抗，是因為在人類社會中看到了善，反抗者就是要去「分擔一切人所共有的痛苦」。反抗者要求的，不是生命，而是生命的意義。因為權力和欺壓無處不在，他認為至少「反抗為壓迫確定了一個限度，人所應有的尊嚴才得以維護」。

趙越勝先生曾經談到：加繆和薩特（Jean-Paul Sartre，臺譯沙特）曾經是好友，在 1946 年的某次聚會上，薩特有些認同莫斯科對異議者定刑叛國罪。這讓加繆覺得不可思議，他感到受傷拍案而起。薩特衝出去追他，但他絕不回來言和。薩特把蘇聯大清洗視為可以理解的自我保護，加繆則把共產主義與謀殺等量齊觀。他說「罪惡喬裝打扮得清白無辜，混淆是非，很像是我們這個時代的特質」。他斷言「何謂反抗者？就是一個說不的人。反抗是意識到自己的權利，並已覺醒的人民之正當行動」。他甚至模擬笛卡爾（René Descartes）的名言說——「我反抗，故我存在」。

更早的康德（Immanuel Kant），卻一直對反抗的正當性存疑，因為他強調所有人應該先「守法」——哪怕是惡法，他也反對用暴力革命的方式去反抗。但他面對「言論自由」這種消極的反抗權是否應該受到保護時，他同意這種言權雖然難以受到當局實體法的保障，也應當視為人民可以「超越現定法的道德權利」。

而在我的祖國，在那所謂神聖的《憲法》上赫然大寫著——「中華人民共和國公民有言論、出版、集會、結社、

遊行、示威的自由。中華人民共和國公民有宗教信仰自由。」如果這一切自由權力確屬國民，那自中共建政以來，所有因言因信仰獲罪，被處死被流放被關押，因遊行示威而被屠戮的慘劇何以解釋？

如果國家依憲行政，民間何至於有長達七十多年前仆後繼不絕如縷的反抗？

三、

我們真的有過那麼多那麼恒久的反抗嗎？

華族的記憶，太多的祕辛被曲意塗改為「盛世」的華章。我在我的成長裡窺見，無數家族的血腥往往都散如青煙，更不要說一個國家的編年史，竟然充斥著無數隱瞞抹殺。一望無盡的反抗者，他們不僅肉身死於刀兵；更加可悲的是他們曾經的勇毅精神，還將身影俱無地再次被扼殺於史紀。我常在酒肆茶舍邂逅的平民口中，知悉更多析骨裂肉的往事。大地深雪，埋葬了太多無辜；竹帛難罄的悲劇，就這樣荒蕪在黃土壟上。

因為統治者的卑污，造成國史的缺席。那麼文學呢？絕大多數的文字從業者，由於避席畏聞的卑怯，對於眼前就在

蔓延的反人類罪，依舊會選擇明哲保身而一聲不吭。或者如魯迅所嘲——將屠戶的兇殘，使大家化為一笑。

百年前的美國作家梭羅（Henry David Thoreau），曾經在他的《公民抗命論》（*Civil Disobedience*）中質問——難道公民必得將良心交給立法者，自己一分不留？若此，則人有良心何為？我認為我們首先必須是人，然後再談是不是被統治者。我唯一有權利要盡的義務，是任何時候都做我認為對的事。

「公民不服從」是我們在窮盡一切的合法努力之後，基於良知或道德所採取的反抗——沒有人民授權的政府，其採用內部政策來規定公民的寫作題材和方向——對此習以貫之的惡規，我們必須開始說不。這種不服從是非暴力的天良行為，是對那些偉大的反抗先烈的卑微致敬。

因為記載那些乏人深知的壯烈，可能是唯一或能支撐我們餘生的微薄痛快和自賦使命。它不僅與名利無關，更多的還將是惡世的迫害。我們這幾代生命中遭逢如此多的鎖鏈懲罰，無人記錄恐怕是比默認命運更深的恥辱。不使用母語文字追訴那些罪惡，我輩在這樣的世運中，必將活得一無是處。

四、

　　《孤島》可以視為是拙著上一部長篇小說《國鎮》的續篇。如果讀過後者，也許對這部新作會有更深的理解和期待。

　　那兩個在小鎮的廝殺和迫害中走出來的男女，他們從1960年代末開始的相依為命，不由自主地捲入這個國家接下來幾十年的民間反抗運動。每一個事件都有案可稽，每一場抗爭都躬逢其中。這個小小家庭的每一個成員，都或主動或被迫地成為了當代苦難國史的罪惡見證者。

　　這部看上去貌似一場悲劇愛情的小說，毋庸諱言，它就是半個世紀中國志士的反抗史。我在他們身上，濃縮了眾多當代英雄勇士的慘烈傳奇。這是虛張繁榮地表下的另一個中國，是地火運行暗潮洶湧，即使折頸斷項依舊還在接續噴發的中國，他們就是被遮蔽被掩埋而遠未走進庸眾視野的國家脊梁。

　　除開小說的主角之外，其他歷史事件所涉及到的人物，我基本採用真名實姓的記錄。當然畢竟是文學，我無法將我所熟知和敬仰的所有反抗人傑皆列名於此。但是，多數一路走來且關心時政的讀者，都可能在這裡聯想到你熟悉的同道，以及你也始終在揪心牽掛的那些無名俠義。

將紀實和虛構結合，完成我對這個黑暗年代的控訴和批判，以及對那些矢志不移挑戰邪惡的猛士之祭拜，這是我畢生的大願和盟誓。雖然我個人的努力也曾在其中有所附麗，但相對於那些付出生命抑或終身勞役的父兄而言，我這些泣血嘔心的寫作，終歸是愧對他們的犧牲的。

　　正是因為這樣的羞慚，使得我放棄原本要將此書待之來世的偷安之念，還是決定當下付梓。我必須讓自己的書寫，也成為反抗史的一頁，否則我們何以面對那些為理想而獻身者的漫天冤魂。古人早已為我輩勵志曰：臨難毋苟免，殺身以成仁。當我終於可以合卷之時，正好身歷了臺灣的地動山搖，以及危立高樓迎面颱風的摧枯拉朽。我獨自嚎啕於高天之下，為書中人物的結局以及自己飄泊的命運而大放悲聲。

五、

　　我們是多麼不幸的一代，甲子一輪，至今猶在臨淵履冰的命途中掙扎。八〇年代曾經乍現的一線春光，短暫地照亮並催醒了我們的生命。從此讓我們這些廣義的八九一代，身負重軛地奔波於爭自由討人權的荊途。行至遲暮，我們不僅依舊還未看見東方的曙色，且還正在面臨國家急速滑向的深

淵。那似乎望不見底的暗黑漩渦，還將要吞噬多少正直勇敢而良善的生命啊？

另一方面來看，我們又是多麼幸運的人生。我們竟然曾經與那些史書中才有的大智大勇大仁大義者為伍，曾經以求死之心，劍及履及地去與極權主義抗爭，並跨越了兩個世紀的水深火熱。歷史上很少有人能在短暫的生命中，見證一個龐大帝國的興衰，見證那麼多視死如歸的義民，以血肉之軀鋪墊子孫後世的坦途。更可能奇特的是，我們還將看見帝國的黃昏落日。

我已然聽見雲天中的雷電迸鳴，那遮天蔽日的漫長鐵幕必將落下。我預知了神意的偉大擘畫，也手感了民心的脈動潮音。時日曷喪，吾與汝偕亡。我在我個體的垂死掙扎中，一直堅信著舉頭三尺的星空。在那璀璨的無數星座中，一定有眾多真正烈士的亡魂，繼續在為後來者引領方向。我更加堅信的是，歷史如人生，必有神的旨意預設了該要經歷的苦難、責任以及使命。

那些僭權而以天下為私的霸主，何曾有誰真正逃過末日的審判。歷史是為了讓人明恥，也是為榮耀義人和榮耀神之大德而準備的裁定。我在半生的書寫中，敲爛的每一個鍵盤，都像是在考驗和鞭笞自己的靈魂。吾族從何而來，向何而去？我們如何在此三千年未有之變局中，為天地存心，為生民立命，為子孫留一個不再恐懼的祖國，為禍害人類之邪毒早日終結其罪孽，這都是擺放在我們每個人面前的大哉

問。

最後，我要真誠感恩書中那些偉大原型，他們一定不朽於人間。

我還要感恩那些在我寫作中，始終給我鼓勵支持和照顧的朋友，那些與我討論思想和藝術的同道，以及那些聽我朗讀、陪我泣下的好人。感謝世界各地的讀者，在我流浪異鄉之時，得到來自於家鄉老友、同道中人，乃至於流落各地的朋友，圍著一團希望的爐火，讓我共同取暖安慰。還要感謝一直勇敢堅持為我出版的南方家園出版社，感謝我的兄長阿渡，以及出版人子華。

我還要感謝臺灣師範大學，短暫地邀請並容留了我在此完成這一作品。從 1911 年簽約結束帝制以來，中華民國這個亞洲第一個共和國（不算傳說中清朝中期，遠在南洋的華人在異域所建立的蘭芳共和國），一直是我心中的故鄉。沒有這一片淨土，我的著述難以抵達那些有情有義的讀者手中……

2024 年九月七日於陽明山居

代跋

東方大陸深處悲愴的吟唱

| ［法］沃·熱拉·塔瑪

讀完了中國作家野夫的小說《孤島》初定稿，突然就想到阿爾貝・卡繆（Albert Camus）說的一句話：對未來的真正慷慨是把一切都奉獻給現在。但這還不是我保持寫作這篇文字衝動的唯一力量，我想說的是，在我面前打開的這本關於愛情與死亡的大作，以其巧妙的結構和敘事語言展現了一片遠比《悲慘世界》更為災難深重的土地。小說在一個封閉的孤島、一段有限的時間內，蓄聚了漫天驚雷，轟然炸開了一個民族亙古未絕的噩夢般的命運，以及一條未曾斷裂的反抗荊途。這是當代中國作家第一次向我們表明了這樣一個值得覺知的事實，那就是精神的折磨與受難，從來都比現實生活的苦難更令人觸目驚心。只有少數的人才能感知並對此產生深深的憐惜……

　　野夫就是這少數之一。

　　──這是我們也許熟悉但實際上十分陌生的土地。它過去一直在野夫的寫作觀照中，並一再被他以散文和詩歌的形式呈現出來。但從幾年前在巴黎出版的長篇小說《國鎮》開始，我們可以看出，野夫並不滿足於一種非虛構的呈現方式，而是準備深掘這片東方大陸的不曾斷裂的悲劇命運。現實的苦難顯然不言而喻，而精神的折磨、靈魂的拷問以及無邊無際的黑暗，才是最終觸動作家叩問大地蒼天的元初動力。《國鎮》把一群雕像般存在的人物推到我們面前，他們在一場大劫中生生死死，各自回到自己宿命般的結局，但野

夫想表達的是，和諧的市民社會因政權大手的播弄而崩潰，俠義道統因革命的殘暴而終結，通過描寫這場偏遠古鎮在文革初期所經歷的大劫，完成了他對某種歷史必然的深刻懷疑。而眼前的《孤島》恰如對那片土地基底命脈的確切把握，揭開了現代專制下不屈的反抗以及最終歸於塵煙與夢幻的結局，譜成了廿一世紀東方大陸上最為悲愴的輓歌。

作品向我們展開了一個官方敘事之外的中國，一個可能是廿一世紀僅存的邪魔之地。

因為這是我看見的第一部由中國作家寫到武漢病毒爆發的作品，同時也重點寫到了發生在三十五年前的那一場民主運動和殘暴屠殺，而且他並未從全知全能的角度去進行所謂的客觀描述，而是從一個個體的有限角度去掀開歷史的一角，其間有強烈的主觀情感的介入，作品因而有著更為強大的審美衝擊力。

我讀卡繆的「只有在星羅棋布的簡陋屋子那邊的大海，才是世界上躁動不安、永無寧日的見證」詩句，想著如果把「星羅棋布……」等等文字換成「孤島」，這就是說的野夫這部小說了。這裡，野夫不僅僅是一個作家，他更像一個巫師或者送葬人，他埋葬著不堪的過往，也「慷慨」地遞解著現在和未來。

四年前那場令我們毛骨悚然的瘟疫，它的突如其來以及迅速擴散，至今還保持著某種神祕性，而且整個世界都在小

心翼翼地維護著這個神祕性，沒有國家和個人敢於去觸碰絲毫，儘管大家都心知肚明。如果在價值觀座標上我們可以把中國比作一座孤島的話，這個世界則像這座孤島的圍觀者，眼睜睜看著它的沉淪而無計可施；而病毒是否來自這個「孤島」的某種陰險操作，則更為諱莫如深，生怕引起更為可怕的禍亂。關鍵還在於，世界有世界的問題，大有自顧不暇的麻煩，「孤島」又似乎懸於整個世界之外，像自生自滅的非人間體系，然而又像不斷生長的邪靈，無時無刻不影響著整個世界，讓世界深感忌憚。我猶記得，遠在東方的中國，當年文革的洶湧浪潮曾引起巴黎的五月風暴，令整個法國都心驚膽戰！

但似乎，我們已經忘記了三十五年前那一場血雨腥風……這裡，我不得不感謝野夫先生。

通過野夫看中國：這苦味的土地

「落到寒冷的大地上，這沉默的雪花啊」……

這是安東尼奧・馬查多（Antonio Machado）的詩句，他向世人提醒著人類必須遭遇的某些大劫，如寒冷冬季註定的降臨，而無法訴說。經過漫長冰河紀的中國，從未顯出回春的跡象，深凍著的大地滲出的每一絲氣息都含著苦味。

中國已故學者周有光曾經有這樣的表述：從世界看中國。以我的觀點看來，他希望中國人應該以更為遼遠與宏闊

的目光來逼視自己的國家，以謙卑、和平的態度來處理與世界的關係，並以此提升自身的精神境界……他這樣呼籲，無疑意味著中國還處在一個認知欠缺和價值觀失衡的狀態，他們一直以來自認的「世界中心、萬國來朝」理念依然根深蒂固地存在著。

　　如果真的如周有光說的那樣，中國人自己能夠以世界的眼光看中國，我相信大多數中國人不但會迷茫，而且還會有很強烈的撕裂感，那個曾經榮光無限的偉大帝國，實際上恰恰是魔鬼肆虐的最後一片修羅場。世界有種種不堪，比如近來法國極右派（Extrême droite）思潮的猖獗，美國政治正確的甚囂塵上、俄羅斯對烏克蘭的入侵等等，不斷給人類進步設置障礙，但世界潮流總是向前，文明的、理性的以及智慧的主流，正在劈波斬浪。相反，中國顯得好像越來越脫離這個主流了，以一個現代大國的體量，越來越傾向於維持古老帝國的封閉狀態。因為很顯然的事實是，中國的執政者不希望自己的國民有世界的眼光以及撕裂感，更不希望中國人能夠有著清醒的、對這個國家本質屬性的認識，他們將真相隱藏起來，對民眾實行信息封鎖，堅持著一百多年前大清帝國處理中國與世界、朝廷與國民關係的手法和傳統，寧願讓國民在統一而虛幻的夢想中，產生出無比自豪的想像，而不讓他們在意識上有某種自由的期盼和世界打通關聯。

　　這就不難理解為什麼他們今日一方面在強調「人類命運共同體」，一方面又拒不認同普世價值，他們寧願和被一

般人誤解為封閉而落後的非洲國家眉來眼去，而不願意和主流文化與文明世界達成一致。但令人不明白的是，他們這種「寧增友邦、不予家奴」的目的到底是什麼。和大清自以為是世界的中心一樣，現在高高在上的統治者一直夢想著為整個世界制定規則。但無論是大清還是現在的統治者，他們又根本不去理睬世界本來是什麼樣子、人類應該是什麼樣子。以剝奪本國國民來拉攏非洲、親近塔利班，或將金錢塞進某個無底洞，真的能夠獲得世界認同、塑造完美的國際形象而理直氣壯地為世界制定規則麼？回答當然是否定的，可以肯定地說，在利用教育和醫療等基本福利而吸血的他們，對非洲實施的不過是金錢殖民的把戲，以新宗主國的傲嬌身分妄想收買更多的國際諸奴而已……

暴發戶一樣志得意滿的廿一世紀的中國，實際上走入了某種危險的輪迴，早年毛澤東曾經假意否定的歷史週期律，不可避免地再次顯示了強大的能量。

我以上這一通貌似公道但又大而化之的議論，已經把這東方專制架到堅不可摧的高度，但這個認識在野夫的作品裡被解構了，他讓我再次認識到，大行其道的烏托邦，並不是沒有受到過挑戰，最完美的烏托邦往往孕育著最決然的反抗。我閱讀《孤島》之後才察覺到自己的淺薄和西方人自帶的高傲與偏狹，實際上，地底下的中國遠比我們看見的和想像的豐富和複雜得多。

我有幸於此前閱讀過野夫大量的非虛構作品。由於野

夫寫作語言的古雅蒼涼，很多時候我得邀請我的中國同仁一一給我解讀，尋找出最為貼切的法語對譯，甚至我還得借助英文的翻譯。就算如此，我還是被深深地打動了，我參破其文字的確有著「記錄」的功效，這也是他自認的使命。但有幾篇文字特別令我肅然起敬，他在類似家族史的篇什裡，分別記錄了父系和母系的家族。〈地主之殤——土改與毀家紀事〉、〈組織後的命運——大伯的革命與愛情〉是對父系家族的記錄，而〈墳燈——關於外婆的回憶點滴〉和《江上的母親》則是對母系的記錄。但這系列文字又不完全是嚴格記錄性文字，實際上通過兩個家族的衰亡史，探討了一個國家的國民最為慘烈的權利喪失問題，這些問題集中在西方資產階級革命早已解決並予以清晰定義的命題上，一是土地的歸屬、一是個人身分的定位。說得簡單一點，野夫通過對家族變遷史的敘寫，似乎找到了中國人最終無根漂浮、生命微賤、不得不舉國臣服的基本命數的根源。從統治者來講，抽掉個人的基本財富及土地擁有權、限定個人身分層級和生活場域，是管理成功的第一要旨，也是進一步馴化國民的前提。野夫的家族記敘在於說明，這樣有利於統治的手段，對於普通國民來說是一個充滿血腥而屈辱的過程。這顯然和現代政治和現代社會治理背道而馳，因為一方面土地公有的體制，促成了國家資本和政府權力的龐大無比；另一方面，為了獨占這龐大的資本、固守這無邊的權力，他們必須讓最該公有的國家機器成為實際上的私有，軍隊、警察甚至法律都

必須聽命於執政黨，實際上就是聽命於最高領袖。通過這些作品，我突然意識到，儘管歷史已經進入到現代文明階段，但中國似乎又回到生殺予奪維繫一人的時代，如果這是真的，那麼就再也沒有什麼迷霧遮眼的說法，我們眼裡原本神祕的東方古國就簡單得猶如以紙包火的遊戲，一個民族的活力將輕易地化為灰燼。

《孤島》則進一步在這燃燒毀壞的過程中，敏感地捕捉到了「孤島」的隱喻。孤島上生存的人，最大的痛苦不一定是逼仄的生存空間，而是永遠的無路可走，是遠離文明而四顧茫然的疏離感。

在此間意義上看，野夫是聯結上了上個世紀魯迅的某種特質，即他們都對精神的苦難有著特別的敏感。

作為廿世紀中國最偉大的作家，魯迅首次指陳出傳統禮教的吃人本質，進而清晰地表達出中國人精神閹割的狀態，對道德的放債和精神的奴役都有著深刻的揭示，但魯迅並沒有揭示出封建權力體系如何作惡、禮教如何通過權力運作進而內化為個人本能的基本過程。他批判意識的誤區在於，禮教是先驗地存在的，綱常是祖先的成法。儘管他深刻地懷疑「從來如此」的正確性，但未必清楚「為什麼如此」。阿Q之所以成為阿Q，好像只與縣太爺、趙老太爺或者假洋鬼子有關，祥林嫂的死也只和神權、族權、夫權有關，這與他所處的廿世紀的中國面臨的問題多少有些脫節，特別是在共產主義已經輸入中國之後，他依然無法清楚地意識到，新的吃

人機器正準備啟動了。他不知道的是，他能夠救出的孩子，或將陷入更大的悲劇之中。

和魯迅一樣，在野夫的筆下，現實的苦難最終都指向精神的苦難，但他意識到了這樣的事實：無論是他的非虛構作品裡那些畸零的生命、無望的個體，還是《孤島》裡的人物，都被安置在這部權力機器的某個咬合的牙口之中，只要機器一天不停止轉動，他們就隨時可能被磨成齏粉。而在轉動的過程中，這些個體一直經歷著大機器恐怖的隆隆巨響的折磨，同時還耗費著自己的骨血為這部絞殺自己的機器當潤滑劑。魯迅深惡「無聲的中國」，而野夫已經察覺之所以無聲，是因為所有的聲音都被這巨大的機器聲響吞噬——正是這無比龐大的權力利維坦（另譯巨靈），以無堅不摧的強大能量，無情地碾壓著這片曾經充滿希望的大陸，就連痛苦的呻吟也不被允許。

因此野夫不僅續寫著魯迅深刻的精神大悲、人血饅頭的醒目，而且深刻地看到幾乎所有的反抗都被消弭於無形，精神的苦痛成倍增長。更關鍵的是，如果說魯迅是「揭出病痛，以引起療救的注意」，那麼野夫已經指出了病灶在哪裡，只是在等待最後的靶向藥物（又稱標靶藥物）……

通過對《孤島》的閱讀，可以毫不懷疑地認為，野夫可能是當代中國第一個絕望地看到無路可走的作家。這不是魯迅悲歎的「夢醒後無路可走」，而是發現每一條可以通行的路都早已被堵死了。他將小說尾聲置於篇首，這不僅僅是一

種對小說結構的倒懸，而是強烈地提醒讀者，主人公談雲夢中的末日審判只能是一場夢，夢醒之後依然是無邊的黑暗。這是每個人真實的絕望處境。

只有在苦味大地上流浪的作家，才能感知心靈深處的劇痛和不可痊癒的傷口⋯⋯

我們不得不思考，在這本來就滲著苦味的大地上，當政者為什麼不能讓自己的人民生活得輕鬆一點？為什麼要不斷地培養仇恨的子民、反抗的種子？為什麼要重用無恥的諂奴、羞辱智慧的精英？

通過《孤島》看文學：這苦吟的使命

《孤島》讓我們看到一個完美的烏托邦，並看到它所孕育的最堅決的反抗。作品觸碰的是目前中國最為諱莫如深的題材，也是他們打算永遠掩蓋的歷史！這需要怎樣的勇氣？

我不知道有多少當代中國作家認真檢視過中國這半個多世紀以來的傷痛與絕望，但我至少知道，中國當代文學並未擔當過這樣的責任，也看不出有這樣的自覺。那些顯在的或者被稱為主流的作家藝術家們，間或有書寫苦難的衝動，有呼喚反抗的念想，但大多在表層和皮毛裡故作深沉地消解了自己的心力。「擅長」書寫苦難的余華把苦難歸於偶然，在宿命論裡完成了自己的定型；閻連科在暗黑的角落明亮地觀察到了深刻的苦難，但他顯然有所收斂而不能暢所欲言，

不能真正切入時代的內核；甚至獲得諾貝爾文學獎的莫言，也僅僅以自己的機智周旋於本質之外，呈顯出來的是這早已破敗不堪的大地上幾道淺淺裂痕……而金貴如方方的《軟埋》，也不過是偶爾進入到一段特殊的歷史裡，窺見了東方大地上淡淡的血痕。

——這是中國當代文學的某種缺失：作家們或者犀利或者尖銳，不乏技巧也不缺靈感，但他們一旦進入當下的生活部分就顯得力不從心，有著本質上的迷思：追問或者放棄？強權還是真理？因為他們都面臨著生存和死亡的兩難選擇，他們對現實懷著深深的恐懼而有意躲避可能隨時降臨的災難，他們深知苟全性命的艱難，進而養成了主動閹割的自覺，以至於慢慢失去的某些屬人的天然功能，在生活的動盪中暫時擱置了靈魂的高貴，內心有著對極權主義的默認，甚至寧願採取無可奈何的態度，為自己的軟弱與膽怯開解。但這不是對他們的指責，索維爾認為我們不能在相對安全的環境裡歌頌暴君的功勳，但我認為更不能批判弱者的無能。我只想指出，中國這個大國有這麼多優秀的作家，但他們的才華與良知受到了極大的限制。

然而《孤島》讓我看到了例外。

野夫的「孤島」意象，起初只是像一個密約的僻地，豔遇的夢境，或者可能只是設置了一個單純的封閉敘事場域、一個有限時段的經歷。我們可以想像一下《羊脂球》（Boule de Suif）裡那一架逃出的馬車，也可以想像一下《十日談》

（*Decameron*）裡佛羅倫薩（臺譯佛羅倫斯）郊外的那一座山丘，它們都是一種時空的限定，一個有別於散點透視的聚焦式敘事。《羊脂球》的馬車是奪命的出逃，而佛羅倫薩山上的別墅也恰好是躲避黑死病的封閉之地，《孤島》很自然地讓我有此聯想。我不敢妄斷野夫是不是受到經典作品的啟示，但可以認為，談雲的去國、岫的逃離與返回、武漢的封城等等，正好像經典作品呈現的充滿危機的境況，這是他們的現實境遇，同時又是象徵性的文學修辭，「孤島」這個意象具有了特別的意義。

一個吳姓家族的反抗之路、談雲一個人的遺世孤懸的經歷，兩條線索在這個孤島突然相遇。野夫以懸念小說一樣的手法，把讀者拉入一個特殊的場景和一個破解迷局的超級興趣之中，像茨威格（臺譯史蒂芬・褚威格）《一位陌生女子的來信》（*Brief einer Unbekannten*），是奧地利猶太裔作家一樣，在談雲意興闌珊之際，不期然地走進了交織著血和淚、生與死、屈辱與反抗的幾十年歷史。而與這個歷史並行的現實，是2020年新冠病毒的肆虐和談雲故鄉武漢的封城，也就是說當談雲和岫在歷史的傷痛裡相遇的同時，他們還需要共同面對新的災難。野夫以真實的新聞似的準確紀實，將孤島上的七天時間，一一對應著中國疫情爆發的時間，隨著疫情的一天天惡化與最終武漢的封城，孤島上的談雲和岫，就似乎站在時間之外，看著故鄉的沉落而毫無辦法，而且他們都深知，毫不意外地，與病毒一起盛行的還是野蠻和粗暴，謊言

和欺騙，一場盛大的騙局繼續上演……彼時，比起談雲他們所在的泰國灣上的狗孤島，中國更像一個孤島，而武漢則是孤島裡的孤島。

野夫如何將歷史的累積的傷痛和現實突發的災難，通過一部短短的敘事作品構成一個多維照應的、自洽（臺譯一致性）的立體文本，這是我們將目睹的野夫式寫作：

他的每一個細節都不是多餘的，每一個人物都不是符號式的，每一條線索都是有所指向的，在抒情和浪漫的描寫背後是密集的信息和情感的堆積——

孤島為中國春節而演奏的〈茉莉花〉、山路上遭遇的送葬隊伍、山頂上十字架衍射（另譯繞射）的陽光……甚至岫的潔白無瑕的身體、生死相戀的互動等等，一切都象徵著末日景象又飽含生命的禮讚。

談雲和岫這兩個在場人物其實只是見證者，或者記錄者，真正的人物是那些不在場的人。談雲的生死戀人白雁、堅定而理性的反抗者吳群恩、隱忍而堅強的水岸茵、閃現著無比光芒的坦克人吳蔚林，還有那些像十二月黨人一樣從容歸監的「中國民主黨」人，這些人物構成了中國真正的反抗者序列。之前我們只知道中國有著無盡的迫害，並不知道有多少不屈的反抗、有多少捨身成仁的犧牲，當我讀到野夫的小說之後，突然就明白北京四通橋上那驚人的橫幅、南京夜半街頭那成片的白紙所呈現出來的底蘊，甚至在岫的母親那裡，讓我知道了被打壓的那一群始終在路上的母親群體，失

去了孩子的她們必將贏得整個世界！

　　……我想談論文學，但我實在不能這樣囿於文學，是野夫的作品價值的溢出還是我突然有著和反抗者的共情？

　　因此我想到一個只有在中國才可能出現的問題：文以載道是否已經過時。

　　五四新文化運動中，曾經有過對封建文學「文以載道」的批判，但即使是五四新文學自身，依然承載了文化啟蒙之「道」，個人化的文學創作比以往任何時候都更加深入地切入現實，並試圖以人道主義或人文思想拯救社會，因而出現了「人的文學」，人成為至高無上的「道」。但歷史的弔詭之處在於，隨著「主義」的盛行，原先「為藝術的藝術」一派諸如創造社、太陽社最先服膺於現實功利，將文學降格為宣傳與喇叭，而「為人生的藝術」一派卻在堅持「文學就是文學」。

　　野夫堅持的是「為藝術的藝術」還是「為人生的藝術」？

　　野夫是想通過文學為反抗者建立一座豐碑麼？或者，他是想以文學的方式來挽救徹底失望的自己麼？他到底想通過文學來承載怎樣的歷史負荷、傳達什麼樣的精神重量？

　　我們暫時不能回答，至少不能簡單回答。但我可以斷定，因為這部小說，整個中國當代文學就有了應該有的榮耀。因此我毫不認為野夫在作品裡那些大段的議論、那些意圖明顯的聯想有損於文學審美的純粹，反而認為他那些近乎

於歷史反思的追索、沉痛的自省、對悲劇發生的細節檢索，既有著無比宏闊的感性空間，又充塞著最為冷峻的思考，這其實是中國文學目前最為稀缺的使命擔當，也可能是野夫寫作承載的最大的「道」。

只是，這使命太過悲苦，正如他在尾聲部分所展現的，談雲在遙遠的泰北山區一守就是十年。支撐這十年的，不僅僅是愛人的生死相托，還有守護歷史的重任，還有充滿希望的等待——等待愛人來接他回家，等待遲早會到來的末日審判……

十年，也許談雲已經忘記了日月、甚至忘記了自己……儘管絕望，但一曲苦吟的悲歌，將化著天地風雲，和著血淚寫下這民族不屈的魂。

當然，我們可以在作品裡看到野夫藝術手法的突破與貢獻。比如內外敘事手法的運用，即旁觀者敘事與親歷者敘事的並行，最後引導出一場又一場歷史大敘事；又比如敘事推動力耦合效應的精準建構，讓偶然性最後通往了必然，兩個毫不相關的人物、兩條毫不交叉的線索即白雁與岫的哥哥，居然最後在同一事件裡成仁。在國鎮告別段嬤嬤的吳群恩，因有上帝的照拂而具有寬大的愛的情懷、深刻的理性以及最為堅韌的反抗決心……而他的女兒最後歸主。這些故事彼此分離又互相兼容，野夫不是以巧合的拙劣技巧來生硬捏合，而是對生命邏輯的嚴格尊崇。能夠理解這一點才能理解他的

文學。

《孤島》在看似散漫的敘事裡，飽含著深沉的情感和悖謬的乖張。他以讚美詩一般的敘寫，將熾熱的情感傾注在他的每一個人物身上，以至於整部小說都呈現出完美世界的所有因素，美好的人、美好的故鄉、美好的時代，但又冷峻地看到，這些美好的人恰恰又生活在一個極度殘忍的國度、一個需要千萬人反抗的暴政之下！因為他們堅守著美好和良善，所以他們失去兒子、丈夫，失去愛人、失去故土……

通過文學看野夫：這苦情的人世

野夫始終是浪漫的，但野夫也是深刻的。

任何時候野夫都能寫出令人心動的愛情，又將所有的愛情寫成悲劇。《1980年代的愛情》、《國鎮》以及我們面前的《孤島》，他一次次狠心地將愛情這人類最美好的情感搗碎、撕毀，讓我們不得不懷疑愛情本身的真實性。其實，只要我們稍稍留意一下就會明白，那些令人心碎的愛情，因為太美好而脆弱，因為太完美而早夭。這恰恰顯示的是愛情的珍貴，而不是讓你不相信愛情。

除了《1980年代的愛情》是以愛情為中心的敘事之外，《國鎮》裡葉老師和水姑娘的愛情、《孤島》裡吳群恩和水岸茵的愛情、談雲和白雁的愛情、談雲和岫的愛情等等，恰恰是野夫進入某種大敘事的通道，也是歷史大悲劇的佐證。

在他的筆下，所有被現實搗毀的愛情，無不飽含著生命的期許、道義的相守以及性靈的相通，在他們不得不接受愛情分崩離析的時候，都始終堅守著當初的諾言，猶如葉老師站在河邊抵擋著紅衛兵的瘋狂攻擊，也如水岸茵在吳群恩第一次入獄時那決絕的表白，更如談雲在無望的漫長等待中，堅守著心中的使命！這，才是真正的愛情。由浪漫而進入理性的深刻，使得野夫在描寫談雲和岫的彼此試探和相融的過程中，讓我們看到了愛情的聖潔與昇華。正因為此，野夫既像是節制的狂夫，又像是多情的聖徒。

在《孤島》裡，野夫借助一個曖昧約會的設計，隨著愛情的傾訴，宣洩了隱忍多年的歷史情結，又好像了卻了一樁如鯁在喉的心事，他個人的遭遇以及那些消失的同道，因為這部作品而復活而永生。

我很驚異於他在作品裡那些關於宗教與信仰的討論和思考，這是中國當代作家極少涉及的領域，也很少在他們的作品見到類似的展示，儘管他們很多人可能已經信主或者已經接受了洗禮，但他們不敢或不能把自己的思考公之於眾。野夫的不同在於，在思考現實苦難和塵世紛擾的時候，很自然地上升到了信仰的高度，希望尋求一條走向彼岸的通道，這在中國作家裡十分罕見。我們知道，中國一直很敏感於這個領域，廣泛的唯物論、無神論散播以及馬克思主義的唯一神論，使得這個民族早就棄絕了真正自由的信仰，而且從總體上來說，這是一個至今唯一沒有真正宗教信仰的大國，他們

不知敬畏，因而也無從尋找正義，苦難的人不能應對俗世的難題，也無法尋找靈魂的安頓。

野夫在作品裡的討論顯得稀缺而珍貴，他或許經歷過太多人世的苦，見證過太多無歸的魂，因此在回顧共和國歷史的時候，既然無法在現實裡抗暴，那麼就必須在他處尋求正義的力量，這也是野夫在近來的創作裡顯得越來越理性的緣故吧？在無法安寧之處尋找淨地，在無處告白的地方告解，在流亡的他鄉歸來……

野夫終究是深刻的。他對題材的選擇，是在現實禁忌中的突破；他對歷史大敘事的重構，是對權力利維坦的挑戰；他對人性的理解，是將之從絕對的奴役裡解救出來……

以野夫的靈性與才華，他太適合描繪這苦情的人世了，而他的個人經歷和深刻的思考，由他來為前行者樹碑，也對得起反抗者們的付出，正如岫將那個祕密的名單託付給談雲一樣，是因為談雲值得託付。

《孤島》這部小說不是記錄，但又是歷史，是虛構的創作但又是史實的呈現，野夫甚至在作品裡列出了那一批反抗者、至今還在監獄裡的真實的人名，這在整個中國文學史上至今僅見。甚至我認為，文學創作與現實同步推進的嘗試、孤島與孤城對應式的敘事展開，也是世界文學史的唯一。

不然，文學將是什麼，野夫將是誰？

（莫仁筱 譯）

南方家園出版 Homeward Publishing｜書系 再現 Reappearance｜書號 HR 054（/方舟01）

作 者	野夫
封面畫作	劉國松《錢塘潮》
特約編輯	沈眠
裝幀設計	陳恩安
內頁排版	瀟涝涝
發行人	劉子華
出版者	南方家園文化事業有限公司

南方家園文化事業有限公司　NANFAN CHIAYUAN CO. LTD
地　　址　臺北市松山區八德路三段12巷66弄22號
電　　話　（02）25705215-6
傳真服務　（02）25705217
劃撥帳號　50009398　戶名　南方家園文化事業有限公司
讀者服務信箱E-mail　nanfan.chiayuan@gmail.com

總 經 銷　聯合發行股份有限公司
電　　話　（02）29178022
傳　　真　（02）29156275
印　　刷　約書亞創藝有限公司
初版一刷　2024 年十月
定　　價　420元
I S B N　978-626-7553-02-2
（P D F）　9786267553008
（EPUB）　9786267553015

國家圖書館出版品預行編目（CIP）資料

孤島＝The Island／野夫作.初版.臺北市：南方家園文化事業有限公司，2024年十月；360面；
14.8×21公分；（再現；HR054）；ISBN 978-626-7553-02-2（平裝）。857.7／113014684